PERSÖNLICHE
Veränderungen

—— THE *Personal* SERIES ——
K.C. WELLS

Persönliche Veränderungen
Dies ist eine erfundene Geschichte. Namen, Figuren, Orte und Begebenheiten entstammen entweder der Fantasie der Autorin oder werden fiktiv verwendet. Ähnlichkeiten mit lebenden oder verstorbenen Personen, Firmen, Ereignissen oder Schauplätzen sind vollkommen zufällig.

Originaltitel: Personal Changes
Island Tales Press
Copyright © 2013 by K.C. Wells
Übersetzt von Feliz Faber
Umschlaggestaltung: Meredith Russell
ISBN: 978-1-915861-52-8

Kapitel 1

„Morgen, Boss." Rick begrüßte Blake wie üblich mit einem gutgelaunten Lächeln. Er nahm sich einen Kaffee; in der kleinen Küche auf ihrem Stockwerk stand immer welcher bereit. „Ich hätte nicht erwartet, dich heute hier zu sehen."

Blake, der gerade zwei Becher mit Kaffee füllte, legte den Kopf schief. „Und warum sollte ich mir heute frei nehmen?" Er musterte Rick amüsiert. „Der zweite Januar ist soweit ich weiß ja kein Feiertag."

Rick grinste. „Ja, aber nach Silvester hätte ich gedacht, dass Will und du ein bisschen Zeit für euch haben wollt. Ich meine, ihr seid frisch verlobt, oder?" Rick wackelte mit den Augenbrauen. „Ihr wart sicher lange auf, um das neue Jahr zu begrüßen." Ein weiteres anzügliches Grinsen. „Unter anderem."

Blake hielt mitten in der Bewegung inne und wandte ihm das Gesicht zu. „Habe ich das jetzt jeden Morgen zu erwarten? Ein Verhör über mein Privatleben?" Ein angedeutetes Lächeln sagte Rick, dass sein Boss nicht ernsthaft verärgert war, aber Rick kannte Blake. Es war Zeit, den Rückzug anzutreten.

Sein Tonfall wurde zurückhaltender. „Entschuldige, Blake. Und nur um das mal deutlich zu sagen – ich finde es wundervoll. Ihr zwei passt großartig zusammen." Das war die reine Wahrheit. Blake mit seinem schwarzen Haar und seinen unglaublich blauen Augen und Will mit seinem dunkelbraunen Haar und diesen milchschokoladefarbenen Augen – sie waren ein umwerfend schönes Paar.

Und ich versuche hier gerade krampfhaft zu vergessen, dass ich dich seit sechs Jahren begehre.

Die Weihnachtsfeier letzte Woche war ein Abend voller Offenbarungen gewesen. Als Rick sich erst einmal von der schockierenden Erkenntnis erholt hatte, dass sein heterosexueller Boss nicht nur definitiv *nicht* hetero, sondern auch noch in seinen persönlichen Assistenten verliebt war, hatte er zuerst nur Bedauern empfunden. Fast von Anfang an, seitdem Blake ihn in sein Team geholt hatte, war Rick scharf auf ihn gewesen. Natürlich hatte er sich das nie anmerken lassen – denn Rick hatte sich schon oft genug an Heteros die Finger verbrannt. Außerdem hätte ihm jeder Versuch, seinen attraktiven neuen Boss anzubaggern, wahrscheinlich nur einen Rausschmiss eingebracht. Schlimm genug, dass Will sein Geheimnis kannte.

„Ach, das ist aber lieb." Will kam in die Küche und lächelte Rick an, ehe er einen Becher Kaffee von Blake entgegennahm. „Danke, Babe."

Blake warf Will einen warnenden Blick zu, und Wills Lächeln erlosch. Doch dann tätschelte Blake ihm den Arm, warf ihm und Rick ein Lächeln zu und verließ, mit seinem Kaffee in der Hand, die Küche. Will sah ihm mit unergründlicher Miene nach.

„Was war denn das eben für ein Blick?" Rick spürte eine leichte Spannung in der Luft.

Will gab ein Schnauben von sich. „Wir haben erst heute Morgen darüber gesprochen, das ist alles. Über meine Zukunft hier. Oh, und wie wir das hier von jetzt an handhaben wollen."

„Lass mich raten. Professionelles Verhalten, kein Geturtel."

Will nickte bedrückt.

Rick lachte leise. „Das heißt dann wohl auch, dass es für dich vorbei ist mit der Rumknutscherei in seinem

Büro."

Will stöhnte auf. „Oh Gott, erinnere mich bloß nicht daran. Außerdem hat er nicht ganz unrecht. Ich meine, schau dir doch bloß mal an, was beim letzten Mal passiert ist, als wir in seinem Büro…"

Er brauchte nicht weiterzusprechen. Blakes Möchtegern-Verlobte Melissa hatte sie zwar nicht direkt beim Sex in Blakes Büro erwischt, aber doch genug gesehen, um ihnen das Leben zur Hölle zu machen. Wenigstens war sie jetzt aus dem Rennen. *Gott sei Dank.*

Etwas, das Will gesagt hatte, kam endlich bei Rick an. „Moment mal. Was soll das heißen, ihr habt über deine Zukunft hier gesprochen? Du gehst doch nicht etwa weg, oder, Will?" Rick biss sich auf die Lippe. Will arbeitete zwar erst seit drei Monaten hier, aber in dieser Zeit waren sie gute Freunde geworden.

Will schlürfte seinen Kaffee und stieß einen leisen, anerkennenden Seufzer aus. Blake machte wirklich guten Kaffee. Er wärmte sich die Hände an seinem Becher. „Sagen wir mal, er ist nicht gerade glücklich darüber, dass ich sein PA bleiben will – jetzt, wo wir verlobt sind." Will schaute finster drein. „Darüber ist das letzte Wort noch nicht gesprochen. Ich will nicht kündigen – schließlich muss ich immer noch meinen Studienkredit abbezahlen – aber er findet, wir sollten das ernsthaft in Betracht ziehen."

Rick tätschelte ihm den Arm. „Nun zerstreitet euch mal bloß nicht deswegen." Wobei es seiner Ansicht nach nicht viel gab, was diese beiden Männer auseinanderbringen konnte. Die Zwei bei der Silvesterparty vorgestern Abend zusammen zu sehen war einfach nur schön gewesen. Rick musste zugeben, dass die beiden wirklich gut zueinander passten. Auch wenn Will erst von drei Monaten zu Trinity Publishing und damit in Blakes Leben gekommen war. *Wenn man es weiß, weiß man es eben*, redet er sich selbst ein. *Und das Herz weiß, was es will.*

Will lächelte. „Mach dir keine Sorgen um uns. Wir werden uns schon einig, glaub mir." Er musterte Rick eindringlich. „Aber was ist mit dir? Irgendwelche guten Vorsätze fürs neue Jahr?" Er legte den Kopf leicht zur Seite. „Und du weißt, dass ich hier von deinem Liebesleben rede." Sein Gesichtsausdruck wurde sanfter. „Wir müssen einen Kerl für dich finden, Rick. Das mache ich mir dieses Jahr zur Aufgabe." Er nickte nachdrücklich.

Rick schnaubte. „Na dann, viel Erfolg."

Will runzelte die Stirn. „Was soll das denn heißen?"

Rick stieß einen Seufzer aus und nippte an seinem Kaffee. „In dieser Hinsicht habe ich nicht so viel Glück wie du und Blake. Wie's scheint habe ich einen lausigen Männergeschmack."

Will betrachtete ihn aufmerksam. „Hast du denn gesucht? Und wenn ja, *wo* hast du gesucht?"

Rick dachte kurz nach, dann ging er zur Tür. Er machte sie zu und lehnte sich dagegen. Will musterte ihn neugierig.

„Hör zu", begann Rick mit gedämpfter Stimme. „Meine bisher längste Beziehung hat drei Monate gehalten. Anscheinen will keiner bei mir bleiben. Also nehme ich jetzt, was ich kriegen kann."

„Was heißt das?" Will sprach plötzlich genauso leise wie Rick.

Rick stieß den Atem aus. „Das heißt, dass ich oft in Clubs gehe und Gelegenheitssex habe, okay?" Er sah Will in die Augen. „Weißt du noch, was ich neulich über Treffen mit Männern auf der

Herrentoilette gesagt habe? Das war kein Scherz." Er senkte den Blick.

„Oh, Rick, ich wusste nicht, dass du so etwas machst." Will kam näher und umarmte Rick kurz, aber fest. Rick schloss die Augen. Es war schon eine Weile her, seit ihn jemand umarmt hatte. Als er die Augen wieder öffnete, trat Will zurück und schaute ihn streng an. „Ich brauche dich nicht zu fragen, ob du auf Sicherheit achtest, oder?"

Rick bekam einen Kloß im Hals. Will war ein guter Freund. „Nein, brauchst du nicht. Ich bin vielleicht sowas wie eine männliche Schlampe, aber dumm bin ich nicht."

Die Furche zwischen Wills Augenbrauen vertiefte sich. „Ich mag es nicht, wenn du so von dir redest."

Rick zuckte mit den Schultern. „Ich bin nur ehrlich. Ich mag Sex und schäme mich auch nicht, das zuzugeben. Und ja, du findest mich wahrscheinlich jeden Freitag und Samstag in einem Club, irgendwelche Typen anmachen, bis mich einer abschleppt oder sich von mir abschleppen lässt." Er sah Will in die Augen. „Aber wenn ich mal einen finden würde, der eine monogame Beziehung mit mir wollte, dem es wirklich ernst wäre mit mir?" Er lächelte. „Ich wäre so schnell aus der Clubszene verschwunden, du würdest nur noch den Kondensstreifen sehen." Sein Herz war schwer. „Im Moment scheint es aber keinen zu geben, der mich auf diese Art will. Also bin ich bis dahin eben weiterhin vorsichtig und gehe nie ohne einen Vorrat an Kondomen aus dem Haus."

Will sah traurig aus, als Rick die Tür öffnete, um in sein Büro zu gehen und mit der Arbeit zu starten, den Kaffeebecher noch immer in der Hand.

„Ich werde weiter auf dich aufpassen, in Ordnung?",
sagte Will ernst.

Rick hauchte ihm einen Kuss zu. „Du bist ein lieber
Kerl, Will, und Blake ist ein echter Glückspilz." Er
blieb kurz im Türrahmen stehen. „Danke, Kumpel.
Ich bin froh, dass wir Freunde sind."

„Für immer." Wills Tonfall war ernsthaft. „Und du
kannst jederzeit mit mir reden, das weißt du doch,
oder?" Rick nickte.

„Okay. Dann an die Arbeit, du Faulpelz." Seine
Augen funkelten vor guter Laune.

Rick tippte sich gespielt untertänig an einen
imaginären Hut. „Ja, Sir. Sofort , Sir." Er zwinkerte.
„Muss mich schließlich mit dem Schatz vom Boss gut
stellen." Er duckte sich, als Will ein Geschirrtuch nach
ihm warf und ihn nur knapp verfehlte. Rick lachte und
ging den Flur entlang in sein Büro.

Also, an die Arbeit. Er hatte jede Menge
Vorabexemplare an Rezensions-Webseiten zu
verschicken, und außerdem musste er auf der
Facebook-Seite von Trinity noch Chatzeiten für
Autoren und deren Leser einrichten. Einiges davon
konnte er noch vor Blakes allmorgendlicher
Teamsitzung erledigen. *Keine Ruhe für die Schuldigen.*
Und so wie er sich jetzt gerade fühlte? Wenn erst der
Freitagabend kam, gedachte er ausgesprochen
schuldig zu sein.

~0~

Das G-A-Y brummte geradezu. Die Tanzfläche war
brechend voll. Einige Paare tanzten so eng, das kein
Blatt Papier mehr zwischen sie passte. Rick
schnaubte. *Nichts Neues. Alles war wie an jedem*

Freitagabend.

„Gott, heute renne ich mir vielleicht die Hacken ab", rief Erroll, als er an Rick vorbeikam. Er trug ein Tablett mit Gläsern aller Sorten und Größen hoch überm Kopf. Rick mochte Erroll. Er stand nicht auf Twinks, aber der Kellner war richtig süß mit seinen großen blauen Augen. Rick hatte eine Schwäche für blaue Augen.

„Halten sie dich auf Trab?", grinste Rick.

Erroll verdrehte die Augen. „Schätzchen, anscheinend hat heute halb London beschlossen, bei uns vorbeizuschauen. Zumindest die schwule Hälfte." Er nickte mit dem Kopf Richtung Bühne. „Kann natürlich auch sein, dass es an den Jungs da liegt. Du glaubst nicht, wie viele Flyer von denen im Umlauf sind."

Auf seinen Wink hin schaute Rick zur Bühne, wo sich hübsche junge Männer in kaum vorhandenen Shorts um die Stangen wickelten. Einer von ihnen schien sämtlichen Anwesenden beweisen zu wollen, wie biegsam sein Körper war.

Rick lachte leise. „Meine Güte! Bei dem werden sie nachher für einen Lapdance Schlange stehen." Er klopfte Erroll leicht auf die Schulter. „Dann will ich dich mal nicht länger aufhalten."

Erroll warf ihm ein dankbares Lächeln zu, tänzelte weiter und flirtete im Vorbeigehen wie wild mit den Gästen. Rick sah seinem davon wackelnden festen, kleinen Po nach und bewunderte die Aussicht.

„Dich hab' ich hier noch nie gesehen", sagte eine leise Stimme neben ihm.

Als Rick sich umdrehte, stand dort ein junger Mann. Er war ungefähr Mitte Zwanzig und trug die engsten Jeans, die Rick je gesehen hatte, dazu ein T-Shirt mit der Abbildung eines schnurrbärtigen Typen in Ledermontur und ein dunkelblaues Kapuzen-Sweatshirt. Tiefbraune Augen in einem schönen Gesicht.

„Dann weiß ich nicht, wo du gewesen bist", sagte Rick mit einem Lächeln, von dem er hoffte, dass es sexy wirkte. „Ich bin oft hier." Er streckte die Hand aus. „Ich heiße Rick."

„Hi, Rick." In den braunen Augen blitzte Anerkennung auf. „Ich bin Oli." Er nickte in Richtung der Bar. „Und der umwerfend gutaussehende Kerl da drüben, in dem schwarzen Tanktop, ist meine bessere Hälfte, Ben."

Rick folgte seinem Blick; ihm stockte der Atem, als er Ben sah. Der Typ hatte einen Traumkörper, und das enge schwarze Top brachte seine Muskeln so richtig zur Geltung. Er war dunkelhäutig im Vergleich zu Olis cremefarbenem Teint; die beiden gaben ein schönes Paar ab. „Leck mich doch am…", murmelte Rick vor sich hin, als er sah, wie geschmeidig Ben sich im pulsierenden Rhythmus der Musik bewegte. *Das ist vielleicht mal ein heißer Typ. Genaugenommen sind das* zwei *heiße Typen…*

Zu seiner Überraschung kam Oli ihm noch näher, bis das sein Atem Ricks Hals streifte. „Oh, glaub mir, genau das hatte ich vor." Er ließ seine Zunge in Ricks Ohr gleiten und jagte ihm damit einen Schauer der Erregung über den Rücken.

„Seid ihr… seid ihr zwei nicht … ich meine, habt ihr…" Das langsame Streicheln von Olis Zungenspitze an seinem Ohrläppchen und seiner Kehle entlang nahm Rick die Fähigkeit für jegliches zusammenhängendes Denken.

Oli hörte mit dem aufreizenden Lecken auf und

flüsterte Rick ins Ohr: „Wir spielen gerne, Babe. Allerdings nie allein, immer nur als Paar." Oli streichelte Ricks Arm. Seine Berührung war leicht und doch sehr sinnlich. „Aber wenn wir uns einen Mann teilen, geht es manchmal ziemlich wild zu." Er hielt inne. „Klingt das interessant für dich?" Seine Worte kitzelten Rick im Ohr. Er nickte zitternd. „Was hältst du davon, wenn wir uns da drüben in der Ecke zusammensetzen und uns besser kennenlernen?"

Rick brauchte keine zweite Einladung. „Gehen wir."

Oli ging voran. Er schob Rick auf die Eckbank, mit dem Rücken zur Wand, und setzte sich dann neben ihn. Er neigte sich zu ihm, um leiser sprechen zu können. „Du bist wirklich niedlich, weißt du das? Worauf stehst du denn so? Was magst du?" Er strich Rick mit der Hand über die Brust und kniff ihn dann durch den dünnen Baumwollstoff seines T-Shirts hindurch in die Brustwarze. Rick biss sich auf die Lippe. Er fand es toll, wenn ein Kerl mit seinen Nippeln spielte.

Oli grinste. „Oh, das magst du, oder?"

„Ich würde sagen, das ist ein lautes ‚Ja'", polterte eine tiefe Stimme mit starkem australischem Akzent, und Rick schaffte es, seine Aufmerksamkeit von Oli loszureißen und Ben anzusehen. Der eindringliche Blick seiner dunkelbraunen Augen passte zu seinem sexy Lächeln. „Hallo, du."

„Hi." Mehr brachte Rick nicht heraus, bevor Ben seinen Mund in Besitz nahm. Bens Zunge leckte aufreizend über seine Lippen, schob sich dann dazwischen und tief hinein. Rick stöhnte in Bens Mund, gab sich ihm völlig hin und zog ihn enger an sich. Er bekam vage mit, dass Oli sich von ihm wegbewegte, erstarrte aber, als er eine Hand auf der

Wölbung in seiner Jeans fühlte.

„Wie schön", murmelte Oli, und Rick keuchte in Bens leidenschaftlichen Kuss hinein, als Oli unter den Tisch schlüpfte, ihm die Hose aufmachte und seinen hart werdenden Schwanz herausholte. Rick entwand sich Bens Angriff auf seine Lippen, um zusehen zu können. Oli drückte ihm die Schenkel auseinander, kniete sich zwischen seine Beine auf den Boden und ließ seine Zunge um die Spitze von Ricks Schwanz kreisen. Dann nahm er ihn tief in den Mund.

„Oh, verflucht." Rick ertrank in Sinneswahrnehmungen. Bens Hände waren überall zugleich, streichelnd, aufreizend. Olis heißer, feuchter Mund umschloss seinen jetzt voll erigierten Penis; Olis Zunge, die über die Eichel leckte und die Unterseite umspielte, jagte ihm wohlige Schauer über den Rücken. Bens Lippen saugten stürmisch an seiner Kehle, gerade so fest, dass es angenehm schmerzte. Rick packte die Tischkante und hielt sich krampfhaft daran fest, um nicht von der Welle der Lust fortgespült zu werden, die ihn erfasst hatte. Olis Kopf bewegte sich auf und ab und verfehlte dabei nur knapp die Tischplatte.

„Lass uns von hier verschwinden", murmelte Ben ihm ins Ohr. „Zuhause in unserer Wohnung können wir ficken, solange wir wollen."

„Gott, ja, " stimmte Rick augenblicklich zu. Er konnte Bens Lächeln an seiner Kehle spüren. Er warf einen Blick unter den Tisch, wo Oli genüsslich an seinem steinharten Penis leckte und sich dann grinsend zurückzog, um ihn wieder in seine Jeans zu packen. Rick war fast schmerzhaft erregt; seinen Schwanz zum Mitspielen zu überreden war keine leichte Aufgabe. Oli kroch unter dem Tisch hervor und stand auf, reichte Rick die Hand und zerrte ihn hoch.

„Worauf warten wir noch?" Olis anzügliches Grinsen brachte Ricks Bauchmuskeln zum Zittern. Als sie sich mit Ben an der Spitze in Richtung Ausgang drängten, kam es Rick in den Sinn, dass es womöglich nicht allzu clever von ihm war, seinem Schwanz das Denken zu überlassen. Er warf einen eingehenden Blick auf die beiden sexy Männer, die vor sexueller Energie geradezu vibrierten.

Scheiß drauf.

~0~

Rick war in Ekstase. Sein Schwanz steckte tief in Olis Arsch. Olis Kniekehlen hingen über seinen Unterarmen, Olis langer, schlanker Schwanz rieb gegen seine Bauchmuskeln. Oli drückte seinen Hinterkopf in das Kissen, so dass seine Halssehnen hervortraten, als Rick in ihn eintauchte und ihn ausfüllte, so wie jeder Stoß von Bens dickem Penis ihn selbst von hinten füllte.

„Gott, bist du eng", ächzte Ben. Rick erschauerte, als Bens Schwanz seine Prostata streifte, und schrie dann auf, als Ben ihn in den Nacken biss. Beim Sex gebissen zu werden machte ihn total verrückt. Und diese beiden hatten in Nullkommanichts herausgefunden, was ihn so richtig geil machte.

„Ich steh' total auf deinen Riesenschwanz", keuchte Oli abgehackt unter Ricks Stößen. Bens Hände, die Olis Hüften mit festem Griff gepackt hielten, verbanden alle drei. Oli sah Ben über Ricks Schulter hinweg in die Augen. „Ich will, dass Rick mich reitet, Babe." Rick fickte ihn so hart, dass er nach Luft schnappen musste, aber Oli grinste ihn trotzdem an. „Würde dir das gefallen?"

Rick fand die Vorstellung *obergeil*. „Oh Gott, ja."

Ben zog sich sofort aus ihm zurück und half ihm, sich breitbeinig über Oli zu knien. Er nahm Olis langen, steinharten Schwanz in die Hand und rollte ihm ein Kondom über. Ricks und Olis Münder verschmolzen in einem Kuss mit reichlich Zähnen und Zunge; Rick atmete schwer und wartete ungeduldig darauf, Olis Schwanz in sich zu spüren. Ben hatte ein quälendes Verlangen in ihm geweckt. Aber schon war Ben wieder da, drückte Olis Schwanz zwischen Ricks Arschbacken und führte ihn ein. Rick senkte sich auf ihn herab und spürte, wie Olis unnachgiebige Härte ihn völlig ausfüllte. Er keuchte auf, als Ben seine Arschbacken weit spreizte und Oli rasch und kräftig in ihn hineinstieß. Er erschauerte, da Oli bei jedem Stoß seine Prostata traf.

„Oh *fuck*." Das Aufstöhnen brach aus ihm heraus. Oli wusste wirklich ganz genau, was er tat.

Bens Atem streifte warm seinen Hals. „Hast du schon mal zwei Schwänze auf einmal in dir gehabt, Rick?"

Rick spürte, wie sich Bens Finger an Olis Schaft entlang in seinen Hintern schob. *Oh verflucht*. „N-nein", keuchte er, als aus einem Finger plötzlich zwei wurden. Rick fühlte sich sehr voll. *Gott, oh Gott, oh Gott...* Rick erbebte.

„Willst du?", flüsterte Ben. Jetzt traf sein heißer Atem Ricks Ohr.

Rick zitterte vor Erwartung. Sowas hatte er einmal in einem Club gesehen und schon sehr oft im Internet, und immer hatte er sich gefragt, wie sich das wohl anfühlte. *Na bitte, hier ist die Gelegenheit...*

„J-ja", antwortete er flüsternd.

Ben brauchte offensichtlich keine weitere Einladung. Oli zog Rick enger an sich, so dass er flach auf seiner Brust lag. Rick erstarrte unter dem beharrlichen Druck von Bens Schwanz; Ricks Körper leistete Widerstand. Dann schnappte Rick nach Luft, als sich Bens Hartnäckigkeit auszahlte: seine Öffnung gab plötzlich nach, die Spitze von Bens Schwanz glitt in ihn hinein und alle drei Männer stöhnten auf.

„Oh *FUCK*!", schrie Rick. Er fühlte sich bis an die Grenzen des Erträglichen gedehnt und so voll wie noch nie. Er konnte nicht atmen, als Ben mit sanften Stößen in ihn eindrang und sich an Olis Penis entlang in ihn hineinzwängte.

„Wie fühlt es sich an?"

Rick erschauerte. „Oh Gott … s-so voll", japste er.

„*Fuck!* Ich kann euch beide fühlen."

Oli lag leise stöhnend unter ihm, streichelte ihm mit beiden Händen den Rücken und küsste ihn auf den Hals. Olis Schwanz bewegte sich langsam in ihm hin und her. Ben stützte sich mit gestreckten Armen auf dem Bett ab und begann ihn zu ficken, erst ganz behutsam und dann immer schneller und kräftiger. Gemeinsam fanden er und Oli bald in einen regelmäßigen Rhythmus; immer, wenn einer sich zurückzog, stieß der andere in Rick hinein.

„Gottverdammt nochmal!", keuchte Rick. „Ich kann euch … gar nicht sagen … wie sich das anfühlt!" Er schnappte vor Anstrengung nach Luft und konnte sein ununterbrochenes, ekstatisches Stöhnen nicht mehr unterdrücken, als die beiden Männer ihn immer schneller und heftiger fickten.

Oli legte eine Hand um Ricks Schwanz, der im rechten Winkel von seinem Körper abstand.

„Oh *fuck*, ja!", seufzte Rick.

Ganz dicht an Ricks Ohr flüsterte Ben: „Du bist *so* dicht davor, was, Baby?" Rick stöhnte und Ben lachte leise. „Ist ein tolles Gefühl, nicht wahr? Von zwei Kerlen gefickt zu werden, zwei harte Schwänze auf einmal im Arsch zu haben." Bens Atmung war unregelmäßig. „So ist's gut, Rick, lass los, lass einfach los …"

Plötzlich schrie Rick auf, als ein besonders kräftiger Stoß von Olis Schwanz ihn kurzfristig um den Verstand brachte und Schockwellen der Lust durch sämtliche Nerven seines Körpers jagte. Er fühlte seinen Orgasmus herannahen, fühlte sich erbarmungslos an den Rand der Ekstase gedrängt und ließ sich einfach mitreißen von den Wellen seines Höhepunkts, die ihn überrollten und zerschmetterten.

„Oh *fuuuuuuck*!" Rick kam heftiger als je zuvor in seinem Leben; sein Schließmuskel zog sich um die beiden Schwänze zusammen, die ihn hemmungslos fickten. In seinem Schwanz pochte es, als sein heißes Sperma über Olis Faust floss, und er schrie erneut auf, als gedämpfte Wärme ihn erfüllte, als Ben und Oli gleichzeitig zum Höhepunkt kamen.

„Oh, verflucht!", schrie Ben heiser, als er das Kondom mit seinem Samen füllte. Oli stöhnte unter ihm laut auf, stieß seinen Schwanz so tief er nur konnte in Rick hinein und kam ebenfalls.

Rick schluchzte haltlos, als der Orgasmus seinen Körper durchschüttelte. Eingeklemmt zwischen den beiden schwitzenden Männern brach er zusammen, erschöpft und erschüttert, als die beiden erschlafften Schwänze aus ihm herausglitten. Ben und Oli streichelten und küssten ihn, und er war dankbar für ihre Zuwendung. Das Erlebnis hatte ihn schwach und zittrig gemacht, aber zu seiner Überraschung keimte in seinem Hinterkopf ein dumpfes Unbehagen auf.

Ist das alles? Ist das alles, was ich von meinem Leben zu erwarten habe?

Rick hatte keine Ahnung, woher der Gedanke kam. Er wusste nur, dass er in diesem Moment mehr von seinem Leben wollte. Ganz bestimmt mehr als nur erotische Begegnungen mit Männern, die er eigentlich gar nicht kannte.

Als Ben und Oli ihn zum Duschen ins Badezimmer schleiften, quälte ihn ein Gedanke wieder und wieder, bis er sich in seinen Verstand eingebrannt hatte:

Ich will, dass jemand mich liebt.

Kapitel 2

Früh am Samstagmorgen erwachte Rick zwischen zwei umwerfend gutaussehenden Männern, mit trockenem Mund, einem komischen Gefühl in der Magengrube – und *heftig* schmerzendem Arsch. Er blinzelte im Morgenlicht, das durch die Jalousien hereinfiel. Ben und Oli schliefen tief und fest. Ohne sie zu wecken aus dem Bett ins Bad zu kommen war knifflig, aber er schaffte es. Auf dem Teppich vor dem Bett lagen mehrere benutzte Kondome – Beweise für ihre gemeinsam verbrachte Nacht. Bei dem Anblick krümmte Rick sich vor Scham. Noch nie hatte er sich so sehr wie eine männliche Schlampe gefühlt wie an diesem Morgen; dass er bei jedem Schritt vor Schmerz zusammenzuckte, verstärkte nur dieses Gefühl. Er hob seine Klamotten vom Fußboden auf, wo sie gestern in der Hitze des Gefechts gelandet waren, ging ins Bad und machte leise die Tür hinter sich zu.

Drinnen legte er seine Sachen über den Badewannenrand und stellte sich vors Waschbecken, umklammerte das kühle Porzellan und starrte sein Spiegelbild an.

Was zum Teufel hast du getan? , fragte er sich. Okay, es war eine Nacht der Premieren gewesen. Sein erster flotter Dreier, seine erste Erfahrung mit doppelter Penetration – und eindeutig das erste Mal, dass ihn nach einer heißen Nacht Schuldgefühle packten. *Also was hat sich geändert?* Er hatte keine Ahnung, aber in seinem Kopf war irgendwas anders. Er wusste nur, dass er hier raus wollte. Er schaffte es, sich rasch zu waschen und anzuziehen, alles so leise wie möglich. Er wollte seine Gastgeber nicht wecken. Auf dem Weg zur Tür sah er ihre Wohnung zum ersten Mal richtig. Am Vorabend hatte er zu tief in einem Nebel der Lust gesteckt. Als er sich leise aus der Haustür schlich und auf die Straße trat, fiel ihm ein, dass er keine Ahnung hatte, wo er war. In der frischen Morgenluft zitterte er vor Kälte. Aber schon an der nächsten U-Bahn-Station stellte er fest, dass er sich in Clapham befand, und schon bald war er unterwegs nach Hause in seine eigene kleine Wohnung.

Von dem, was er den Rest des Wochenendes über tat, bekam er kaum etwas mit. Er schien wie auf Autopilot zu funktionieren. In seinem Kopf herrschte ein wirres Durcheinander. Völlig mechanisch erledigte er seine Einkäufe, putzte, schaute Fernsehen, und die ganze Zeit kam sein Verstand nicht zur Ruhe. Er schlief sehr wenig, soweit reichte seine Erinnerung noch, und als es Montag wurde und er das Büro betrat, war er völlig übernächtigt und sah auch so aus. Blake hatte bereits Kaffee aufgesetzt und Rick schenkte sich einen großen Becher ein. So wie er sich heute fühlte, hätte er das Koffein eher intravenös gebraucht. Er ging wieder in sein Büro, da er weder mit Blake noch mit Ed reden wollte, die normalerweise als erste zur Arbeit kamen. Schlimm genug, dass er an der allmorgendlichen Teamsitzung teilnehmen musste. Er war nicht in Stimmung mit irgendjemandem zu reden.

Rick setzte sich an seinen Schreibtisch und schaute aus dem Fenster auf die Skyline von London. Normalerweise liebte er diese Aussicht. Im Alter von fünfzehn Jahren war er mit seiner Familie aus dem ruhigen, friedlichen Kent nach London gezogen, als sein Vater einen neuen Job bekam, und er hatte es aufregend gefunden, in so einer riesigen Stadt zu leben. Und beim Einzug in seine erste eigene

Wohnung vor sechs Jahren hatte er es als befreiend empfunden, ganz London praktisch direkt vor der Tür zu haben. Läden, Nachtclubs, Theater ... Aber jetzt? Im Moment wollte er nur unter seine Bettdecke kriechen und ganz London die Tür vor der Nase zu machen.

Während der Teamsitzung lieferte er offenbar eine oscarreife Vorstellung, denn niemand bemerkte, dass er nicht so überschäumend war wie sonst. Wenigstens *glaubte* er das, bis Will eine knappe halbe Stunde später in seinem Büro auftauchte und sich lässig an den Türrahmen lehnte, zwei Becher Kaffee in der einen und zwei Schokoladen-Muffins in der anderen Hand. Rick hätte ihn auf der Stelle mit irgendeiner Ausrede zum Teufel schicken sollen, aber der Anblick der Schokoladen-Muffins war zuviel. Jedenfalls rechtfertigte er sich so im Nachhinein seine momentane Schwäche.

Will grinste, als Rick ihn mit einem resignierten Seufzer herein winkte. „Ich wusste, dass du keine Lust zum Reden hast, also habe ich mir Verstärkung mitgebracht." Er winkte mit den Muffins. „Du bist ja *so* leicht rumzukriegen."

„Halt' die Klappe und gib her, dann tu' ich dir auch *vielleicht* nicht weh", knurrte Rick.

Will warf ihm die Muffins zu und stellte dann die Kaffeebecher auf den Schreibtisch. Er ging nochmal zur Tür und machte sie zu. Rick beobachtete ihn argwöhnisch. Als Will den bequemen, durchgesessenen Ohrensessel von seinem Platz an der Wand vor den Schreibtisch geschoben und sich hineingesetzt hatte, war jede Spur von Humor verschwunden. Er musterte Rick mit besorgtem Blick. „Also, sagst du mir jetzt vielleicht, was los ist?"

Rick warf ihm den unschuldigsten Blick zu, den er zustande bekam. „Ich weiß nicht, wovon du redest", sagte er leichthin und öffnete die Zellophanverpackung, um an den unwiderstehlichen schokoladigen Leckerbissen heranzukommen. Er nahm einen großen Bissen und … *sackte* auf seinem Stuhl zusammen. *Gott sei gedankt für Schokolade.*

„Entschuldige, aber das kauf' ich dir nicht ab", sagte Will. „Ich *kenne* dich, Süßer, schon vergessen? Also raus damit." Seine Augen verengten sich. „Was hast du angestellt?"

Rick fiel der Unterkiefer runter. „Wie kommst du darauf, dass ich etwas angestellt habe?"

Will schnaubte. „Ich verweise auf meine obige Feststellung." Er nahm seinen Becher und trank einen großen Schluck. Dann stellte er ihn wieder ab und schaute Rick scharf an. Rick begann sich zu winden und Wills Gesichtsausdruck wurde sanfter. „Sieh mal, ich weiß doch, das mit dir was nicht stimmt. Und dass es dir besser gehen wird, wenn du's mir gesagt hast."

Rick starrte in seinen Kaffee. Das Dumme war: er wusste, dass Will Recht hatte. „In Ordnung", begann er widerwillig, und dann erzählte er Will von seinem Abenteuer am Freitagabend, wie er es nannte. Er war vollauf gefasst auf schockierte, gespielt empörte Blicke und neugierige Fragen nach weiteren pikanten Details. Jedoch nicht darauf, Entsetzen in Wills Gesicht zu sehen.

„Oh Gott, Rick, das darf doch nicht wahr sein. *Sag* mir, dass das nicht wahr ist."

Rick runzelte die Stirn. „Also, so eine extreme Reaktion halte ich jetzt aber für etwas übertrieben."

Will schüttelte den Kopf. „Du verstehst das nicht. Ich kenne Ben und Oli. Und okay, sie sind ja ganz nett, eigentlich sogar richtig gute Kumpels, aber *Jesus*, Rick, du spielst hier mit dem Feuer." Er sah Rick ernst an. „Ich habe gesehen, wie sie spielen. Ich meine …"

„Okay, das reicht jetzt, in Ordnung?"

Will klappte augenblicklich den Mund zu. Sein überraschter Gesichtsausdruck wirkte beinahe komisch.

Rick nickte zufrieden. „Besser." Er trank einen Schluck Kaffee und biss noch einmal von seinem Muffin ab, dann lehnte er sich zurück. „Ich habe viel nachgedacht, seit ich am Samstagmorgen aufgewacht bin. Ich habe mich selbst einmal ganz kritisch betrachtet, und wenn ich ehrlich bin, hat mir nicht gefallen, was ich gesehen habe."

Will nickte. Sein Gesicht war ernst.

Rick holte tief Luft. „Versteh mich nicht falsch, der Sex war toll, und die zwei sind … ja, so eine Nacht habe ich noch nie erlebt. Aber im Grunde war es nichts weiter als das. Nur toller Sex. Und dann habe ich angefangen, darüber nachzudenken. Verdammt, ich habe das ganze Wochenende über nicht *aufgehört*, darüber nachzudenken. Ich will so etwas nicht mehr machen. Ich will das alles nicht mehr – einen One-Night-Stand nach dem anderen, schnelle Ficks in irgendwelchen Toiletten, flüchtigen Sex mit Typen, die ich wahrscheinlich nie wiedersehen werde. Es tut mir leid, aber ich will mehr. Ich will eine *Verbindung* mit jemandem aufbauen. Ich will etwas Dauerhaftes. Ich bin achtundzwanzig, und im Leben muss es doch noch mehr geben als nur das." Seine Stimme zitterte.

Will nahm seine Hand. Er sagte nichts, aber sein Blick war schmerzerfüllt.

Rick warf ihm ein schwaches Lächeln zu. „Gott, wie höre ich mich nur an?" Will drückte seine Hand fester.

„Wie jemand, der zur Vernunft gekommen ist", sagte Will leise. „Und wie auch immer du dich entscheidest, ich stehe hinter dir, okay? Wenn du mal jemanden brauchst, zum Reden, zum Dampf ablassen, zum Ausheulen ... ich bin für dich da."

Rick lächelte ihn dankbar an, dann runzelte er die Stirn, als Wills Gesichtsausdruck deutlich nachdenklicher wurde. „Was ist?"

Will seufzte. „Blake und ich haben dieses Wochenende ein langes Gespräch geführt. Er möchte, dass ich meinen Job als sein PA aufgebe – und ich habe zugestimmt."

„Was?" Rick riss die Augen auf. „Aber ... aber du liebst diesen Job!" Will nickte. „Was genau hat er gesagt?"

Will legte den Kopf schief. „Hast du eigentlich das Buch gelesen, das Blake Beth zum Bearbeiten gegeben hat? *Draußen in der Kälte*?" Rick wurde still. „Du hast es gelesen, oder? Ich dachte, nur Beth und Peter hätten es zu Gesicht bekommen."

Rick warf ihm einen kleinlauten Blick zu. „Beth hat es mir per E-Mail geschickt, nachdem sie es fertig bearbeitet hatte. Sie sagt, sie findet es absolut genial und hofft, dass Blake den Autor zu Trinity holt." Er schaute Will mit zusammengekniffenen Augen an. „Was ist damit?"

Will holte tief Luft. „Was ich dir jetzt erzähle, verlässt diesen Raum nicht, okay?"

Rick nickte rasch. „Darauf hast du mein Wort, Kumpel."

Will starrte eine Zeitlang in seinen Kaffeebecher und begegnete dann Ricks eindringlichem Blick. „Ich hab's geschrieben."

Rick fiel der Unterkiefer runter. „Wow. Ich bin

zutiefst beeindruckt. Das Buch war großartig." Rick hatte es nicht aus der Hand legen können. Das Buch hatte ihn zum Lächeln und zum Lachen gebracht, aber er hatte auch über die Erlebnisse des jungen Strichers geweint. „Wie bist du auf die Idee gekommen?"

Will wirkte aufgewühlt. „Ich war Terry, Rick."

Eine Zeitlang fehlten Rick die Worte. Seine Kehle war wie zugeschnürt. Und dann schaute er in Wills ernstes Gesicht, sah die unverhohlene Furcht in seinen Augen. Im Nu war er auf den Beinen und um den Schreibtisch herum. Er zog Will vom Sessel hoch und umarmte ihn fest. Will schnappte hörbar nach Luft, als ihm unter Ricks unerwarteter Umarmung die Knie weich wurden.

„Verdammte Scheiße, Will", flüsterte Rick ihm ins Ohr, die Arme fest um Wills schlanken Körper geschlungen. Will zitterte. „Oh Gott, Kumpel. Dein Leben war ja …" Er fand keine Worte.

So standen sie einige Momente lang, bis Will sich losmachte und zurücktrat. Er wischte sich mit dem Handrücken die Augen. Rick lächelte schwach und tat dasselbe.

„Gott, wir sind vielleicht ein Paar, oder?"

Will schniefte und lächelte, als er sich wieder hinsetzte und nach seinem Kaffee griff. Rick tat es ihm nach.

Rick musterte ihn aufmerksam. „Wird Blake es veröffentlichen?"

Will schüttelte den Kopf. „Ich habe nein gesagt. Es ist zu persönlich. Und außerdem, wenn das irgendein Schlaumeier liest, der dann anfängt, in meiner Vergangenheit herumzuwühlen … Das würde ich nicht verkraften."

Rick lehnte sich zurück. „Also, was *hat* Blake denn

nun gesagt?"

Plötzlich wurde Wills Gesicht zur Maske. „Dass ich etwas Besseres mit meinem Leben anfangen soll, nämlich schreiben, und dass er mich dabei auf jede nur mögliche Weise unterstützen wird."

Rick setzte sich aufrecht hin. „Was ist los?" Als Will die Augenbrauen hochzog, stieß Rick ein Schnauben aus. „Hast du nicht gesagt, du kennst mich? Stell dir mal vor, Kumpel, das beruht auf Gegenseitigkeit. Worüber habt ihr beiden noch gesprochen, was du mir hier nicht erzählst?"

Will sagte verärgert: „Du hast das Buch gelesen, also weißt du, wie hoch ich mich für mein Studium verschuldet habe." Rick nickte. „Blake hat mir angeboten, meine Schulden zu begleichen, aber das habe ich strikt abgelehnt. Wenn ich das machen würde, dann … sagen wir einfach, es käme mir falsch vor. Ich habe ihm gesagt, dass ich sie selber abzahlen will, auf *meine* Weise."

Rick dachte eine Zeitlang nach. Wenn das Buch wirklich autobiografisch war, hatte Will anfangs als Callboy gearbeitet. „Hast du den Escort-Job an den Nagel gehängt?", platzte Rick heraus.

Will wurde still, musterte ihn schweigend und nickte dann. „Ich habe Jenny – sie leitet *J's* – gesagt, dass ich nicht mehr für sie arbeiten werde. Genaugenommen hatte ich da schon monatelang keinen Job mehr übernommen. Nicht, seit ich Blake kennengelernt hatte." Er lächelte verhalten. „Blake findet, dass ich unglaubliche Charakterstärke beweise. Ich habe ihm gesagt, dass ich eben so bin. Anders könnte ich gar nicht sein."

Rick betrachtete seinen Freund voller Zuneigung. „Hörst du wirklich bei Trinity auf?"

Will nickte. „Ich habe heute Morgen meine Kündigung eingereicht. In zehn Wochen höre ich auf."

Rick seufzte tief. „Kaum hab' ich mich also an dich gewöhnt, schon bist du wieder weg."

Will stand auf und ging um den Schreibtisch herum. Er nahm Ricks Hand. „Nur weil ich hier aufhöre, brauchen wir uns doch nicht aus den Augen zu verlieren. Nicht, wenn ich es verhindern kann." Er schaute Rick eindringlich an. „Ich bin nicht bereit, meinen Freund zu verlieren."

Die Faust um Ricks Herz lockerte ihren Griff. „Freut mich zu hören." Er grinste Will an. „Dann verpiss dich jetzt mal lieber und lass mich weitermachen. Sonst schmeißt Blake dich noch vorher raus, weil du das Personal von der Arbeit abhältst."

Will ließ seine Hand los und stand auf. „Und in diesem Sinne …" Er ging zur Tür und drehte sich dort noch einmal um. Sein Gesicht war ernst. „Danke, Rick."

Rick wusste, dass es eine unausgesprochene Bitte war. „Ich sage kein Wort, versprochen."

Wills dankbarer Gesichtsausdruck sagte mehr als Worte. Nach diesem ersten Buch zu urteilen, hatte Will eine große Karriere als Schriftsteller vor sich. Trotz Wills Versprechen, in Kontakt zu blieben, machte es Rick traurig, sich Trinity ohne ihn vorzustellen. Inzwischen hatte er Will sehr gern um sich.

Wenigstens habe ich ihn nicht als Freund verloren.

~0~

Der Freitagabend kam und ging. Rick hatte beschlossen, zu Hause zu bleiben. Er sah fern, bestellte sich eine Pizza und hing ansonsten faul herum. Aber am Samstagabend überwältigte ihn der Drang tanzen zu gehen. Und dafür kam nur ein Club in Frage – Heaven.

Er liebte das Heaven. Verglichen mit anderen Schwulenclubs war das Heaven großartig. Rick mochte besonders die Kombination aus Musik, die ihm immer durch und durch ging, und heißen Typen, die sich amüsieren und die ganze Nacht durchtanzen wollten.

Ganz zu schweigen davon, wie oft ich es dort in irgendwelchen dunklen Ecken getrieben habe.

Rick versuchte, nicht daran zu denken. *Ich will nichts weiter als tanzen bis zum Umfallen. Und falls mich einer anbaggert, werde ich es genießen. Das wäre dann eben ein kleines Extra.*

Er erwartete nicht, einen Typen kennenzulernen, der sein Herz im Sturm eroberte. Aber die Hoffnung war da, das konnte er nicht leugnen. *Wenn der Abend nur nicht wieder damit endet, dass ich bei irgendeinen Typen im Bett lande – oder er in meinem.*

Rick hatte es ernst gemeint, was er zu Will gesagt hatte.

Das Heaven war genau die richtige Medizin für ihn. Rick ließ sich nun schon seit drei Stunden von der Musik über die Tanzfläche tragen. Hin und wieder warf er dem einen oder anderen besonders gutaussehenden Typen einen bewundernden Blick zu, aber hauptsächlich blendete er die Welt um sich herum aus und verlor sich in diesem herrlichen Schwebezustand, in dem sein Körper mit der Musik vibrierte. Er fühlte sich stark, lebendig – und beobachtet.

Es war schon nach Mitternacht, als Rick ihn zum ersten Mal entdeckte. Er wurde aufmerksam auf blaue Augen in einem blassen Gesicht, umrahmt von langem, blondem Haar. Der Mann war groß und verbrachte anscheinend viel Zeit im Fitnessstudio, wenn man den Bauchmuskeln Glauben schenkte, die durch sein schwarzes Netzshirt hindurch sichtbar waren. Ganz zu schweigen von diesen muskulösen Armen. Und er war eindeutig einen zweiten – oder sogar dritten – Blick wert.

Wem will ich hier etwas vormachen? Der Kerl ist einfach nur … wunderschön. Kein anderes Wort wurde ihm gerecht.

Rick machte eine Pause, um sich eine Flasche Wasser zu besorgen. Er war sich bewusst, dass er immer noch beobachtet wurde. Rick stand mit dem Rücken zur Bar und versuchte, nicht zu ihm hinzuschauen. Der Adonis hatte sich nicht vom Fleck gerührt, und dieser prüfende Blick wurde Rick langsam unheimlich. Er wollte gerade auf den Tisch losmarschieren, an dem der Typ saß, und ihn zur Rede stellen, als der Adonis sich schließlich doch in Bewegung setzte. Er stand auf und kam langsam auf Rick zu.

Gott, er bewegt sich sogar wunderschön.

Als er bei Rick ankam, blieb er stehen und lehnte sich an die Bar, wobei er die gleiche Körperhaltung einnahm wie Rick. Er neigte den Kopf und setzte ein absolut bezauberndes, sexy Lächeln auf.

„Darf ich dich zu einem Drink einladen?" Seine Stimme war leise, jedoch trotz der Musik gut zu verstehen.

Rick hielt seine Wasserflasche hoch. „Nein, danke."

Der Mann nickte. „Ich hab' dich trinken sehen, aber ich fand, es wird allmählich Zeit, dass ich was sage."

Das sexy Lächeln wurde ein wenig betreten. „Ich konnte die Augen nicht von dir lassen."

Rich lachte leise. „Hab' ich gemerkt. Ich meine, subtil warst du ja nicht gerade."

Der Adonis biss sich auf die Lippe und Rick stockte der Atem. Es war hinreißend, einen so schönen Menschen verlegen zu sehen. „Ja, stimmt. Tut mir leid."

Rick wandte dem Mann das Gesicht und seine volle Aufmerksamkeit zu. „Hey, du brauchst dich nicht zu entschuldigen." Er lächelte. „Schließlich kommt es nicht alle Tage vor, dass ein so schönes Wesen jede Bewegung von mir beobachtet." Er zwinkerte. „Obwohl ich schon langsam dachte, ich hätte mir einen Stalker eingefangen." Er streckte die Hand aus. „Ich bin übrigens Rick."

Sein Stalker schüttelte ihm kräftig die Hand. Er hatte einen ganz schön festen Händedruck. „Julian." Er legte den Kopf schief. „Bist du sicher, dass ich dir keinen Drink spendieren kann?"

Rick schüttelte den Kopf, während er die letzten Tropfen aus seiner Flasche trank. „Ganz sicher." Er war immer misstrauisch, wenn Typen ihm Drinks spendieren wollten. Zu viele Horrorgeschichten über K.O.-Tropfen waren im Umlauf. Mit pochendem Herzen nahm er allen Mut zusammen. „Aber… magst du vielleicht mit mir tanzen?"

Julian grinste. „Liebend gern."

Rick nahm Julian an der Hand und führte ihn auf die Tanzfläche, wo geschmeidige Körper sich im Takt eines langsamen Stücks mit berauschendem Bass schlängelten. Er war darauf gefasst, dass Julian ihn gleich an sich drücken würde, aber als sein Tanzpartner respektvoll Abstand hielt, pochte Ricks

Herz noch lauter. *Umwerfend schön* und *gute Manieren? SEHR vielversprechend.*

Sie tanzten etwa eine halbe Stunde lang miteinander, dann wollte Julian einen Drink. Rick nickte und folgte ihm zurück zur Bar. Als Julian ihm erneut etwas zu trinken anbot, brach Rick seine selbstgesetzte Regel und bat um eine Cola. Als der Barmann die geöffnete Flasche vor Julian hinstellte, reichte er sie an Rick weiter.

„Halt' sie mit dem Daumen zu. Heutzutage weißt du sonst nie, ob dir nicht jemand was reintut." Sein Blick war ernst.

Rick nickte stumm. *Okay, wo hatte sich dieser Typ mein ganzes Leben lang versteckt?* Julian hinterließ eindeutig einen sehr guten Eindruck bei ihm. Und nachdem sie sich trotz der Musik eine weitere Stunde lang über alles Mögliche unterhalten hatten – Lieblingsbands, Filme, Fernsehsendungen – und Julian immer noch seine Hände bei sich behielt, war Rick sogar noch tiefer beeindruckt. Julian hörte aufmerksam zu und stellte intelligente Fragen. Er entwickelte bald einen Sinn für Ricks schwarzen Humor und brachte ihn zum Lachen. Es war ein totaler Schock, als der DJ das letzte Stück ankündigte und Rick klar wurde, dass der Club bald schloss. Er hatte gar nicht gemerkt, wie die Zeit verging.

Wow. Anscheinend hab' ich endlich das große Los gezogen – einen wirklich netten Kerl. Der Gedanke erfüllte Rick mit Hoffnung. Und da wusste er, dass er Julian wiedersehen wollte. *Den lasse ich mir nicht durch die Lappen gehen.*

~0~

„Angelo Tarallo, du hast den Mann den ganzen Abend nicht aus den Augen gelassen."

Angelo zwang sich, in die Gegenwart zurückzukehren. Sein Freund Len musterte ihn belustigt. Angelo lachte verlegen auf.

„Entschuldige, Len. Ja, den habe ich vorhin schon gesehen, als er gekommen ist." Er und Len waren kaum eine halbe Stunde im Heaven gewesen, als der Typ hereinkam. Len hatte sich mit einem niedlichen Twink auf die Tanzfläche verdrückt und Angelo mit der schönen Aussicht alleine gelassen.

„Dein Typ?", fragte sein Freund mit einem anzüglichen Grinsen. Angelo lächelte nur. Len kannte ihn viel zu gut. Angelo hatte sich auf den ersten Blick in den jungen Mann mit den zerzausten Haaren und den großen blauen Augen verknallt. *Mein Typ? Baby, du bist mein Traummann.* Wie er tanzte, ohne die Blicke der Männer um sich herum wahrzunehmen, ganz ohne sich seiner Attraktivität bewusst zu sein ... Er war schätzungsweise fünf, sechs Zentimeter kleiner als Angelo; sein schlanker Körper bewegte sich geschmeidig im Rhythmus der Musik, die ihn zu umfließen und durch ihn hindurch zu strömen schien.

„Definitiv mein Typ", murmelte Angelo. Er versuchte, ihn nicht zu offensichtlich zu beobachten. Schließlich wollte er dem Mann keine Angst machen, indem er sich wie ein Stalker benahm. Angelo brannte darauf, einfach zu ihm hinzugehen und ein Gespräch mit ihm anzufangen. Worüber, das hatte er noch nicht entschieden. Aber diese Frage blieb rein theoretisch, da jemand anders schneller war als er.

Und von diesem Moment an beobachtete Angelo den Mann aus einem ganz anderen Grund.

Ihm rutschte das Herz in die Hosen, als er Julian

Emerson erkannte. *Oh verdammt.* Warum musste ausgerechnet Julian sich für Angelos Traummann interessieren? Der Mann war personifizierter Ärger. Natürlich konnte Angelo sich nur auf Gerüchte stützen, aber wenn von denen auch nur die *Hälfte* wahr war, konnte sein Traummann in ernste Schwierigkeiten geraten, wenn er zu lange in Julians Nähe blieb. Und während die Musik bis in die frühen Morgenstunden weiter dröhnte, konnte Angelo nicht aufhören, die beiden zu beobachten. Er bemühte sich zwar um Unauffälligkeit, doch Lens Kommentar zufolge versagte er dabei jämmerlich.

Angelo sah zu, wie sein Traummann und Julian auf Tuchfühlung gingen. Ihm wurde ganz eng in der Brust, als sie sich küssten. Es war eindeutig nichts Wildes, aber dennoch hielt Angelo die Luft an und sah besorgt zu. Als sie sich trennten und voneinander verabschiedeten, stieß Angelo einen tiefen Seufzer der Erleichterung aus. Sie gingen nicht zusammen. *So ist's gut, Baby,* sagte Angelo stumm zu ihm. *Geh bloß nicht mit ihm nach Hause.* Er sah seinem Traummann bis zum Ausgang des Clubs nach und musterte dann Julian mit zusammengekniffenen Augen. Angelo war jeden Freitag und Samstag im Heaven; seiner Beobachtung zufolge war Julian an diesen Tagen auch immer da.

Von jetzt an werde ich zusehen, dass ich jedes Wochenende hier bin, dachte er grimmig, den Blick fest auf Julian gerichtet. *Denn wenn dieser umwerfend schöne Mann wiederkommt, werde ich dich mit Argusaugen beobachten.*

Jemand musste es tun – seinem Traummann zuliebe.

Kapitel 3

Rick schenkte sich eine Tasse Kaffee ein und holte dann sein Mittagessen aus dem Kühlschrank, einen Plastikbehälter mit Pasta, die er am Sonntag gemacht hatte. Als er das Essen auf einen Teller schüttete, um es in der Mikrowelle warmzumachen, pfiff er vor sich hin.

Was für ein Unterschied zu letzter Woche, hm?

Er musste immerzu an letzten Samstag denken. Er hatte den Abend sehr genossen. Das Tanzen hatte Spaß gemacht, aber Julian war das Sahnehäubchen gewesen. So aufmerksam, so rücksichtsvoll. *Ich warte schon so lange auf jemanden wie ihn*, dachte Rick, während er zusah, wie sich die Pasta langsam in der Mikrowelle drehte. Den ganzen Abend über hatte er auf das dicke Ende gewartet, aber Julian hatte nicht einen falschen Zug gemacht. Selbst beim Gutenachtkuss, um den Julian gebeten hatte, war er nicht zu weit gegangen. Der sanfte und doch vollkommene Kuss hatte Rick den Atem geraubt.

Und wie er küssen kann.

Verblüfft musste Rick feststellen, dass sich bei der bloßen Erinnerung an diese warmen Lippen auf seinem Mund sein Pulsschlag beschleunigte. *Wenn schon ein Kuss das bewirkt…* Rick erschauerte.

„Oh, ich wüsste ja nur *zu* gerne, woran du grade denkst."

Lizzie stand an der Tür, die Arme vor der Brust verschränkt, ein belustigtes Funkeln in den Augen.

Rick schüttelte sich. Er hatte nicht einmal bemerkt, dass sie die Küche betreten hatte. „Geht dich nichts an", sagte er augenzwinkernd und tippte sich an die

Nasenspitze.

Lizzie kicherte. „Och, du Spielverderber." Sie grinste. „Ich sag' dir meins, du sagst mir deins."

Die Mikrowelle machte „ping" und Rick nahm vorsichtig seine heiße Pasta mit Käsesauce heraus. Er schnupperte daran, dann setzte er sich mit knurrendem Magen an den kleinen Tisch und nahm eine Gabel aus der Schublade hinter sich. Er sah Lizzie interessiert an. Ihre Wangen leuchteten rosa. „Oh? Und was hast du zu erzählen?"

Lizzie nahm ihm gegenüber Platz. „Okay, ich muss es jemandem erzählen." Sie biss sich auf die Lippe. „Ich habe ein Date." Der Rosaton ihrer Wangen vertiefte sich.

Rick zog die Augenbrauen hoch. „Ach, wirklich?" Er kannte Lizzie seit fünf Jahren. Die belgische Leiterin der Übersetzungsabteilung hatte bisher kein großes Glück in mit Männern gehabt. Sie unterhielt ihn oft mit Geschichten von ihren katastrophalen Dates, was meist in beiderseitigem Gelächter endete. „Hoffen wir, dass es diesmal besser läuft als beim letzten Mal. Wie war das noch? Worüber hat er nochmal den ganzen Abend geredet?" Rick grinste. Als ob er das je vergessen könnte.

Zu seiner Überraschung gab Lizzie ein leises Knurren von sich. „Ja, ja, mach dich ruhig lustig darüber. *Du* musstest dir schließlich nicht einen ganzen Abend lang anhören, wie dein Date dir alles über seinen Hämorrhoiden erzählt und wie er sie behandelt – und das auch noch beim Essen."

Rick lachte schallend. „Oh ja, das hatte ich ganz vergessen." Lizzie schaute ihn mit zusammengekniffenen Augen an und er kicherte. „Ach komm schon, du musst doch zugeben, das war *wirklich* lustig." Sie verschränkte die Arme fester vor der Brust, und Rick lenkte rasch ein.

„Also dann, erzähl mir von diesem Mann. Ist er nett? Wo hast du ihn kennengelernt?"

Lizzies Augen strahlten. „Hier."

Rick runzelte die Stirn. „Was? Ist es etwa einer von unseren Autoren?" Er konnte sich nicht erinnern, in letzter Zeit einen gesehen zu haben.

Lizzie lächelte. „Er war auf der Silvesterparty. Blakes Freund Dave, der Fotograf."

„Oh!", lächelte Rick. Jetzt wo sie es sagte, erinnerte er sich wieder. Die beiden hatten sich in einer Ecke des Konferenzraums sehr angeregt miteinander unterhalten. „Und, wann hat er dich eingeladen?"

Lizzie seufzte glücklich. „Er hat mich bei der Party um meine Telefonnummer gebeten. Ich hatte mir eigentlich keine großen Hoffnungen gemacht. Ich dachte, er wollte nur höflich sein. Aber gestern Abend hat er mich angerufen." Sie umschlang sich mit den Armen. „Er sagte, er hätte so lang gebraucht, um den Mut aufzubringen, mich um ein Date zu bitten."

Das hörte sich ja vielversprechend an, fand Rick. Dave hatte auf ihn einen anständigen Eindruck gemacht, und wenn Blake dem Mann vertraute, genügte ihm das auch. Rick hatte Lizzie gern. Eigentlich mochte er alle Mitglieder von Blakes Team gern, aber er hatte eine besondere Schwäche für die stille junge Frau, die immer ein Lächeln und ein freundliches Wort für ihn hatte.

„Und wohin führt er dich aus?"

Lizzie senkte die Stimme. „Er kocht für mich – in seiner Wohnung." Ihre Wangen glühten.

Rick riss in gespieltem Entsetzen den Mund auf. „Aber, aber, Lizzie Jordan – du kleines Luder!"

Lizzie richtete sich auf. „Es ist nur ein Abendessen", beharrte sie und warf ihm dann einen durchbohrenden Blick zu. „Okay, ich hab' dir meins gesagt. Jetzt bist du dran."

Rick lächelte. „Bei mir gibt's noch nichts zu erzählen. Nur … nur dass ich am Samstagabend im Club jemanden kennengelernt habe."

„Ja, aber wir würden alle *schrecklich* gerne wissen, ob du ihn dort gelassen hast. Oder hat er deine Junggesellenwohnung zu sehen bekommen?", fragte Will mit einem anzüglichen Grinsen, als er, gefolgt von Blake, die Küche betrat. Will ging zur Kaffeemaschine und schenkte Kaffee in zwei Becher.

Blake lachte leise. „Na, willst du's uns nicht erzählen?"

Will mischte sich ein. „Ja, gib uns Details, wir wollen Details!"

Rick reckte trotzig das Kinn und sah Blake in die Augen. „Wenn ihr unbedingt so neugierig sein müsst: Ich bin allein nach Hause gegangen." Er zuckte mit den Schultern, als wäre das etwas völlig Normales.

Blake stieß einen Pfiff aus und Will lächelte breit. „So wie du heute den ganzen Morgen über gelächelt hast, war ich überzeugt, dass du ein herrlich schmutziges Wochenende verbracht hast", gab Blake zu.

Ricks Handy klingelte, und er hätte am liebsten einen erleichterten Seufzer ausgestoßen, als er es aus der Tasche holte. *Genau im richtigen Moment.* Er wusste, dass Will später auf der Matte stehen und weitere Einzelheiten verlangen würde, aber Rick wollte nicht darüber reden. Es war fast, als würde er das Schicksal herausfordern, wenn er nur Julians Namen aussprach. Als er die SMS las, stockte ihm der Atem.

Wollen wir am Mittwochabend zusammen essen gehen? Julian X

Rick starrte die Worte auf dem Bildschirm an. Sie hatten Telefonnummern ausgetauscht, aber Rick hatte nicht erwartet, so bald schon von ihm zu hören. Sein Herz pochte wie wild bei dem Gedanken, Julian wiederzusehen.

„Rick? Erde an Rick, bitte melden, Rick!"

Rick merkte, dass er in Gedanken ganz weit weg gewesen war. Die drei anderen in der kleinen Küche betrachteten ihn amüsiert. Will grinste wie ein Verrückter. „Okay, wo warst *du* eben?"

„Sag' ich dir später", antwortete Rick mit einem ebenso breiten Grinsen und steckte sein Handy wieder ein. Er hatte die SMS noch nicht beantwortet, aber er würde sich auf gar keinen Fall hinstellen und eine Antwort tippen, während Will ihm dabei zusah. *Und außerdem, weißt du überhaupt, was du antworten wirst?* Nun, das war einfach. *Ja.* Keine Frage.

~0~

Rick schaute sich im Restaurant um und lächelte. „Ich habe gedacht, ich höre nicht richtig, als du ein Restaurant namens ,The Gay Hussar' vorgeschlagen hast. Und auch noch in Soho."

Julian erwiderte sein Lächeln. „Ja, der Name – und die Gegend – erwecken alle möglichen Assoziationen, nicht wahr?"

Rick nickte. Und keine davon entsprach der Realität. Das Lokal bestand aus einem einzigen, langgezogenen Raum. Die eine Längswand war verspiegelt, an der anderen hingen Skizzen von berühmten Leuten, die hier gegessen hatten. An der Stirnwand stand ein deckenhohes Bücherregal. Selbst die Decke war eindrucksvoll mit Zierleisten geschmückt. Die Tische waren in zwei Reihen an den Wänden entlang aufgestellt; auf der einen Seite gab es plüschige, gepolsterte Bänke. „Es ist richtig schön hier. Wie ist das Essen denn so? Ich habe noch nie ungarisch gegessen."

Julians Augen funkelten. „Es ist köstlich. Du wirst schon sehen."

Als der Kellner ihnen die Speisekarte brachte, studierte Rick sie interessiert. Bei dem großen Angebot lief ihm das Wasser im Mund zusammen. „Oh Gott. Hier hat man ja wirklich die Qual der Wahl." Er brauchte mehrere Minuten, um eine Entscheidung zu treffen, aber schließlich wählte er als Vorspeise Fischklößchen in cremiger Dill-Champignon Soße mit Reis und als Hauptgericht einen Kalbsgulasch-Pfannkuchen mit Spinat. Er versuchte gar nicht erst, die ungarischen Namen der Gerichte auszusprechen, sondern deutete lediglich höflich mit dem Finger darauf. Dem Kellner schien es nichts auszumachen. Julian zeigte sich in seiner Wahl etwas abenteuerlustiger; er entschied sich für eine kalte Wildkirschen-Suppe, gefolgt von gebratener Entenleber mit Zwiebeln, Speck und Paprika.

Rick war erleichtert, als Julian den Wein aussuchte. Auf dem Gebiet kannte er sich nicht gut aus, und er war beeindruckt, als der weiße Muskat-Tokajer kam. Der halbtrockene Weißwein hatte einen milden Abgang und war sehr süffig.

Julian hob sein Glas und prostete ihm zu. „Auf einen angenehmen Abend in noch angenehmerer Gesellschaft!"

Ricks Wangen wurden heiß. Er war noch nie zuvor in ein so elegantes Restaurant zum Abendessen eingeladen worden. Während sie auf ihre Vorspeisen warteten, schaute er sich die Skizzen an den Wänden an. Eine beeindruckende Anzahl von berühmten Gesichtern war darunter. „Anscheinend haben schon ziemlich viele Politiker hier gegessen."

Julian nickte. „Das Lokal ist berühmt. Ich geb's ja zu. Ich wollte dich beeindrucken." Er errötete. Rick fand das bezaubernd. Julian trug ein schwarzes Hemd mit offenem Kragen, dazu ein schwarzes Sakko und schwarze Hosen. Sein langes Haar wurde im Nacken von einer Spange zusammengehalten. Das Gesamtbild war das eines sehr attraktiven Mannes.

„Dann ist dir das gelungen", antwortete Rick leise. Julians Augen strahlten.

Das Essen war ausgezeichnet. Rick aß langsam, um sowohl den pikanten Geschmack als auch die wunderbare Umgebung zu genießen. Als erstes Date war der heutige Abend ein voller Erfolg. Beim Essen stellte Julian ihm Fragen. Rick erzählte ihm von seinen Eltern, seiner Schwester Maggie und seiner Kindheit in Kent. Julian erzählte ihm von seinem aufregenden Job als Rohstoffzwischenhändler in der City. Er interessierte sich für Ricks Arbeit bei Trinity. Aus einer Stunde wurden zwei, und als der Kaffee kam, war Rick so entspannt, dass er fast auf seinem Platz dahin schmolz. Julian hatte sich als perfekter Date-Partner erwiesen, und der Abend war eindeutig voller Romantik gewesen. Rick hatte erwartet, dass sie sich die Rechnung teilen würden. Doch zu seiner Überraschung bestand Julian höflich, aber bestimmt darauf, ihn einzuladen.

Als sie das Restaurant verließen, stieß Rick einen zufriedenen Seufzer aus.

Julian lächelte. „Dir hat der Abend gefallen, oder?"
Rick nickte mit einem unverhohlenen Lächeln. „Er

hat mir *sehr* gut gefallen."

Julian wirkte sehr erfreut. „Was hältst du dann davon, wenn ich uns ein Taxi rufe und dich nach Hause bringe? Schließlich ist morgen ein Arbeitstag."

Rick tat sein Bestes, um seine Überraschung zu verbergen. *Das wird ja immer besser.* „Danke", sagte er aufrichtig. Julian antwortete nicht, sondern sah sich gleich nach einem Taxi um. Rick konnte nicht aufhören zu lächeln. Der Taxifahrer hielt ihn bestimmt für leicht bekloppt – bei jedem Blick in den Rückspiegel auf der kurzen Fahrt nach Southwark sah er diesen Typen auf dem Rücksitz vor sich hin lächeln wie einen Idioten. Julian saß neben ihm; sie hielten Händchen auf Julians Knie, und hin und wieder sah Rick ihn an und lächelte.

Als das Taxi vor dem Mietshaus anhielt, in dem Rick wohnte, stieg Julian mit ihm aus und bat den Fahrer, zu warten. Er begleitete Rick bis zur Haustür. Dort nahm er Ricks Gesicht in beide Hände und zog ihn in einen sanften Kuss, der bald leidenschaftlicher wurde, bis Rick nach Luft schnappte und Julian mit den Armen umschlang, um sich an ihm festzuhalten. Julian legte Rick unter der Jacke einen Arm um die Taille und drückte ihn fest an sich. Der warme, berauschende Duft von Julians Rasierwasser verzauberte Rick die Sinne.

„Darf ich über Nacht bleiben?", flüsterte Julian ihm ins Ohr. Er küsste Rick auf den Hals und knabberte sich an seiner Haut entlang weiter nach unten zu der Stelle, wo Ricks Herzschlag pulsierte.

Rick erstarrte. *Oh verdammt. Wusste ich's doch. Es war zu schön, um wahr zu sein.*

„Julian", begann er. Seine Stimme brach, als Julian an seinem Hals saugte und dann langsam mit der

Zungenspitze eine Spur bis zu Ricks Ohrläppchen zog. *Wie zum Teufel soll ich mich konzentrieren, wenn er sowas macht?* „Julian", versuchte er es erneut. „Bitte warte."

Etwas in seiner Stimme musste durch den Nebel der Lust gedrungen sein. Julian hörte auf, wich zurück und sah ihn an, den Kopf zur Seite geneigt. „Stimmt was nicht?"

Rick atmete ein paarmal tief durch, um sich zu beruhigen. Es war nicht zu leugnen, dass Julian ihn antörnte. Aber Rick war fest entschlossen, an seiner Entscheidung festzuhalten, auch wenn sein Körper nach mehr verlangte.

„Julian, es tut mir leid, aber würdest du es verstehen, wenn es mir beim ersten Date zu früh dafür wäre?" Innerlich betete er wie wild, dass Julian ihn nicht enttäuschen, dass er nicht von dem Podest stürzen würde, auf das Rick ihn gehoben hatte.

Julian starrte ihn an. Er wirkte perplex. Dann glätteten sich seine Gesichtszüge. „Du meinst das ernst."

Rick nickte. Sein Blick hing an Julians Gesicht.

Julian musterte ihn mit unergründlicher Miene. Er seufzte. „Okay. Wenn es das ist, was du willst."

Okay, das wollte ich von ihm hören, wenn auch nicht unbedingt in diesem Ton.

„Macht es dir wirklich nichts aus?", drängte Rick.

Julian nickte knapp. „Hab' ich doch gesagt, oder?" Er lächelte, aber das Lächeln erreichte nicht seine Augen. Dann schien er einzulenken. Sein Gesicht wurde sanfter. „Ja, ist schon in Ordnung, Baby." Er beugte sich vor und drückte Rick einen leichten Kuss auf die Stirn. „Nun mach schon, rein mit dir und geh schlafen. Ich möchte nicht, dass du morgen bei der Arbeit meinetwegen müde bist."

Und damit drehte er sich um und ging zurück zu dem wartenden Taxi. Vor dem Einsteigen winkte er Rick noch einmal kurz zu. Rick sah dem Taxi nach, als es davonfuhr.

Okay, jetzt hast du deinen Willen. Zufrieden?

Er hatte seinen Willen bekommen, oh ja. Das Problem war: Im Moment machte ihn das nicht glücklich.

Morgen wird es dir damit besser gehen, sagte er sich.

Ja, vielleicht.

~0~

„Also, es hat dir gefallen?", drängte Will. „Es war ein gutes Date?"

„Ja", bestätigte Rick zum x-ten Mal. „Um Himmels Willen, Will, du bist ja schlimmer als meine Mutter. Nicht mal *die* quetscht mich nach einem Date so gnadenlos aus." Er hatte Will nichts von Julians Bitte zum Ende des Abends erzählt, aber es war garantiert nur eine Frage der Zeit, bis Will es aus ihm heraus kitzeln würde.

„Und er hat nicht versucht, dir an die Wäsche zu gehen?", bohrte Will. Er nahm einen Bissen von seinem Käse-Sandwich und schaute Rick mit zusammengekniffenen Augen an. „Komm schon, Süßer, du verschweigst mir doch was."

Rick knallte seinen leeren Kaffeebecher auf die Arbeitsfläche. „Okay, wenn's dich glücklich macht – er wollte über Nacht bleiben, aber ich habe nein gesagt." Er starrte Will resolut an. „Siehst du? Ich habe es ernst gemeint, Will. Ich steig' nicht mehr bei der erstbesten Gelegenheit gleich mit jedem Kerl ins Bett." Er fuhr sich mit den Fingern durch sein ohnehin schon verstrubbeltes Haar. Er wusste, dass er es damit nur noch schlimmer machte, aber im Moment war ihm das piepegal. Er hatte das Richtige getan, verdammt nochmal.

Warum hast du dann eine so unruhige Nacht verbracht? Er kam einfach nicht über Julians erste Reaktion hinweg. Hatte er sich das vielleicht nur eingebildet? Okay, Julian hatte „schon in Ordnung" gesagt. *Warum bin ich dann nicht überzeugt?*

„Was ist denn?" Wills Stimme war sanft.

„Ich weiß nicht!", klagte Will. „Es war so ein wunderbarer Abend, und dann diese gedankenlose Frage … Und wie er mich da angesehen hat … Oh Scheiße, Will, er ist einfach so …" Er brach ab. Er war einfach nicht imstande dazu, in Worte zu fassen, was in seinem Kopf vorging.

Will musterte ihn schweigend, die Lippen geschürzt. Rick kannte diesen Gesichtsausdruck. Will führte etwas im Schilde. „Ich habe eine Idee", sagte er schließlich.

Rick zog die Augenbrauen hoch. „Oh, da bin ich aber gespannt."

Will wartete einfach, bis Rick wieder ein ernstes Gesicht machte. „Ich glaube, ich sollte diesen Julian kennenlernen."

Rick lachte laut auf. „Ja was, willst du jetzt meine Lover auf Herz und Nieren prüfen?" Er verdrehte die Augen. „Ich schwöre, du *bist* schlimmer als meine Mutter." Er ließ ein ironisches Kichern hören.

Will schüttelte den Kopf. „Nein, hör zu. Dieser Typ hat offenbar Eindruck auf dich gemacht. Sonst hätte dich seine Reaktion nicht so aus der Fassung gebracht. Und du möchtest ganz eindeutig vorankommen mit ihm. Also … wie wäre es mit einem Date zu viert – du und Julian mit Blake und mir?"

Rick riss die Augen auf. „Ist das dein Ernst?"

Will nickte. „Wir nehmen ihn für dich unter die Lupe. Sagen dir unsere ehrliche Meinung. Weil, darum geht's hier doch im Grunde, oder? Diese Reaktion hat Zweifel an Mr. Perfect in dir geweckt."

Rick machte ein finsteres Gesicht. „Nenn' ihn nicht so. Außerdem lese ich da wahrscheinlich viel zu viel hinein." Trotzdem, es konnte ja nicht schaden. Er vertraute Will und Blake. Wenn Julian Gnade vor ihren Augen fand, würde Rick wenigstens wissen, dass nur seine Paranoia schuld war.

Will grinste. „Du denkst darüber nach, oder?"

Rick warf ihm einen vernichtenden Blick zu. „Du kennst mich viel zu gut. Es ist geradezu beängstigend, wie du anscheinend immer weißt, was in mir vorgeht."

Zu seiner Überraschung beugte Will sich über ihn und küsste ihn auf den Scheitel. „Ich liebe dich eben, Kumpel, das ist alles. Und ich will nicht, dass jemand dir wehtut. Also falls es deinem Seelenfrieden hilft, wenn Blake und ich Julian kennenlernen – umso besser." Dann verengte er die Augen. „Aber falls er nicht koscher ist, dann wehe ihm. Ich passe auf meine Freunde auf, und wenn ich auch nur eine *Sekunde* lang befürchten muss, dass er dir wehtun könnte ..." Er ließ seine Worte verklingen, aber sein Blick reichte schon.

Rick wurde es ganz beklommen zumute. Will war der beste Freund, den er je gehabt hatte. „Danke", sagte er leise. „Ich frage ihn, okay? Natürlich erst, wenn du die Sache mit deinem Gatten in spe abgeklärt hast." Er zwinkerte.

Will schnaubte. „Blake hat ganz bestimmt nichts dagegen. Überlass' das nur mir." Mit einem abschließenden Lächeln warf er seine leere Sandwichtüte in den Mülleimer und verließ die Küche. Rick holte sein Handy heraus und scrollte durch seine Kontakte bis zu Julians Nummer. Er starrte sie eine Zeitlang an.

Mach schon, frag ihn. Er kann nur ja oder nein sagen, oder?

Rick seufzte und tippte auf „Anrufen". Julian meldete sich nach dem fünften Klingeln. Im Hintergrund war lautes Stimmengewirr zu hören.

„Rick! Hi." Julian klang aufrichtig erfreut, von ihm zu hören. „Was verschafft mir das Vergnügen?" Rick hörte Stuhlbeine über den Fußboden scharren. „Bleib mal dran, hier ist es verdammt laut. Sekunde mal." Es gab eine Pause, und dann klangen die Stimmen gedämpfter. „So, das ist besser." Rick konnte ihn jetzt deutlicher verstehen. „Ich hätte nicht geglaubt, so bald schon von dir zu hören."

„Ja, naja, ich hätte da eine Idee, und die wollte ich kurz mit dir besprechen." Ricks Puls raste. „Was würdest du von einem Date zu viert halten?"

Ein kurzer Moment des Schweigens. „Nun, das hängt ganz davon ab." Ein zurückhaltender Unterton lag in Julians Stimme. „Zu viert mit wem genau?"

„Mit meinem Boss Blake und seinem Verlobten Will. Ich habe dir glaube ich gestern Abend von ihnen erzählt." Rick wartete ängstlich.

„Ja, ich erinnere mich." Julian klang nicht sonderlich begeistert.

„Hör mal, wenn du nicht willst, ist das auch okay. Wirklich." Rick sank das Herz.

Eine weitere Pause. „Nein, das wäre cool. Warum machst du nicht etwas mit ihnen aus und gibst mir dann Bescheid?"

„Klar, das mache ich." Rick wartete, ob noch etwas

nachkam, aber am anderen Ende der Leitung blieb es still. „Okay, dann lasse ich dich mal wieder an deine Arbeit gehen."

„Danke, Baby. Ich bin im Moment ziemlich im Stress. Wir telefonieren später nochmal, wenn du das geregelt hast, okay?" Sie verabschiedeten sich voneinander und Julian legte auf.

Rick starrte sein Handy an. Vielleicht bildete er sich das nur ein, aber er hatte den deutlichen Eindruck, dass Julian sich alles andere als begeistert angehört hatte. Dann dachte er noch einmal gründlicher nach.

Wenn es ihm zu sehr widerstreben würde, hätte er abgelehnt, richtig? Ich meine, warum hätte er ja sagen sollen, wenn er nicht mitkommen wollte?

Rick wusste keine Antwort auf diese Frage.

Kapitel 4

Rick war begeistert von dem Restaurant, das Blake ausgesucht hatte. Das Essen war umwerfend gut. Die Einrichtung war elegant, gemütlich ...

Warum fühle ich mich dann so unwohl?

Alles hatte so gut angefangen. Sie hatten sich in der Bar des Restaurants mit Julian getroffen und jeder hatte einen Cocktail getrunken. In der entspannten Atmosphäre war Rick endlich die Schmetterlinge im Bauch losgeworden, die ihn fast den ganzen Samstag über geplagt hatten. Während sie auf ihren Tisch warteten, hatten sie sich unterhalten, und zu Ricks Erleichterung war das Gespräch lebhaft gewesen.

Also wann genau hat der Abend eine Wende zum Schlechteren genommen? Oh ja – mit der Speisekarte.

Nicht mit der Speisekarte an sich, die war völlig in Ordnung. Es war Julians Entscheidung gewesen, für sie *beide* zu bestellen, die die Schmetterlinge wieder aufgescheucht hatte. Julian hatte es vermutlich nur gut gemeint, aber Rick sah an Wills hochgezogenen Augenbrauen und Blakes verkniffenem Blick, dass es ihnen nicht gefiel. Rick wusste nicht, was er davon halten sollte. Okay, schon möglich, dass Julian einen sehr guten Geschmack hatte, vielleicht sogar sowas wie ein Gourmet war, aber Rick war durchaus imstande, sich selbst etwas zu essen zu bestellen.

Warum hast du dann nichts gesagt?

Das war einfach. Rick wollte keinen Aufstand machen. Und er wollte, dass Julian sich wohl fühlte. Wenn das bedeutete, ihn das Menü wählen zu lassen, dann würde Rick ihn nicht davon abhalten. Als das Essen kam, musste Rick einräumen, dass Julian gut gewählt hatte. Das Hühnchen war zart, wunderbar mit

Salbei und Estragon gewürzt, und Julian schien sich wirklich zu freuen, dass es ihm schmeckte.

„Siehst du? Ich wusste doch, dass du es magst", verkündete er strahlend. Er streichelte Rick die Hand, eine sanfte, intime Berührung, die Rick erschauern ließ.

Die Berührung an sich machte Rick nichts aus; anscheinend war das Restaurant schwulenfreundlich, denn niemand zuckte auch nur mit der Wimper. Aber Julian berührte ihn *ständig*, ein Tätscheln hier, ein Streicheln da, fast so, als könnte er die Hände nicht von Rick lassen. Und dann waren da noch Julians ständige Seitenblicke zu Will, als wenn er sich vergewissern wollte, ob Will auch alles mitbekam. Oh ja, das tat er sehr wohl. Rick konnte Will am Gesicht ansehen, dass er nicht glücklich war.

Während sie auf den Kaffee warteten, ging Julian auf die Toilette, und Rick nutzte seine Abwesenheit, um mit Will zu sprechen. Er beugte sich über den Tisch und fragte mit gedämpfter Stimme: „Was ist los?"

Will presste die Lippen zusammen. „Sag bloß, du findest sein Benehmen normal!"

„Nicht hier", warnte Blake und legte Will eine Hand auf den Arm. Er sah Rick in die Augen. „Wir können ein andermal darüber sprechen. Er kommt gleich wieder." Er warf seinem Verlobten einen eindringlichen Blick zu, und Will richtete sich verschnupft wieder auf und lehnte sich zurück.

Der Kaffee kam kurz bevor Julian wieder an den Tisch zurückkehrte. Er drückte Rick einen Kuss auf den Scheitel, als er sich setzte. „Hab' ich was verpasst?"

„Gar nichts", sagte Rick. Er trank einen Schluck Kaffee und lächelte betrübt. Er prostete Blake mit seiner Tasse zu. „Der Kaffee hier ist nicht so gut wie deiner, Blake."

Blake seufzte dramatisch. „Kaffeekochen ist eine Kunst, die nur wenige beherrschen."

Rick kicherte.

Julian streichelte seine Hand, die auf der makellos glatten, weißen Tischdecke ruhte. „Ich bin sicher, dass du genauso guten Kaffee machst wie Blake." Er zwinkerte. „Ich hoffe, ich bekomme ihn heute Abend noch zu kosten."

Rick erstarrte. Okay, es war ihr zweites Date, aber er hatte nicht die Absicht, Julian zu sich nach Hause einzuladen. Will runzelte die Stirn.

Julian trank schweigend seinen Kaffee und starrte dabei ins Nichts, die Kiefermuskeln angespannt.

Rick rührte ein Stück Zucker in seinen Kaffee und sah zu, wie die dunkle Flüssigkeit einen Strudel bildete. Etwas schnürte ihm die Brust zusammen und erschwerte ihm das Atmen. Er mochte Julian, er mochte ihn wirklich, aber das hieß nicht, dass er es sich anders überlegen würde. *Und wenn er mich ernsthaft kennenlernen will, wird er doch sicher meine Wünsche respektieren.* Er seufzte innerlich. Einfach mit irgendwelchen Typen ins Bett zu hüpfen war viel leichter gewesen. *Das hab' ich nun davon, dass ich keine männliche Schlampe mehr sein will,* dachte er. *Magenschmerzen und einen umwerfend schönen Mann, der wahrscheinlich mit mir Schluss machen wird, wenn er nicht bekommt, was er will.*

Nach dem Kaffee bat Blake um die Rechnung. Als der Kellner sie an den Tisch brachte, wollte Julian schon danach greifen, aber Blake kam ihm zuvor. „Ich bestehe darauf zu bezahlen, schließlich war es unsere Idee, euch beide einzuladen." Julian verzog sein

Gesicht, und Blake lächelte höflich. „Ich würde vorschlagen, du zahlst dann beim nächsten Mal, in Ordnung?"

Julian erwiderte das Lächeln mit gleicher Höflichkeit, aber Rick sah die Anspannung in seinem Kiefer.

Als sie aus dem Restaurant wieder hinaus in die eisige Januarluft traten, streckte Will Julian die Hand entgegen. „Hat mich sehr gefreut, dich kennenzulernen."

Julian schüttelte ihm lächelnd die Hand. Rick gewöhnte sich allmählich daran, dieses spezielle Lächeln zu sehen – das, bei dem Julians Augen nicht mitlächelten. „Ja, ganz meinerseits. Rick spricht so oft von euch beiden, da war es schön, den Namen ein Gesicht geben zu können." Er warf einen Blick in Ricks Richtung. „Genaugenommen, Will, hat er bei unserem Abendessen am Mittwoch so viel von *dir* gesprochen, dass ich mich schon zu fragen begann, ob ich einen Rivalen um seine Zuneigung habe."

Rick erstarrte. *Was zum Teufel…?* Erstens hatte er Will an jenem Abend seiner Meinung nach gar nicht *so* oft erwähnt, und zweitens, wie konnte Julian auch nur daran *denken*, so etwas in Blakes Gegenwart auszusprechen?

Blakes Augen blitzten auf. Diese himmelblauen Augen waren plötzlich gletscherkalt. Wills Gesichtsausdruck war kühl. Er öffnete den Mund zum Sprechen, aber Blake zog seinen Blick auf sich und schüttelte den Kopf. Er durchbohrte Julian mit einem eisigen Blick. „Nach diesem gemeinsam verbrachten Abend ist dir sicher klar geworden, dass dein Verdacht absolut unbegründet ist." Er nahm Wills Hand. „Ich bin froh, dass Rick und Will eine so enge Freundschaft verbindet."

Will sah Blake so voller Liebe und Wärme an, dass Rick die Kehle eng wurde.

Julian antwortete steif: „Natürlich. Ich auch." Er wandte sich lächelnd an Rick. „Also, lädst du mich jetzt zu dir nach Hause ein, mein Hübscher?"

Rick hatte die Nase voll. „Weißt du, Julian, ich wollte mir eigentlich mit Will und Blake ein Taxi teilen. Sie wohnen nicht weit von mir, und ich weiß ja, dass es für dich ein Umweg wäre." Der Abend war eine Offenbarung gewesen, und im Moment brauchte er Zeit zum Nachdenken.

Julians Augen weiteten sich. Das hatte er eindeutig nicht erwartet. „Ich verstehe. Nun, in dem Fall möchte ich mich noch einmal für den angenehmen Abend bedanken, Gentlemen." Er gab Rick einen Kuss auf die Wange. „Und wir beide sprechen uns irgendwann einmal, okay?" Er warf ihm ein knappes Lächeln zu, drehte sich um und marschierte davon, wobei er seinen Mantel enger um sich zog, um sich vor dem Wind zu schützen. Sein langes Haar, zu einem Pferdeschwanz zusammengebunden, wehte hinter ihm her. Er blickte sich nicht um.

Rick starrte ihm bestürzt nach. *Oh fuck.*

Blake berührte ihn am Ellbogen und beugte sich zu ihm. „Seit wann wohnen wir in deiner Nähe?"

Rick seufzte tief. „Mir ist auf die Schnelle nichts Besseres eingefallen."

Will legte Rick einen Arm um die Schultern. „Komm, bringen wir dich nach Hause." Er drückte ihn leicht und Will lehnte sich an seinen Freund. Blake hatte bereits ein Taxi angehalten. Als sie einstiegen, zog Will Rick auf den Platz zwischen sich und Blake.

„Sag mir, dass es dir mit diesem Kerl nicht ernst ist."

Das nennt man direkt zum Punkt kommen. Rick stöhnte

auf. „Weißt du was, Will? Ich finde es ja sehr nett, dass ihr beiden mich nach Hause bringt, aber ich will wirklich nicht darüber reden, okay?"

„An deinen Timing musst du noch arbeiten, Babe", sagte Blake mit einem entschiedenen Blick zu Will. „Rick braucht im Moment etwas Freiraum. Lass ihn in Ruhe." Rick lächelte ihn dankbar an. Sein Boss kannte ihn wirklich gut.

„Ich sag's ja nur. Wie besitzergreifend dieser Typ sich benommen hat, das war unglaublich", Will blickte finster drein.

„Will!", sagte Blake scharf. „Schluss jetzt." Will verstummte und starrte aus dem Fenster.

Der Rest der Fahrt verlief schweigend. In Ricks Kopf wirbelte alles durcheinander. Er wusste nicht, was er von Julians Benehmen halten sollte. Es passte überhaupt nicht zu dem Mann, mit dem er erst vor drei Tagen zu Abend gegessen hatte. Er gab es ja nur sehr ungern zu, aber Will hatte den Nagel auf den Kopf getroffen. *Besitzergreifend* war der perfekte Ausdruck. *Kontrollierend* passte angesichts der Sache mit der Speisekarte wahrscheinlich auch.

Rick fühlte sich hundeelend. *Ich hatte mir so gewünscht, dass das funktioniert.* Er hatte keine Ahnung, wie es jetzt weitergehen sollte.

~0~

Mit einem zufriedenen Seufzer lehnte sich Rick zurück. Die ‚Baldige Neuerscheinungen'-Seite auf der Website von Trinity war auf dem neuesten Stand, genauso wie die Bestseller-Liste. Auf der Facebook-Seite waren Werbeanzeigen für sämtliche Neuerscheinungen der kommenden Woche geschaltet, und alle Punkte auf seiner To-Do-Liste waren abgehakt. Rick liebte dieses „Ende-der-Woche"-Gefühl: zu wissen, dass das Wochenende bevorstand und er alles erledigt hatte.

„Das klingt nach einem Mann, der ganz dringend ein Wochenende braucht", scherzte Ed in seinem breiten Cockney-Dialekt, während er den Kopf in Ricks Zimmer steckte. „Hast du schon was vor?" Seine Augen funkelten. „Vielleicht ein, zwei Kerle in Aussicht?" Er lehnte jetzt im Türrahmen, die Arme vor der breiten Brust verschränkt.

Rick schmunzelte. „Für eine Hete findest du mein Sexleben viel zu interessant, weißt du das?"

Ed lachte laut. „Nee, Kumpel. Du hattest viel zu tun diese Woche, ne? Ich finde nur, du musst mal so richtig die Sau raus lassen." Er wackelte mit den Augenbrauen. „Und ich hab' gerade nur einen Witz gemacht. Ich hab' da was läuten hören, dass du dir einen Mann geangelt hast."

Rick sah ihn an und sagte spitz: „Komme ich etwa in dein Büro und frage dich über deine neueste Mieze aus? Nein? Dann zeig' du mir auch ein bisschen Taktgefühl." Als ob er über Julian diskutieren wollte. Er hatte sich die ganze Woche über nicht bei Rick gemeldet, nicht einmal per SMS. Rick sank allmählich der Mut.

Ed schnaubte. „Treffer und versenkt." Dann runzelte er kurz seine Stirn. „Nur, dass das ein verdammt kurzes Gespräch geworden wäre. Anscheinend hab ich in letzter Zeit nicht viel Glück bei den Damen."

Rick klimperte mit den Wimpern. „Ooooch. Da blutet mir ja das Herz. Jetzt verschwinde und lass mich hier fertig machen, damit ich endlich zu meinem ausschweifenden Wochenende komme." Er grinste anzüglich. Innerlich lachte er. Ausschweifendes Wochenende, wahrhaftig. Rick würde die nächsten beiden Tage mit Essen vom Lieferdienst und jeder Menge Bier faul vor dem Fernseher verbringen.

Ed kicherte. „Dann lass' ich dich mal weitermachen." Er salutierte kurz und spazierte dann pfeifend den Flur entlang. Rick schüttelte lächelnd den Kopf. Ed war schon so eine Type. Der schnodderige, Rugby-spielende Büroleiter wirkte laut und vulgär, aber Rick kannte die Wahrheit. Ed würde alles für jeden tun. Der Mann war wie ein großer, kuscheliger Teddybär.

Rick fuhr seinen Computer herunter und bereitete seinen Schreibtisch für Montag vor. Sein Handy lag neben der Tastatur. Rick warf einen sehnsüchtigen Blick darauf.

Warum rufst du ihn nicht an?

Das war leicht zu beantworten. *Weil ich nicht wüsste, wo ich anfangen soll.* Die anstrengende Woche hatte seine Erinnerung an den Abend zu viert etwas verblassen lassen, aber trotzdem hatte er längst nicht alles vergessen.

Als sein Handy klingelte, fuhr er vor Schreck zusammen. Aber als er sah, dass es Julian war, machte sein Herz einen Satz.

„Hi." Rick wartete, weil er nicht wusste, was er sagen sollte.

„Hey du." Julian klang aufgekratzt. „Ich wollte fragen, ob du Lust hast, heute Abend mit mir ins Heaven zu gehen."

Rick ging zum Fenster und starrte hinaus über die Skyline von London. Er lehnte sich an die Scheibe. „Ich war nicht sicher, ob ich nochmal was von dir hören würde. Und um ehrlich zu sein – nach letztem Samstag bin ich mir nicht mehr sicher, ob mir nach einem weiteren Date zumute ist."

Es gab eine Pause, ehe Julian weitersprach. „Hier geht's um das, was ich zu Blake und Will gesagt habe, oder?" In seiner Stimme lag eine Schärfe, die zuvor nicht dagewesen war.

„Auch", gab Rick zu.

Weiteres Schweigen. Als Julian sich wieder zu Wort meldete, war seine Stimme sanfter. „Ach komm schon, Baby, das war ein Scherz."

Rick schnaubte. „Nun, danach hat es sich aber nicht angehört." *Für keinen von uns.*

„Aber du weißt doch, dass ich dir nie wehtun würde."

Genau das wusste Rick eben nicht. „Das ist genau der Punkt. Wir haben uns im Heaven unterhalten, wir haben beim Essen miteinander gesprochen, aber eigentlich kennen wir uns noch gar nicht."

Julians Antwort kam sofort. „Dann lass uns das ändern. Bitte?" Sein Tonfall war schmeichelnd. „Sieh mal, wir können uns heute Abend im Heaven treffen. Das Tanzbein schwingen, zusammen was trinken, uns unterhalten. Ich wette, du hast die ganze Woche über hart gearbeitet. Du hast dir einen Abend verdient, an dem du dich gehen lassen und einfach nur leben kannst." Eine kurze Pause. „Bitte, Rick? Gibst du mir noch eine Chance?"

Rick fühlte sich unwillkürlich geschmeichelt von Julians Beharrlichkeit. *Er muss sich wirklich wünschen, dass aus uns beiden was wird.* Und abgesehen davon fand Rick es sehr schwierig, nein zu sagen. Vor allem wenn jemand hartnäckig war.

„Okay", sagte er schließlich. „Um wie viel Uhr?"

„Oh, großartig!", hauchte Julian. „Sagen wir um neun? Da haben wir beide Zeit, nach der Arbeit erst noch ein bisschen runterzukommen."

„Na schön." Rick versuchte sich einzureden, dass er das Richtige tat. „Also bis dann."

„Danke, Baby." Er konnte das Lächeln in Julians Stimme hören. „Das wird toll, du wirst sehen."

Sie legten auf und Rick steckte das Handy in die Tasche seiner braunen Lederjacke.

Gott, hoffentlich war das kein Fehler. Er tat sein Bestes, um seine Bedenken zu verdrängen, und dachte zurück an ihren ersten Kuss, an seinen ersten Eindruck von Julian. *Vielleicht nehme ich den Samstagabend zu wichtig.* Gott, das hoffte er.

~0~

„Kannst du dich noch an den Kerl erinnern, dem du vor zwei Wochen schöne Augen gemacht hast?" fragte Len, während er mit Angelo an der Bar wartete. „Du weißt schon, den du den ganzen Abend nicht aus den Augen lassen konntest?" Er wackelte mit den Augenbrauen.

Angelo hatte ihn nicht vergessen. Er hatte am Wochenende zuvor nach dem umwerfend schönen Mann Ausschau gehalten, aber keine Spur von ihm gesehen. Dass Julian Emerson ebenfalls nicht da war, hatte ihm ein wenig Sorge bereitet. Angelo gefiel der Gedanke nicht, der an ihm nagte. *Vielleicht sind sie zusammen woanders hingegangen.* Es war kein erfreulicher Gedanke. „Was ist mit ihm?"

„Nun, ist er das nicht, da drüben auf der Tanzfläche?" Angelo drehte so rasch den Kopf, dass er sich beinahe das Genick verrenkte. „Wo?" Er suchte die Tanzfläche mit den Augen ab, hielt Ausschau nach diesem geschmeidigen Körper, diesen schönen blauen Augen. *Bingo.* Da war er, verloren in dem berauschenden Beat, der den Fußboden vibrieren ließ. *Verdammt, heute sieht er noch schärfer aus als beim letzten Mal.* Angelo konnte sich an dem Mann kaum sattsehen. Sein enges rotes Oberteil schmiegte sich an seinen schlanken Körper, und die Jeans sah aus wie aufgesprüht. Aber was Angelo am besten gefiel war der Ausdruck auf seinem Gesicht. Seine Augen waren geschlossen, seine Arme bewegten sich sinnlich im Takt der Musik, von der er sich treiben ließ. Angelo starrte ihn an, völlig fasziniere davon, wie friedvoll er wirkte.

„Warum gehst du nicht rüber und redest mit ihm? Spendierst ihm einen Drink?", schlug Len vor. Er lächelte. „Komm schon, du weißt doch, dass du es willst." Er knuffte Angelo spielerisch in die Rippen.

Angelo lachte. „Hör auf, in meinem Liebesleben herum zu pfuschen." Er mochte Len sehr. Es machte Spaß, mit ihm auszugehen; sie hatten immer was zu lachen, wenn sie zusammen durch die Clubs zogen. Aber vor allem ging Angelo mit ihm aus, um auf ihn aufzupassen. Len war vor ein paar Jahren einmal zusammengeschlagen worden, und seither zog er nur noch sehr ungern alleine los. Angelo machte es nichts aus, ihn zu begleiten. Er tanzte sehr gern, und ins Heaven ging er am liebsten. Len verzog sich immer gleich mit irgendeinem hübschen Twink auf die Tanzfläche und ließ Angelo in Ruhe die Atmosphäre genießen. Und wenn das bedeutete, dass Len sich amüsieren *und* sich sicher fühlen konnte? Angelo würde alles tun, um seinen Freund glücklich zu machen.

Len schnaubte. „Du hast kein Liebesleben, schon vergessen? Du bist zu wählerisch. Du hasst es, wenn dich einer anbaggert."

Angelo zuckte die Achseln. „Kann ich was dafür, wenn ich lieber Jäger bin als Beute?" Sein Blick hing an seinem Traummann.

Vielleicht hat Len ja Recht. Vielleicht sollte ich einfach zu ihm hingehen und …

Fuck. Julian Emerson war bei ihm.

„Ach, Mist", murmelte er.

Len runzelte die Stirn. „Was ist?" Er folgte Angelos Blick zur Tanzfläche. Seine Miene verfinsterte sich. „Oh Gott, der schon wieder." Er schüttelte den Kopf. „Ich mag den Wichser nicht. Von dem kriege ich immer einen ganz üblen Geschmack in den Mund." Angelo zog die Augenbrauen hoch und Len wurde rot. „Nein, doch nicht *so*. Ich habe gesehen, wie er vorgeht. Ein totaler Kontrollfreak."

Dem würde Angelo nicht widersprechen. Julian verkehrte seit ungefähr einem Jahr häufig im Heaven. Angelo sah niedergeschlagen zu, wie der süße Typ mit Julian tanzte – wobei ihm nicht entging, dass die beiden nicht allzu eng tanzten.

Ich werde die Augen offenhalten, dachte er.

Angelo Tarallo war ein Mann mit einer Mission.

~0~

Rick ging es richtig gut. Er musste zugeben, dass Julian recht gehabt hatte. Genau das brauchte er nach der vergangenen Woche. Und Julian war wieder so aufmerksam und sympathisch wie an jenem ersten Abend vor zwei Wochen.

Vielleicht war das letzte Woche ein Ausrutscher. Vielleicht ist das hier der wahre Julian. Damit konnte er leben.

Julian machte eine fragende Geste Richtung Bar, und Rick nickte. Sie verließen die Tanzfläche, um etwas zu trinken.

„Geht's dir gut?", fragte Julian, während sie auf einen Barkeeper warteten. Hinter der Bar eilten mehrere Männer hin und her, rannten sich gegenseitig fast über den Haufen, um die zahllosen Bestellungen zu servieren. Statt der üblichen Neckereien tauschten sie nur knappe Sätze aus, so konzentriert waren sie auf ihre Aufgabe. Für ihre Gäste hatten sie nur ein starres Lächeln übrig.

Rick lächelte. „Mir geht es sogar großartig." Julian strahlte ihn an, und Wärme durchströmte Rick.

„Wohin bist du verschwunden, Babe?", fragte eine bekannte Stimme. „Als wir aufgewacht sind, warst du weg." Oli stand neben Rick, Ben hinter ihm. Olis Augen funkelten vor Belustigung.

Alle Wärme wich aus Ricks Körper. Ausgerechnet jetzt …

Ben trat vor und küsste ihn sanft auf die Lippen. „Da wacht man mit einem Lächeln auf, weil man sich auf einen gemütlichen Morgen-Fick freut, und du warst weg." Er lächelte. „Und wir sind nie dazu gekommen, dir für die tolle Nacht zu danken." Das Lächeln wurde breiter. „Oder dich zur nächsten Runde einzuladen."

Rick war sich bewusst, dass Julian plötzlich sehr still stand. *Oh fuck* …

„Tut mir leid, Leute", sagte Rick. „Darf ich euch Julian vorstellen, einen …"

„*Seinen* Freund", unterbrach Julian, die Lippen zu einem dünnen Lächeln verzogen. Bei den Worten zuckte Rick vor Schreck zusammen, wie unter einem elektrischen Schlag. *Mein was?* Er atmete mehrmals tief durch, um seine Emotionen unter Kontrolle zu bekommen.

Ben und Oli traten von einem Fuß auf den anderen.

Ihr Unbehagen war vermutlich noch gar nichts verglichen mit dem, was im Moment in Ricks Kopf vorging. Oli war sein übliches Lächeln vergangen. „Dann wollen wir die beiden mal nicht länger belästigen", sagte er leise zu Ben und zupfte ihn am Ärmel. Ben sah Rick in die Augen; Rick konnte deutlich das Mitgefühl in seinem Blick lesen. Ben lächelte ihn an und nickte dann Julian zu. Die beiden verschwanden in Richtung Tanzfläche.

Rick wusste nicht, ob er geschockt oder wütend sein sollte. Er wusste nur, dass er jetzt sofort eine Atempause brauchte. Er wandte sich Julian zu, der ihn mit unergründlicher Miene anstarrte.

„Ich muss auf die Toilette", sagte Rick einfach und ging weg. Er brauchte ein bisschen Zeit, um sich zu beruhigen, und das konnte er nicht, wenn Julian neben ihm stand. Etwas kaltes Wasser ins Gesicht, etwas frische Luft – mal sehen, wie er sich *dann* fühlte. Die Toilette war leer. Rick drehte den Kaltwasserhahn auf, ließ sich Wasser in die zusammengelegten Hände laufen und spritzte es sich ins Gesicht. Das eisige Wasser brannte und ließ ihn nach Luft schnappen. Mit tropfnassem Gesicht zog er ein Papierhandtuch aus dem Spender neben dem Waschbecken und tupfte sich trocken. Er lehnte sich an den Waschtisch und schloss die Augen.

Das hier wird langsam wirklich beschissen.

Okay, Ben und Oli waren eben im dümmsten Moment aufgetaucht, aber Julians Erklärung hatte ihn ganz aus der Bahn geworfen. Auf welchem Planeten machte ein Gespräch im Heaven, ein Date und dann ein Abendessen zu viert Julian zu *seinem* Freund? Er stieß lange und heftig den Atem aus, richtete sich auf und betrachtete sein Spiegelbild. Julian starrte ihm aus dem Spiegel entgegen. Er lehnte an der Toilettentür.

Rick fuhr zusammen. „Gott, ich habe dich gar nicht hereinkommen gehört." Kein Wunder, wo er so tief in Gedanken gewesen war.

Julian sagte eine Zeitlang nichts, dann kam er langsam auf Rick zu und legte ihm eine Hand auf die Schulter. Er beugte sich vor und flüsterte ihm ins Ohr: „Du hast mit den beiden gefickt, oder?" Er krallte sich in Ricks Muskel.

Rick sog zischend den Atem ein. „Ob ich das getan habe oder nicht, geht dich gar nichts an. Habe ich dich etwa gefragt, mit wem *du* alles gefickt hast? Außerdem kannte ich dich da noch gar nicht." Was bildete Julian sich eigentlich ein? Rick schüttelte den Kopf. „Und schließlich sind wir ja nicht einmal zusammen, oder?" Genug war genug. Er sah Julian im Spiegel in die Augen. „Ich glaube, ich gehe jetzt nach Hause. Ich …"

„Du gehst nirgendwo hin."

Rick keuchte auf, als Julian ihn an den Oberarmen packte, in eine Toilettenkabine zerrte und die Tür hinter ihm zuknallte. Julian drückte ihn an die Trennwand; Zorn loderte in seinen Augen.

„Was zum Teufel soll der Scheiß?", schrie Rick.

Julian packte sein Kinn mit festem Griff; seine Finger gruben sich in das weiche Fleisch von Ricks Wangen. Er kam ihm so nahe, dass sein Atem Ricks Gesicht streifte. „Dir macht's Spaß, einen Mann aufzugeilen, nicht wahr? Erst machst du einen auf Blümchen Rührmichnichtan, Mister ‚*nein, ich will nicht gleich beim ersten Date mit dir schlafen*', und dann finde ich raus, dass du mit den zwei Schlampen da rumgebumst hast." In seinen Augen blitzte es gefährlich auf. „Oh ja, ich kenne die beiden. Ich weiß, wie die spielen." Er ließ eine Hand fallen, um Rick in den Schritt zu fassen. „Nun, jetzt will *ich* spielen."

„Lass mich los." Rick versuchte zu sprechen, obwohl immer noch eine Hand sein Kinn festhielt. Sein Herz pochte wie wild. Sein Kopf schnellte zurück, als Julian ihm mit geballter Faust einen Schlag auf die Wange versetzte. Rick schrie vor Schmerz und Überraschung auf.

„Ah-ah", sagte Julian mit sardonischem Grinsen. „Ich glaube, ich habe jetzt lange genug auf meine Kostprobe gewartet, findest du nicht auch?"

Er stieß Rick grob über die Toilette. Rick streckte die Hände aus, um nicht gegen die Wand zu prallen. Sein Herz schlug so schnell, dass er glaubte, es müsse jeden Moment explodieren.

„Stopp!", schrie er laut, als Julians Hände an seiner Jeans zerrten. „Ich sagte *Stopp!*" Der Knopf flog davon und landete auf dem geschlossenen Toilettendeckel. Als Julian ihm gewaltsam die Jeans herunterzog und ihm dann die Unterhose zerriss, schrie Rick gellend auf, doch Julians Gewicht presste sich an ihn und eine große Hand hielt ihm den Mund zu. Rick war eingeklemmt. Er konnte sich nicht mehr bewegen und keinen Laut mehr von sich geben, nur noch unhörbar in Julians Hand schreien.

„Halt' still, dann ist es vorbei, bevor du es merkst", sagte Julian ihm ins Ohr. „Wer weiß, vielleicht gefällt es dir ja sogar." Er trat Ricks Füße auseinander.

Rick kniff die Augen zu und wartete. Irgendwann musste der Alptraum ja vorbei sein.

Kapitel 5

Rick fuhr zusammen, als die Tür mit einem allmächtigen Knall eingetreten wurde. *Oh, Gott sei Dank.* Eine tiefe Stimme polterte: „Ich habe gehört, dass er ‚Stopp' gesagt hat, also warum hörst du verdammt noch mal nicht auf ihn?"

Plötzlich war Rick frei, als Julian von ihm weggezerrt wurde, und er brach zitternd auf dem Boden der Kabine zusammen. Der Adrenalinstoß ließ seinen ganzen Körper kribbeln. Bittere Galle stieg ihm in die Kehle; er klappte den Toilettendeckel hoch und erbrach sich heftig, wobei er mit beiden Händen das kalte Porzellan umklammerte. Hinter sich nahm er undeutlich Geräusche wie von einem Handgemenge wahr: scharrende Füße, lautes Geschrei und schmerzerfülltes Ächzen.

„Ich hab' ihn." Eine weitere unbekannte Stimme. Ein Knurren von Julian. Erneutes Scharren. Rick wischte sich mit dem Handrücken den Mund ab; sein Magen schmerzte, so heftig hatte sich übergeben.

Und dann spürte Rick, wie ihn eine Hand behutsam an der Schulter fasste. „Bist du okay?" Wieder diese tiefe Stimme, nur leiser jetzt. Eine weitere Hand, diesmal auf seiner anderen Schulter, zog ihn sanft von der Toilettenschüssel weg. Jemand beugte sich über ihn, um zu spülen, und schloss dann den Deckel. Starke Arme umfassten ihn, halfen ihm auf, zogen seine Jeans und seine zerfetzte Unterhose hoch. Dieselben Arme drehten ihn um, damit er sich hinsetzen konnte.

Rick fand sich Auge in Auge mit einem Mann wieder, der vornübergebeugt dastand und ihn immer noch festhielt. Schwarzes, lockiges Haar und Augen so dunkel wie Kohlen. Diese Augen waren voller Sorge.

Rick atmete ungleichmäßig. Sein Puls raste immer noch. Er hob den Kopf, um dem Blick dieser unglaublichen Augen zu begegnen. „D-danke."

Sein Retter ging vor ihm in die Hocke. „Bleib einfach einen Moment da sitzen, ja? Komm wieder zu Atem." Er stand auf, ging zum Waschbecken und zog ein paar Papiertücher aus dem Spender. Nachdem er sie unter dem Kaltwasserhahn nassgemacht und ausgewrungen hatte, kam er zu Rick zurück und wischte ihm damit das Gesicht ab. Die Kühle war angenehm. Der Mann strich Rick das wirre Haar aus dem Gesicht. „So fühlst du dich gleich besser, oder?"

Schon wollte Rick seinem Retter ein weiteres Mal danken, als die äußere Tür der Toilette aufgerissen wurde.

„Angelo, die Rausschmeißer haben diesen Widerling jetzt bei sich im Büro. Sie wollen die Polizei rufen." Die Stimme klang aufgeregt. Ein weiterer Mann trat in Ricks Blickfeld, ungefähr von der gleichen Statur wie der Mann, der ihn so aufmerksam beobachtete. Die Augen des zweiten Mannes weiteten sich bei Ricks Anblick. „Hey, Kumpel, bist du okay? Keine Sorge, damit kommt er nicht durch."

Ricks Pulsschlag beschleunigte sich. „Keine … keine Polizei." Dem konnte er sich nicht stellen. Beim Gedanken an all die Fragen bekam er einen Kloß im Hals. Seine Knie zitterten.

Der Mann, der vor ihm kniete – *Angelo?* – starrte ihn fassungslos an.

„Das kann nicht dein Ernst sein. Nach dem, was dieser Drecksack eben versucht hat?"

Rick schüttelte den Kopf. Seine Zähne klapperten. „Dank deiner Hilfe hat er's ja nicht geschafft." Er schluckte krampfhaft. „Es … es tut mir leid. Im Moment schäme ich mich nur so schrecklich." Er senkte den Kopf. Sein Gesicht prickelte.

Angelo streckte die Hand aus und legte sie auf Ricks Wange. Rick zuckte bei der Berührung zusammen. Sofort nahm Angelo seine Hand weg. „Du brauchst dich nicht zu schämen, okay? Ich habe dich gehört. Du hast nein gesagt. Laut und deutlich."

Rick hob den Kopf und sah Angelo an. Sein Magen krampfte sich zusammen. „Ja. Und was hat mir das genützt?" Er holte tief Luft. „Bitte, ich meine es ernst. Keine Polizei."

Angelo ging in die Hocke und musterte Rick. Schließlich wandte er sich an den anderen Mann, ohne Rick aus den Augen zu lassen. „Len", sagte er mit einem tiefen Seufzer. „Geh und richte ihnen aus, dass dieser Gentleman keine Anzeige erstatten wird. Sie können Julian auch genauso gut laufen lassen."

Len schnaufte. „Ich sag's ihnen. Es wird ihnen nicht gefallen, aber ich sag's ihnen." Dann grinste er. „Obwohl sie vielleicht beschließen dürften, ein bisschen sorglos mit ihren Fäusten – und ihren Füßen – umzugehen, *bevor* sie ihn rausschmeißen." Er nickte Rick zu und verließ dann die Toilette.

Angelo legte den Kopf schief. „Möchtest du mal versuchen, ob du aufstehen kannst?"

Rick nickte. „Und übrigens, mein Name ist Rick. Du bist Angelo, nehme ich an."

Angelo lächelte zum ersten Mal, seit Rick ihn zu Gesicht bekommen hatte. „Stimmt." Er streckte schützend die Hände aus, als Rick mit zitternden Beinen aufstand, wobei er krampfhaft seine Jeans festhielt. Ein Schwindelanfall brachte ihn zum Taumeln, und er sank dem anderen Mann in die

Arme. „Ganz ruhig. Ich hab' dich." Diese starken Arme stützten ihn. Ein tröstlicher Duft umhüllte ihn, nach frischer, sauberer Baumwolle und würzigem Aftershave. Er atmete ihn tief ein, mit geschlossenen Augen, während er um Fassung rang. Er wollte gar nicht groß darüber nachdenken, was wohl passiert wäre, wenn Angelo nicht genau im richtigen Moment aufgetaucht wäre.

Angelo hielt ihn fest. Rick konnte das rasche Pochen seines Herzens fühlen.

„Hör zu, ich finde, du solltest besser nach Hause gehen", sagte Angelo nach einem kurzen Moment.

Rick war ganz seiner Meinung. „Ja. Ich rufe mir ein Taxi." Er lehnte immer noch an der breiten Brust, die ihn stützte. Es war ihm selbst ein Rätsel, warum er so auf Angelo reagierte. Vielleicht lag es daran, dass er dazwischen gegangen war und ihn gerettet hatte, aber Rick fühlte sich in seinen Armen sehr sicher.

Angelo schüttelte den Kopf. „Ich bringe dich nach Hause."

Rick begann sich aus der Umarmung zu lösen. „Nein, ist schon gut, wirklich." Sofort knickten ihm die Beine ein, aber Angelo packte ihn gerade noch rechtzeitig.

„Diesmal akzeptiere ich kein Nein", sagte er bestimmt. „Aber wir müssen Len unterwegs absetzen. Ich kann ihn nicht allein nach Hause gehen lassen." Rick schaute ihn verdutzt an und Angelo ließ erneut dieses warme Lächeln aufblitzen. „Lange Geschichte." Er fixierte Rick mit einem durchdringenden Blick. „Ich bringe dich also nach Hause. Basta." Dann wurde sein Gesichtsausdruck wieder sanfter. „Pass auf, ich habe keine krummen Sachen vor. Versprochen."

Rick seufzte. Ehrlich gesagt war er erleichtert. Seine

Emotionen waren total chaotisch, und sein Körper schien einfach nicht mitmachen zu wollen. „Okay", sagte er leise. Das strahlende Lächeln, das er dafür von Angelo bekam, war ihm Lohn genug für seine Zustimmung. Alles in ihm sagte ihm, dass er seinem dunkeläugigen Retter vertrauen konnte – obwohl er Julian genauso schnell vertraut hatte.

Außerdem gehen wir schließlich nicht miteinander aus. Er bringt mich nur nach Hause.

Nachdem er seine Jeans zugemacht hatte, stützte Rick sich auf Angelo und ließ sich von ihm aus der Toilette führen. Draußen hatte sich eine Menschenmenge angesammelt. Anscheinend hatte es sich schon herumgesprochen. Ricks Wangen brannten, als sich hinter ihm Getuschel und Gemurmel erhob.

Angelo flüsterte ihm ins Ohr: „Lass sie doch reden. Wenn sie gaffen wollen, ist das ihre Sache. Im Moment geht es mir nur darum, dich hier raus und sicher nach Hause zu bringen."

Rick stieg die Wärme in die Wangen. Er ließ den Kopf unten und zog Kraft aus dem Gefühl von Angelos Arm um seine Schultern. Angelo umfasste ihn fester, während sie sich durch die Zuschauermenge drängten.

Ich will nur nach Hause. Und dann vergessen, dass es jemals passiert ist.

Len wartete vor dem Büro auf sie, und gemeinsam geleiteten sie Rick aus dem Club. Als sie über den Parkplatz auf Angelos Auto zugingen, ließ ein Gedanke Rick sehr rasch wieder nüchtern werden.

Will wird ausrasten.

~0~

Nachdem er Len vor seiner Wohnung abgesetzt hatte, fuhr Angelo wieder los und warf einen Blick auf Rick. Er lächelte. Rick saß auf dem Beifahrersitz, den Kopf gegen die Nackenstütze gelehnt, Augen geschlossen. Ein rascher Blick auf das Heben und Senken seiner Brust sagte Angelo, dass der jüngere Mann wieder einigermaßen normal atmete. Dann dachte er darüber nach. Er hatte keine Ahnung, wie alt Rick war. Soweit er wusste, konnten sie im gleichen Alter sein. Dennoch lag eine gewisse Unschuld über diesem reizenden Gesicht, die ihn jung wirken ließ.

„Rick", sagte er ruhig. Keine Antwort. „Rick." Etwas nachdrücklicher diesmal.

Rick öffnete die Augen. „Wo sind wir?"

Angelo lachte leise. „Wenn ich dich nach Hause bringen soll, wäre eine Adresse ganz nützlich." Rick rasselte eine Adresse in Southwark herunter, komplett mit Postleitzahl, und Angelo programmierte sie in sein Navi. „Okay, schlaf weiter. Bald bist du zuhause."

„'kay." Rick fielen die Augen zu. Angelo schüttelte den Kopf. Der arme Kerl hatte ein traumatisches Erlebnis hinter sich. Kein Wunder, dass er so erschöpft war. Im Moment war Schlaf wahrscheinlich das Beste für ihn.

Er folgte den Richtungsanweisungen des Navis zu einem modernen Mietshaus. Er fuhr in eine Lücke auf dem Parkplatz hinter dem Gebäude. Rick rührte sich neben ihm. Angelo stieg aus, ging um den Wagen herum und öffnete die Beifahrertür. Verschlafene blaue Augen sahen ihn an. Angelo half ihm behutsam beim Aussteigen, schloss das Auto ab und geleitete dann einen stolpernden Rick bis zur Eingangstür. Angelo sah zu, wie er seine Schlüssel aus der Tasche seiner Lederjacke kramte, aber dann verfehlte er ständig das Schlüsselloch.

Lächelnd nahm Angelo ihm die Schlüssel ab und öffnete die Tür. Links führte ein Treppenhaus hinauf, rechts wartete ein Aufzug neben einer Reihe von Briefkästen. Angelo verfrachtete Rick in den Aufzug, und Rick lehnte sich an die Innenwand aus poliertem Stahl.

„Welche Etage?"

„Dritte", nuschelte Rick. „Wohnung vier."

Angelo drückte Knöpfe und der Aufzug erwachte surrend zum Leben. Im dritten Stock gab es acht Wohnungen, aber Angelo hatte Nummer vier bald gefunden. Er öffnete die Wohnungstür und Rick fiel beinahe über die Türschwelle ins Wohnzimmer. Angelo sah links die Küche und rechts zwei weitere Türen, wahrscheinlich Schlaf- und Badezimmer.

„Meine Füße fühlen sich an wie eingeschlafen", brummte Rick. „Brauch' Kaffee."

Angelo lachte. „Glaub' mir, Kaffee ist das letzte, was du brauchst."

Rick zog seine Lederjacke aus, warf sie über die Sofalehne und ließ sich mit dem Gesicht voraus aufs Sofa fallen, den Kopf auf ein dickes Kissen gebettet, die Beine ausgestreckt. Seine Atmung wurde regelmäßiger. Angelo blieb stehen und betrachtete den schönen Mann, ehe er eine Wolldecke von der Rückenlehne des Sofas nahm und den schlafenden Rick damit zudeckte. Angelo setzte sich in den Sessel neben der Couch, lehnte den Kopf an die gepolsterte Rückenlehne und schloss die Augen.

Sämtliche Energie fiel von ihm ab. Er schien die letzte Stunde über rein auf Autopilot funktioniert zu haben.

Wenn ich Julian nicht in die Toilette gefolgt wäre, hätte der Abend vielleicht ein ganz anderes Ende genommen.

Der Gedanke ließ ihn erschauern. Er hatte immer noch keine Ahnung, was ihn überhaupt dazu veranlasst hatte, Julian zu folgen. Möglicherweise hatte er eine Art geistiger Verbindung mit Rick, hatte seine Notlage vielleicht irgendwie gespürt. Er wusste natürlich, dass das Unsinn war, aber anders konnte er es sich nicht erklären. Es hatte ihm das Blut in den Adern gefrieren lassen, den leeren Waschraum zu sehen und dann diesen Unterton von Furcht in Ricks Stimme zu hören, die durch die geschlossene Tür drang. Diese Furcht hatte Angelo wie angewurzelt stehenbleiben lassen. Dann erinnerte er sich an das Aufwallen von eiskalter Wut bei Ricks Aufschrei. Dieser beschissene Dreckskerl. Er kniff die Augen fest zu, aber die Szene von vorhin hatte sich ihm ins Gedächtnis gebrannt. Julian über Rick gebeugt. Ricks Jeans an seinen Oberschenkeln, seine Unterhose zerrissen. Ein kurzes Aufblitzen von Ricks nacktem Hintern, als Julian ihn mit seinem Gewicht flach auf die Toilette drückte …

Er hatte Julian am Kragen gepackt, ihn aus der Kabine gezerrt und durch den halben Waschraum geschmissen. Julian hatte erst geknurrt und ihn dann voller Angst angestarrt, als Angelo mit geballten Fäusten auf ihn losgegangen war. Nur Lens rechtzeitiges Eingreifen hatte Angelo davon abgehalten, den Schleimer zur Brei zu schlagen. Glücklicherweise war Julian zu benommen gewesen, um sich groß zu wehren, als Len ihn auf die Füße gehievt und ihn im Polizeigriff aus der Toilette bugsiert hatte. Die Türsteher hatten sie offenbar draußen in Empfang genommen und sich um Julian gekümmert.

Rick wimmerte im Schlaf. Angelo kniete sich neben

ihm auf den Fußboden, strich ihm das Haar glatt und rieb ihm durch die Chenilledecke hindurch den Rücken. „Schscht, ganz ruhig, Baby", flüsterte er. Er seufzte erleichtert, als Rick wieder ruhig wurde. Angelo ging zu seinem Sessel zurück und setzte sich wieder, den Blick auf Ricks reglosen Körper geheftet.

Was fasziniert mich nur so an dir? überlegte er, während er Rick beim Schlafen zusah. Irgendwas zog ihn an, das war mal sicher. Er betrachtete Rick mehrere Minuten lang, ehe ihm klar wurde, wie spät es schon war. *Und wenn ich noch länger hier sitzen bleibe, schlafe ich auch gleich ein.* Er lächelte vor sich hin. Was würde Rick wohl denken, wenn er aufwachte und Angelo schlafend in seinem Sessel vorfand? Nach dem Abend, den er hinter sich hatte, konnte Angelo sich gut vorstellen, dass Rick wahrscheinlich ziemlich ausflippen würde. Er stand schweigend auf und warf noch einen letzten Blick auf seinen Traummann. Dann verließ er so leise wie möglich die Wohnung.

Auf dem Rückweg zu seinem Wagen dachte er immer noch an Rick. Angelo wurde etwas klar.

Ich will nicht, dass dies das Ende ist.

Er stieg in sein Auto, saß dort in der Dunkelheit und umklammerte das Lenkrad.

Ach ja? Dann lass es nicht das Ende sein. Tu was.

Er lächelte.

~0~

Rick schlich sich an der Küche vorbei, wo Will und Blake miteinander scherzten und lachten, und verschwand hastig in seinem Büro. Er wollte mit niemandem reden. Allerdings würde Will ziemlich sicher auf einem Gespräch bestehen, sobald er Ricks

Gesicht sah. Seine rechte Wange war ein einziger blauer Fleck. Am Samstagmorgen im Bad hatte er sie mit Entsetzen angestarrt. Dann waren die Erinnerungen erneut in ihm wach geworden. Und nochmal am Sonntagmorgen, als er triefend vor Schweiß und zitternd aus einem Alptraum erwacht war. Es hatte lange gedauert, bis er sich wieder in Morpheus' einladende Arme sinken lassen konnte.

Er konnte immer noch nicht begreifen, wie Julian sich von einem netten, zuvorkommenden Mann in den totalen Scheißkerl verwandeln konnte, der ihn in diese Toilettenkabine gestoßen hatte.

Habe ich die Anzeichen übersehen? Gab es überhaupt welche? Sicher, Julian war besitzergreifend gewesen, vielleicht sogar ein wenig kontrollbesessen, aber Rick hatte nichts gesehen, was auf verborgene Geheimnisse hindeutete. Den Julian, der in jener Herrentoilette aufgetaucht war, wollte Rick ganz bestimmt nie wiedersehen. Jedoch waren seine Gedanken im Verlauf des Wochenendes mehr als einmal zu seinem Retter zurückgekehrt. Er konnte diese starken Arme nicht vergessen, die ihn so sicher gehalten hatten, diese tiefe Stimme, diese einfühlsame Art.

Eine Frage ging ihm ständig im Kopf herum. *Wo bist du hergekommen, Angelo?* Rick hatte keine Ahnung. Er war einfach nur verdammt glücklich gewesen, ihn zu sehen.

Rick fuhr seinen Computer hoch und rief seine To-Do-Liste für diese Woche auf. Er kannte nur einen einzigen Weg, mit dem Chaos in seinem Kopf fertig zu werden – indem er sich in die Arbeit stürzte. Er starrte den leeren, sauberen Kaffeebecher auf seinem Schreibtisch an. Er brauchte dringend einen Kaffee, aber das würde bedeuten, sich in die Küche zu wagen.

Sie werden dich sowieso sehen. Teamsitzung, schon vergessen?

Mit einem Seufzer beschloss er, dem Unvermeidlichen nicht länger aus dem Weg zu gehen. *Bring's einfach hinter dich.* Er schnappte sich seinen Becher und ging zur Küche. Das wunderbare Aroma von frischem Kaffee lockte ihn an wie Sirenengesang. Er blieb an der Türschwelle stehen und atmete tief durch. Beim Betreten der Küche sah er, wie Blake Will leicht auf die Wange küsste.

„Hey, ihr zwei", rief Rick, versuchte, so normal wie möglich zu klingen. „Kein Geturtel während der Arbeitszeit, schon vergessen?"

Die beiden anderen lachten, bis Blake Ricks Gesicht sah. „Was zum Teufel ist passiert?"

Rick ging zur Kaffeemaschine und schenkte sich mit zitternden Händen seinen Becher voll. Im Nachhinein gab er zwei Stück Zucker hinein statt wie üblich nur eins. Er hatte das Gefühl, als ob er das heute brauchen würde. Dann drehte er sich um und stellte sich seinem Boss. Sowohl Blake als auch Will stand die Besorgnis ins Gesicht geschrieben.

„Mit einem simplen *, ich will nicht darüber reden'* werdet ihr euch wohl nicht abfinden, oder?", fragte er hoffnungsvoll.

Blake seufzte. „In mein Büro. Jetzt sofort. Alle beide."

Rick seufzte ebenfalls und folgte Blake aus der Küche, Seite an Seite mit Will. Rick versuchte das ungute Gefühl in seiner Magengrube zu ignorieren. In seinem Büro deutete Blake auf die bequeme Couch unter dem Fenster. „Pflanz dich da hin. Und dann spuck's aus."

Er zog sich seinen Schreibtischstuhl heran und setzte sich, Beine gestreckt, Arme vor der Brust verschränkt, immer noch mit seinem Kaffee in der Hand.

Rick setzte sich auf die äußerste Kante des Sitzkissens.

Er hielt den Rücken sehr gerade und umklammerte seinen Kaffeebecher mit beiden Händen. Will saß mit unglücklichem Gesicht neben ihm.

Rick trank einen Schluck Kaffee, ließ sich von der Flüssigkeit wärmen. Mit ruhiger, gleichmäßiger Stimme berichtete er von den Ereignissen des Freitagabends. Als er zu dem Teil mit Julian und der Toilettenkabine kam, sprang Will auf die Füße, die Hände zu Fäusten geballt. Sein Gesicht war wutverzerrt.

„Den werde ich verdammt noch mal umbringen!"

„Will, setz' dich hin und *beruhige* dich." Blake sprach ruhig. Will verstummte mit hochrotem Kopf. Blake nickte ihm zu, und Will setzte sich hin und atmete tief durch. „Besser." Blake wandte sich an Rick. „Erzähl' deine Geschichte zu Ende, denn ich glaube, da kommt noch was."

Rick schluckte. Er erzählte, wie Angelo zu seiner Rettung herbeigeeilt war und wie er sich hinterher um ihn gekümmert hatte.

Blake zog die Augenbrauen hoch. „Dieser Angelo gefällt mir. Hast du ihn da zum ersten Mal getroffen?"

Rick nickte. „Er war weg, als ich am Samstag aufgewacht bin. Ich weiß nicht einmal, wie ich ihn erreichen kann, um mich anständig bei ihm zu bedanken." Als er frühmorgens aufgewacht war, weil er dringend aufs Klo musste, war der gutaussehende Mann, der ihn nach Hause gebracht hatte, spurlos verschwunden gewesen. Rick konnte sich immer noch an dieses warme Lächeln erinnern. Er hatte die Chenilledecke berührt, mit der er zugedeckt war, und selbst gelächelt. Angelo war ein fürsorglicher Mensch.

„Also, was passiert jetzt mit Julian?", fragte Will. Rick runzelte die Stirn und Will starrte ihn an. „Du zeigst ihn doch an, oder? Wegen tätlichen Angriffs, versuchter Vergewaltigung, irgendwas."

Rick schluckte krampfhaft. Wie sollte er das nur erklären?

„Nein, ich werde ihn nicht anzeigen." Beide Männer sahen ihn aufgebracht an. „Seht mal, ich könnte mich nie den ganzen Fragen stellen, okay? Weil, falls er überhaupt je vor Gericht kommt, wird Julians Anwalt mich ja doch nur als männliche Schlampe hinstellen und sagen, dass ich es herausgefordert hätte. Es wird keine Rolle spielen, dass ich nein gesagt habe. Die werden in meiner Vergangenheit herumschnüffeln und alle möglichen Sachen zur Sprache bringen, die ich lieber ruhen lassen würde." Er erschauerte. „Wir wissen doch alle, wie das läuft, oder etwa nicht? Auch wenn ich derjenige bin, der Julian anzeigt, werde letztendlich *ich* vor Gericht stehen. Und das will ich nicht."

Er stand auf. „Tut mir leid, Leute, aber ich muss jetzt wieder an die Arbeit. Ich will nicht mehr darüber reden." Als er an Blake vorbeiging, hielt sein Boss ihn auf.

„Du weißt, dass ich immer für dich da bin, wenn du reden möchtest. Egal worüber."

Rick lächelte ihn an. „Danke, Blake. Das ist wirklich nett von dir. Aber ich glaube, im Moment möchte ich mich lieber nur auf meine Arbeit konzentrieren und eine Zeitlang gar nicht an Männer denken. Auf lange Sicht ist das viel weniger schmerzhaft."

Blake sah ihn traurig an. „Es wird nicht immer so sein, weißt du."

Rick zuckte die Achseln. „Vielleicht. Davon bin ich nicht so überzeugt. Vielleicht ist es einfach mein Schicksal, nicht glücklich zu werden, hast du daran schon mal gedacht?"

Und damit verließ er Blakes Büro, ging zurück in sein eigenes, machte die Tür hinter sich zu und setzte sich an seinen Schreibtisch. Das Hintergrundbild auf seinem Computer zeigte einen umwerfend gutaussehenden, kaum bekleideten Mann; er starrte es eine Zeitlang an und entfernte es dann mit einem Klick der rechten Maustaste.

Soviel zum Thema „ich will, dass mich jemand liebt", dachte er. Diesen Jemand zu finden war so viel Herzschmerz nicht wert.

Seine Gedanken schweiften kurz zu Angelo, seinem weißen Ritter. Er schüttelte den Kopf und trank seinen Kaffee aus.

Bei meinem Pech hat er sowieso schon jemanden. Vielleicht Len. Und selbst wenn er Single wäre, was sollte so ein netter Kerl schon mit einer Schlampe wie mir wollen?

Das half ihm auch nicht. Rick öffnete seinen Dateiordner und machte sich an dir Arbeit.

Kapitel 6

Rick brauchte nur zu sehen, mit was für einem breiten Lächeln auf dem Gesicht Lizzie im Büro herumlief, um zu wissen, dass zwischen ihr und Dave alles zum Besten stand. Da ihr erstes Gespräch zu diesem Thema bereits sieben Wochen zurücklag, durfte er davon ausgehen, dass die beiden inzwischen einige Dates hinter sich hatten. Er fing Bruchstücke von Gesprächen auf, wenn er an der Küche vorbeikam. Rick freute sich für sie, ganz ehrlich, aber sie so zu sehen, erinnerte ihn immer an seine eigene Situation.

Warum konnte ich nicht auch so jemanden finden?

Seit dem Abend im Heaven waren vier Wochen vergangen, und Rick war seither nicht mehr dort gewesen. Seiner Ansicht nach hatte er versucht, das Richtige zu tun, und das hatte er nun davon. Nie wieder. Er verbrachte seine Abende zuhause, schaute fern oder hörte Musik. Als ihm das zu langweilig wurde, hatte er sich freiwillig angeboten, Blake mit den eingereichten Manuskripten zu helfen. Blake delegierte in letzter Zeit viel mehr, und der Unterschied war nicht zu übersehen. Er wirkte fröhlicher, und er lachte eindeutig viel öfter. Nach Ricks Empfinden waren viele dieser Veränderungen Wills Einfluss zuzuschreiben. Bis zu Wills Ausscheiden war es nicht mehr lange hin, und die Aussicht, ihn nicht mehr um sich zu haben, stimmte Rick jetzt schon traurig.

Rick wusste, dass er sich in den letzten vier Wochen verändert hatte. Zum einen redete er weniger bei der Arbeit. Er blieb der Küche fern, wenn jemand drin war, um Gesprächen aus dem Weg zu gehen. Niemand behandelte ihn auch nur einen Deut anders, aber er merkte seinen Kollegen an, dass sie sich Sorgen um ihn machten. Ed hatte es sich angewöhnt, am Ende jeden Tages in Ricks Büro vorbeizuschauen und sich mit ihm über berufliche Dinge zu unterhalten. Der offenherzige Büroleiter sagte zwar nichts, aber Rick wusste, dass er beunruhigt war. Genaugenommen sah es ihm gar nicht ähnlich, so zurückhaltend zu sein. Normalerweise sagte Ed immer unverblümt seine Meinung und entschuldigte sich notfalls hinterher.

Rick sah gerade die geplanten Neuerscheinungen der nächsten Woche durch, als das Telefon auf seinem Schreibtisch klingelte. Er warf einen Blick auf das Display, ehe er den Hörer abnahm.

„Hi, Karen, was kann ich für dich tun?"

„Ich habe hier einen Anrufer für dich. Einen Mr. Angelo Tarallo."

Rick wurde still. Das konnte kein Zufall sein. *Wie zum Teufel hat er mich gefunden?*

Die Empfangsdame räusperte sich. „Rick? Soll ich ihn durchstellen? Oder soll ich ihm lieber sagen, dass du nicht erreichbar bist?"

Rick überlegte rasch. „Nein, du kannst ihn durchstellen." Sein Herz pochte, während er wartete. *Ich habe keine Ahnung, was jetzt kommt.*

„Rick? Hier ist Angelo. Wir kennen uns aus dem Heaven." Da war sie – die tiefe Stimme, an die er sich so deutlich erinnerte.

Rick lächelte trotz seines Herzklopfens. „Als könnte ich das jemals vergessen." Er hörte ein leises Lachen am anderen Ende der Leitung. „Wie in aller Welt hast du mich bloß gefunden?"

Angelo schnaubte. „Ich habe lange genug gebraucht, um dich aufzuspüren. Ich habe herumgefragt – erst im

Heaven und dann in allen anderen Schwulenclubs, die mir eingefallen sind. Alles was ich hatte, war dein Name, deine Beschreibung und deine Adresse. Und obwohl einige Leute dich erkannt haben und wussten, von wem ich rede, musste ich erst noch jemanden finden, der auch wusste, wo du arbeitest. Ich wollte nicht einfach unangekündigt bei dir zu Hause auftauchen."

„Du warst aber fleißig." Das klang, als hätte Angelo sich wirklich viel Mühe gegeben. „Aber warum war es dir so wichtig, mich zu finden?"

Angelos Stimme wurde leiser. „Ich musste einfach wissen, ob es dir gut geht. Ich habe dich seit diesem Tag nicht mehr gesehen. Anscheinend hat dich schon seit einer ganzen Weile niemand mehr gesehen. Das hat mir allmählich Sorgen gemacht."

All das nur um herauszufinden, ob es ihm gut ging. Rick war aufrichtig gerührt. „Mit mir ist alles in Ordnung, wirklich. Ich war nur eine Zeitlang in keinem Club, weil ich … beschäftigt war."

Er konnte die Erleichterung in Angelos Stimme hören. „Oh, Gott sei Dank." Es gab eine Pause. „Pass auf, du kannst mich jetzt gern in der Luft zerreißen, wenn du willst, aber ich hab' mich gefragt, ob du vielleicht Lust auf ein Treffen hättest."

Rick hörte ein Geräusch. Als er aufblickte, sah er Will neben der Tür stehen. Er formte *Angelo?* mit den Lippen.

Rick seufzte. *Karen schlägt wieder zu.* Er nickte.

„Rick? Bist du noch da?"

„Ja, Angelo, entschuldige. Ich war kurz abgelenkt. Ein Treffen mit dir?" Er hatte ein Flattern in der Magengrube. Eine Bewegung fiel ihm ins Auge. Will schüttelte den Kopf, fuchtelte wild mit den Händen und formte mit den Lippen *nein, nein.*

„Nur auf einen Kaffee oder so, nichts weiter. Ich … ich wollte dich nur wiedersehen."

Ricks Magen schlug einen Purzelbaum. Die Ablehnung lag ihm schon auf der Zunge, aber irgendetwas hielt ihn auf. Ein Teil von ihm wollte den dunkelhaarigen Angelo wiedersehen. Er hatte so etwas an sich … Rick holte tief Luft. „Ja, das wäre schön." Er schaute absichtlich nicht zu Will; was er aus dem Augenwinkel sah, reichte ihm schon. Wills gerunzelte Stirn und sein rastloses Gezappel sagten genug.

Als Angelo weitersprach, hörte Rick ihm das Lächeln an. „Oh, das ist toll. Hast du eine Nummer, unter der ich dich erreichen kann?" Rick rasselte seine Handynummer herunter. „Danke. Ich schick dir noch eine SMS, um sicher zu sein, dass ich alles richtig verstanden habe. Heute Abend rufe ich dich an. Du hast im Moment bestimmt viel zu tun, also will ich dich jetzt mal nicht länger stören."

Angelo gefiel Rick immer besser. „Schon okay." Sein Handy piepte und er warf einen Blick darauf. „Deine SMS ist angekommen, danke." Er lächelte. „Ich freue mich auf deinen Anruf heute Abend. Ich bin normalerweise gegen halb sieben zuhause."

„Also dann, bis heute Abend." Angelo hielt inne. „Tschüss, Rick."

„Tschüss." Rick legte auf. Er ließ sich in seinem Stuhl zurücksinken und starrte auf den Monitor.

„Das kann nicht dein Ernst sein. Du gehst mit dem Kerl aus?"

Rick blickte auf und stellte fest, dass Will ihn mit großen Augen anschaute. Er spürte, wie seine Wangen heiß wurden. „Wir gehen nur Kaffee trinken", sagte er.

Will schüttelte den Kopf, die Lippen zu einen schmalen Strich zusammengepresst. „Rick, deine Erfolgsbilanz in Bezug auf Männer ist nicht gerade überwältigend."

Ricks Mund wurde trocken und seine Bauchmuskeln verkrampften sich. „Danke, dass du mich daran erinnerst."

Will seufzte. „Tut mir leid, aber du weißt, dass es stimmt." Er verschränkte die Arme vor der Brust. „Ich glaube, ich sollte mit dir gehen."

Rick schnaubte. „Vergiss es. Da wird nichts draus." Will zog einen Flunsch und Rick musste lächeln. „Und das zieht bei mir nicht. Schau mal, es ist doch nur eine Tasse Kaffee." Er versuchte, die Schmetterlinge zu ignorieren. Rick hatte nicht vor, Will zu sagen, dass Angelo ihm seit jenem Wochenende nicht aus dem Sinn gegangen war. Will würde sich nur Sorgen machen.

Ich meine, sieh nur, was ich von Julian gedacht habe.

Will hatte recht. Rick besaß kein Filter, wenn es um die Männer ging, mit denen er etwas anfangen wollte.

Und du weißt ja, was du dir damit eingebrockt hast, dachte er niedergeschlagen. Er sah Will unverwandt an, bis Will mit einem Seufzer und einem Kopfschütteln hinausging. Rick verdrängte Angelo aus seinen Gedanken und machte sich wieder an die Arbeit.

Warten wir erst mal ab, okay?

~0~

Am Samstagnachmittag um zwei Uhr dreißig betrat Rick das *The Coffee Pot* in Southwark. Er war eine halbe Stunde zu früh. Angelo war so nett gewesen, ihn ein Lokal in der Nähe seiner Wohnung vorschlagen zu lassen, aber um zwei konnte Rick einfach nicht länger warten. Wenn er früher da war, konnte er seinen Magen vielleicht dazu überreden, sich zu beruhigen. Aber als er auf der Suche nach einem Tisch am Tresen vorbeiging, erlebte er eine Überraschung. Anscheinend war sein Kaffee-Partner auf dieselbe Idee gekommen.

Angelo saß in einer Ecke. Er sah verdammt gut aus in seinem langen, schwarzen Wintermantel und mit einem weißen Schal über den Knien. Unter dem aufgeknöpften Mantel trug er einen weich aussehenden, weißen Pulli, Jeans und schwarze Turnschuhe.

Rick bemühte sich, normal zu atmen, während er sich durch Tische und Stühle zu der bequemen braunen Ledercouch durchschlängelte, auf der er hier sowieso immer am liebsten saß. Angelo studierte gerade die Speisekarte und blickte erschrocken auf, als Rick vor dem niedrigen Kaffeetisch stehen blieb. Über Angelos Gesicht breitete sich ein bezauberndes Lächeln aus.

„Hi du." Seine Stimme war wie Schlagsahne. „So früh hatte ich dich gar nicht erwartet." Er lachte leise. „Anscheinend bin ich nicht der einzige frühe Vogel."

Rick lachte nervös auf. „Ich komme ungern zu spät." Er wickelte seinen roten Wollschal ab, knöpfte seine braune Lederjacke auf und ließ sich neben Angelo auf die Couch sinken. Den Schal legte er neben sich.

„Ich wollte mit dem Bestellen warten, bis du auch da bist", sagte Angelo und hielt ihm die Speisekarte hin. „Was möchtest du?"

Rick winkte ab. „Ich war schon so oft hier, dass ich die Karte auswendig kenne. Einen Mokka bitte, einen großen." Er brauchte den Schokoladen-Kick. „Und wenn es noch welchen gibt, ein Stück von dem hausgemachten Früchtekuchen. Sehr zu empfehlen."

Angelo stand auf. „Geht klar. Mokka und Früchtekuchen." Er lächelte. „Wenn der Kuchen wirklich so gut ist, nehm' ich vielleicht selber auch ein Stück." Er verschwand in Richtung Tresen und Rick machte es sich auf dem bequemen Polster gemütlich. Das Café war nicht groß, aber sehr beliebt, vor allem um die Mittagszeit. Er hatte drei Uhr vorgeschlagen, da das Mittagspublikum um diese Zeit normalerweise schon wieder weg war.

Rick konnte kaum glauben, wie nervös er war. Er hatte beinahe eine Stunde gebraucht, um etwas zum Anziehen zu finden, aber schließlich hatte er sich für schwarze Jeans und einen dicken roten Pulli entschieden. Bis jetzt war der Februar verdammt kalt. Rick konnte den Frühling kaum erwarten.

Angelo war wieder da. Er stellte ein Tablett auf den Tisch, dann servierte er Rick einen großen Becher mit duftendem Mokka, gefolgt von einem Latte Macchiato für sich. Dann kamen zwei Teller. Rick erkannte den Früchtekuchen, aber auf dem anderen Teller war ein dekadentes Stück Schwarzwälder Kirschtorte. Rick schnalzte tadelnd mit der Zunge.

„Eine Minute im Mund, ein Leben lang auf den Hüften", stellte er fest.

Angelo brach in Gelächter aus. „Das hab' ich schon öfter gehört." Er zwängte sich mit einem zufriedenen Seufzer wieder in seine Sofaecke. „Das ist hier übrigens ein nettes Lokal."

Rick seufzte ebenfalls. „Ja, stimmt." Als er den ersten Schluck von seinem Kaffee nahm, atmete er genüsslich das süße Aroma ein. Der Kuchen konnte warten. „Also, erzähl mir von Angelo Tarallo", sagte er. Er wollte mehr über seinen Ritter in schimmernder

Rüstung wissen.

Angelo trank von seinem Latte. „Ich bin dreißig, und ich bin Kunstrestaurator. Eigentlich habe ich Holzschnitzer gelernt, aber inzwischen habe ich eine eigene Firma. Wir restaurieren hauptsächlich Holzschnitzereien in Kirchen und denkmalgeschützten Gebäuden."

Rick staunte. „Wow. Das klingt ja sehr beeindruckend. Du musst gut sein, wenn du eine eigene Firma hast."

Angelo zuckte bescheiden mit den Schultern. „Ich kann davon leben. An Statuen zu arbeiten ist anspruchsvoller, weil ich Blattgold und Farbe so auftragen muss, wie es dem Stil der jeweiligen Zeit entspricht. Ich habe ein eigenes Atelier, und darüber wohne ich."

Rick musterte Angelos attraktives Gesicht. „Ich muss einfach fragen … sind deine Vorfahren aus dem Mittelmeerraum? Weil du nämlich nicht aussiehst, als wenn du angelsächsische Wurzeln hättest." Er lachte leise.

Angelo lächelte erfreut. „Ah, du meinst wohl meine olivfarbenen Haut und meine südländische Schönheit." Er zwinkerte. „Meine Eltern kommen aus Sizilien, wie die meisten meiner Verwandten. Viele von ihnen leben in oder um London. Mama und Dad haben einen Internetshop. Sie verkaufen italienische Lebensmittel."

„Sind italienische Familien nicht normalerweise sehr groß?"

Angelo nickte. „Ich habe drei Brüder und eine Schwester."

Rick verzog das Gesicht. „Oh, das arme Mädchen musste mit vier Brüdern aufwachsen. Das wievielte Kind bist du?"

„Erst kommen Vincente, Paolo, Luca und dann ich. Sie sind alle verheiratet und haben Kinder. Maria ist jünger. Sie ist sechsundzwanzig." Angelo lächelte liebevoll. Rick nahm an, dass sein Lächeln Maria galt.

„Mit solchen Namen", sagte Rick lächelnd, „sprecht ihr da alle italienisch?" Die Vorstellung von Liebesgesäusel auf Italienisch während des Vorspiels war sehr sexy.

Angelo seufzte. „Ein bisschen können wir es wohl alle. Früher, als Kind, habe ich öfter italienisch gesprochen. Wenn mein Dad sich aufregt oder wütend wird, spricht er oft italienisch. Wenn er so richtig loslegt und in voller Lautstärke auf Italienisch rumbrüllt, das muss man einfach mal erlebt haben." Er lächelte. „ Als ich älter wurde, habe ich es mir abgewöhnt. Ich spreche nicht sehr gut italienisch, aber wenn ich es höre, verstehe ich so ziemlich alles."

„Wie sind deine Eltern denn so?" Rick war fasziniert. Das war mit seinem eigenen familiären Hintergrund nicht zu vergleichen.

„Mama lächelt immer und lacht viel, vor allem wenn Dad schlechte Laune hat." Eine Falte erschien zwischen Angelos Augenbrauen. „Dad ... Dad ist ein typischer Sizilianer. Er ist der Herr im Haus. Niemand widerspricht ihm, nicht einmal Mama."

Eine Frage musste Rick unbedingt stellen, obwohl er das Gefühl hatte, die Antwort schon zu kennen. „Wissen sie, dass du schwul bist?", fragte er leise.

Angelo schnaubte. „Scheiße, nein." Seine Augen weiteten sich. „Entschuldige, das hätte ich nicht sagen sollen. Nur – ich weiß, was passieren würde, wenn ich es ihnen sagen würde. Ich habe es schon gesehen. Ich habe schwule Freunde, die aus italienischen Familien stammen. Einer wurde von seinem Vater enterbt. Der andere lebt mit seinem Freund zusammen. Immer, wenn seine Eltern aus Sizilien zu Besuch kommen wollen, redet er es ihnen aus." Er starrte in seinen Latte. „Meine Eltern sitzen mir ständig im Nacken, mir ein Mädchen zu suchen und sesshaft zu werden. Auch deshalb gehe ich seit ein paar Jahren kaum noch zu Familienfeiern. Ich habe so die Nase voll von den ständigen Verhören zu meinem Liebesleben. Und deshalb hat Dad mich nur noch mehr auf dem Kieker."

Er wirkte so verloren, dass Rick unwillkürlich seine Hand ergriff. Er drückte sie fest und ließ sie dann wieder los. Angelo schaute seine Hand an, dann sah er Rick in die Augen. Auf seinem Gesicht breitete sich das wunderschöne Lächeln aus, das Rick von jenem Abend her noch so lebhaft in Erinnerung war.

Angelo beugte sich vor, nahm seine Gabel in die Hand und stach ein kleines Stück von seiner Torte ab. Seine Augen schlossen sich, als er es kostete. Ein winziger Seufzer löste sich von seinen Lippen. „Oh mein Gott, das ist himmlisch." Er nahm ein weiteres Stück auf die Gabel und bot es Rick an. „Probier mal." Seine Augen funkelten.

Rick stockte der Atem bei dieser intimen Geste. Ohne nachzudenken legte er die Lippen um die Gabel und zog sie langsam zurück, den Blick die ganze Zeit auf Angelo gerichtet. Angelos Lippen teilten sich, aber er gab keinen Laut von sich. „Köstlich", sagte Rick. Es klang heiserer als beabsichtigt.

Angelo lächelte ihn jetzt auf eine ganz andere Art an. Diesmal war sein Lächeln einfach nur sexy. Er langte mit der Gabel über den Tisch, spießte ein Stückchen Früchtekuchen auf und hielt es Rick an die Lippen. „Ist der besser als die Torte?"

Rick kaute und schluckte. „Ich würde sagen …
anders." Er gab sich innerlich einen Schubs.
Allmählich drohte er hier wirklich erregt zu werden,
und das war nicht der Plan.

Angelo schien zu merken, was gerade in Rick vorging.
Er lehnte sich in die Polster zurück und machte eine
auffordernde Handbewegung. „Wie ist es bei dir? Ist
deine Familie so viel anders?"

Rick kicherte. „Nur ein bisschen." Dann überlegte er
noch einmal. „Nun ja, eins haben wir gemeinsam. Wir
haben beide jüngere Schwestern. Meine heißt Maggie,
und sie ist toll. Es gibt nur mich, sie und meine Eltern.
Sie wissen übrigens, dass ich schwul bin, und haben
mich immer sehr unterstützt."

„Da hast du aber Glück", sagte Angelo wehmütig.
Dann wurde er wieder ernst. „Aber erzähl mir von
Rick. Ich weiß bisher nur deinen Vornamen und dass
du für den Trinity-Verlag arbeitest."

Rick räusperte sich. „Mein Name ist Rick Wentworth,
und ich bin achtundzwanzig. Ich habe
Medienwissenschaften und BWL studiert und seit
meinem Abschluss immer allein gelebt. Ich gehe
immer noch zu Familienfeiern, wo meine Mutter mich
dann immer ins Kreuzverhör nimmt, weil ich keinen
festen Freund habe." Angelo schmunzelte. „Und
wenn es nach ihr ginge, würde sie mich auf meine
sämtlichen Dates begleiten, um ihre Schwiegersöhne
in spe auf Herz und Nieren zu überprüfen." Als
Angelo lachte, schüttelte Rick den Kopf. „Oh nein,
ich mach' keine Witze. Die Frau will eine Hochzeit
und Enkelkinder, das volle Programm." Inzwischen
lächelten sie beide.

„Das hört sich an, als hättest du eine wundervolle
Familie", bestätigte Angelo.

Rick machte sich über seinen Früchtekuchen her, während Angelo den Rest der Torte verspeiste. Als er fertig war, lehnte Rick sich zurück und stieß einen leisen, zufriedenen Seufzer aus. „Das war richtig gut."

Angelo lächelte. Seine Augen leuchteten auf. „Das freut mich", sagte er leise. „Ich wollte die Sache nicht einfach so auf sich beruhen lassen." Er warf Rick einen forschenden Blick zu. „Nur – jetzt, nachdem ich dich wiedergesehen habe, möchte ich mehr."

Es war, als ob Angelo seine Gedanken gelesen hätte. Rick hielt den Atem an. „Was hattest du dir vorgestellt?"

Angelo holte zittrig Luft, ehe er weitersprach. „Würdest du gerne mal mit mir ausgehen? Vielleicht ins Kino oder ins Theater? Oder wir könnten auch einfach mal abends essen gehen." Er betrachtete Rick gespannt.

Rick musterte den Mann neben sich. Bis jetzt hatte Angelo noch keinen falschen Zug getan. Wenn überhaupt, dann hatte er Rick neugierig gemacht. Um es auf den Punkt zu bringen: er mochte Angelo. Sehr sogar.

Ich weiß, ich wollte eigentlich keine Männergeschichten mehr anfangen, aber vielleicht war das ein bisschen vorschnell von mir. Vielleicht gibt es ja doch noch Hoffnung, überlegte er.

„Das klingt verlockend", sagte er schließlich.

Beim Anblick der stillen Freude auf Angelos Gesicht verflogen die letzten Zweifel. „Ich danke dir." Er griff nach Ricks Hand und hielt sie fest. „Dazu muss ich noch eins sagen." Rick wurde ganz still. „Ich weiß, dass wir uns nicht unter den besten Vorzeichen getroffen haben. Aber ich glaube daran, dass man immer positiv denken muss." Er sah Rick fest in die Augen. „Ich möchte dich gerne besser kennenlernen,

Rick. Für mich bist du etwas Besonderes."

Obwohl ihm bei der Erinnerung an jene Nacht zuerst ein kalter Schauer über den Rücken gelaufen war, erfüllte nun Wärme Ricks ganzen Körper. „Ich möchte dich auch besser kennenlernen."

Angelo strahlte. „Willst du noch einen Kaffee?"

Rick überlegte kurz. *Hier bei Angelo bleiben oder zurück in meine leere Wohnung?*

„Sehr gern."

Kapitel 7

„Also, erzählst du mir jetzt, wie dein Kaffee-Date gelaufen ist?"

Rick schenkte sich gerade den ersten Becher Kaffee des Tages ein. Er ließ sich nicht stören. „Siehst du mich, Will? Stehe ich hier in der Küche, anstatt mich in meinem Büro zu verkriechen? Meiner Meinung nach kannst du davon ausgehen, dass es ganz gut gelaufen ist." Er drehte sich mit dem Becher in der Hand um und lächelte. Wills Worte hatten zwar ganz lässig geklungen, aber Rick hatte die Sorge in seiner Stimme gehört.

Will hielt die Hände hoch. „Hey, ich passe nur auf dich auf, okay? Schließlich hast du am Anfang auch über das ganze Gesicht gestrahlt, als du mit ..." Er brach ab, und ein gequälter Ausdruck huschte über sein Gesicht.

Rick seufzte. Er fand es rührend, dass Will sich so viele Gedanken machte. „Schon gut. Sag ruhig seinen Namen. Ich zerbreche schon nicht." Er hoffte Will mit seinem Lächeln zu beruhigen. „Und das Date war gut. Ich habe viel über Angelo herausgefunden. Und weißt du was? Bisher ist er ein echt netter Kerl." Rick hatte den Nachmittag genossen. Beim zweiten Kaffee hatte er sich allmählich entspannt. Als Angelo aufstand, seinen Mantel auszog und es sich dann wieder auf der Couch gemütlich machte, durfte Rick davon ausgehen, dass sein Gesprächspartner ebenfalls entspannt war.

„Gut. Das freut mich", sagte Will nachdrücklich. Er fixierte Rick mit strengem Blick. „Obwohl ich trotzdem noch nach dir sehen werde, okay?" Er grinste. „Muss dich schließlich davon abhalten,

Dummheiten zu machen."

Rick schnappte sich das Geschirrtuch und zielte damit auf Will. „Zwing mich nicht, dir weh zu tun." Dabei lächelte er jedoch. Will zog ein gespielt ängstliches Gesicht und verschwand rasch aus der Küche. Rick lachte in sich hinein. Er liebte es, Will um sich zu haben, und es war ein ernüchternder Gedanke, dass bis zu seinem Abschied nur noch wenige Wochen blieben. Rick würde Will nachdrücklich an sein Versprechen erinnern, den Kontakt nicht abreißen zu lassen. Er wollte seinen Freund nicht verlieren.

Die Teamsitzung an diesem Montagmorgen lief wie am Schnürchen. Alle erstatteten Blake Bericht über den Zustand ihrer jeweiligen Abteilungen. Rick war wieder ganz der Alte, lachte und scherzte. Die vielen Schulterklopfer und freundlichen Blicke von seinen Kollegen vermittelten ihm eine Ahnung davon, wie sehr sich alle um ihn gesorgt hatten. Er konnte nur vermuten, wie er während des vergangenen Monats gewirkt haben musste. Die Sache mit Julian hatte ihm schwer zu schaffen gemacht.

Nach der Sitzung hielt Blake ihn noch zurück. Ed ging als letzter; beim Verlassen des Konferenzraums musterte er Rick zögernd. Rick lächelte ihm zu, ehe Blake die Tür hinter ihm schloss. Blake kehrte an den Tisch zurück und setzte sich neben Rick.

„Keine Panik, du bekommst keine Schwierigkeiten", sagte Blake mit einem gelassenen Lächeln. „Ich wollte mich nur mal kurz in Ruhe mit dir unterhalten. Wie geht es dir?"

Rick war sich nicht sicher, wie er diese Frage beantworten sollte. „Was, ganz allgemein?"

Blake rieb sich mit einer Hand die Wange. „Eigentlich wollte ich wissen, wie es dir nach dem Fiasko mit

Julian geht. Hat er versucht, Kontakt mit dir aufzunehmen?"

Rick lachte rau. „Als ob ich ans Telefon gehen würde, wenn er anruft." Er hatte sein Bestes getan, um jeden Gedanken an Julian zu verdrängen. Der Mann hatte ihn schon genug Zeit und Energie gekostet.

„Gut", nickte Blake. „Und wie lief's am Samstag?"

Rick musste lächeln. „Du musst mal gelegentlich mit deinem PA kommunizieren, Blake. Will hat mich heute Morgen schon ins Kreuzverhör genommen."

Blake sah erleichtert aus. „Also ist alles okay?"

Rick nickte. „Alles bestens", sagte er zuversichtlich. „Also, kann ich jetzt wieder an meine Arbeit gehen?"

Blake gab ihm einen spielerischen Klaps auf den Hinterkopf. „Mach, dass du hier rauskommst."

Rick stand auf und ging zur Tür. Dort drehte er sich noch einmal um und sah zu, wie Blake seine diversen Aktenordner zusammenschob. „Blake? Danke." Als Blake die Stirn runzelte, lächelte Rick ihn freundlich an. „Danke, dass du auf mich aufpasst."

Blake winkte ab. Rick verließ den Konferenzraum und ging wieder zurück in sein Büro. Zeit zum Arbeiten.

~0~

Rick sah sich kopfschüttelnd in dem Pizza-Hut-Restaurant um.

Oh verdammt. Es gefällt ihm nicht. „Stimmt was nicht?", stieß Angelo hervor.

Rick grinste. „Ich kann's nicht fassen, dass du hier essen gehen wolltest."

Scheiße. Ihr zweites Date, und schon hatte Angelo Mist gebaut. „Gefällt es dir hier nicht?"

Ricks Grinsen wurde breiter. „*Au contraire.* Ich *liebe*

Pizza Hut. Aber als du vorgeschlagen hast, vor dem Kino eine Pizza essen zu gehen, hatte ich mir ein italienisches Restaurant vorgestellt, etwas Authentisches, weißt du." Er blickte sich in dem gerammelt vollen Restaurant um. „Eigentlich ist mir das hier sogar lieber." Er zwinkerte. „Macht mich das zu einem billigen Date?"

Angelo sackte vor Erleichterung in sich zusammen. Er lachte. „Nein, das macht dich zu einem unkomplizierten Date. Das gefällt mir." Er hob sein Glas Weißwein. „Auf Pizza Hut. Mögen sie noch lange Pizza mit Käsekruste und Salat ohne Ende servieren."

Rick hob sein Glas Rosé und stieß mit Angelo an. „Das hätte ich selbst nicht besser ausdrücken können." Er nahm einen Schluck Wein und machte sich dann über das Knoblauchbrot und die panierten Champignons her, wobei er leise, begeisterte Laute von sich gab.

Angelo beobachtete ihn lächelnd.

„Also, haben wir unsere Auswahl an Filmen jetzt auf eine vernünftige Anzahl reduziert?", fragte Rick mit einem reizenden Lächeln.

Angelo fand es unglaublich, wie sehr sich ihr Geschmack in Bezug auf Filme ähnelte. Deshalb hatte es sich als recht schwierig erwiesen, einen Film auszusuchen. „Einen Film hatte ich noch nicht erwähnt", sagte er langsam.

Rick zog die Augenbrauen hoch. „Ach, was du nicht sagst."

Angelo nahm allen Mut zusammen und sprudelte hervor: „Im Moment läuft eine restaurierte Version von ‚Vom Winde verweht'." Er wartete mit angehaltenem Atem auf Ricks Reaktion.

Zu seiner Überraschung lächelte Rick bis über beide Ohren. „Wirklich? Ich liebe diesen Film."

Es war offiziell. Angelo war im Himmel. Er stieß seine Anspannung mit einem langen Atemzug aus. „Ohne Witz?"

Rick nickte. „Ich liebe das Buch, und ich habe den Film auf DVD. Ich habe sogar eine Doku über die Dreharbeiten, du weißt schon, *wen nehmen wir als Scarlett O'Hara* und all das." Er tauchte einen Pilz in die Sour Cream und aß ihn mit einem genüsslichen Seufzer. Angelo musste unwillkürlich lächeln. Dieses Date lief noch besser als erwartet.

Als ihre Pizza kam, bat Angelo um Parmesan und bestreute dann sein Stück Pizza großzügig damit. Rick sah ihm mit funkelnden Augen dabei zu. „Du stehst auf Parmesan, was?"

Angelo lachte in sich hinein. „Der stand zuhause immer auf dem Tisch, bei jedem Essen. Parmesan gehörte einfach dazu wie Salz und Pfeffer." Er schaufelte sich Salat auf seinen Teller. Die Pizza war heiß und köstlich. Er schüttelte den Kopf. „Meine Mama kriegt jedes Mal einen Anfall, wenn sie hört, dass ich hier esse. Sie sagt, das ist keine anständige italienische Pizza."

„Macht sie selbst auch welche?"

Angelo stöhnte. „Oh Gott, die Pizza von meiner Mutter ist zum Sterben gut! Ein leichter, knuspriger Boden, saftige Tomaten, Salami, Pilze, Mozzarella …"

„Hör auf!", jammerte Rick. „Das klingt zu gut." Dann zwinkerte er. „Obwohl meine Pizza auch nicht von schlechten Eltern ist."

„Du kochst?" Angelo zog die Augenbrauen hoch.

Rick gab ein beleidigtes Schnaufen von sich. „Hey! Ich bin ein guter Koch. Ich koche unheimlich gern, aber nur, wenn ich viele Leute bekochen kann. Meine Mama lässt mich manchmal auf ihre Küche los, wenn ich sonntags zum Mittagessen komme. Sie findet es toll. Sie sagt, so kann sie sich mal ausruhen."

Angelo nahm einen weiteren Bissen Pizza und Salat – köstlich. „Was muss ich sonst noch über Rick Wentworth wissen?"

Rick rieb sich das Kinn. „Hmm, schauen wir mal. Ich gehe gern dreimal die Woche ins Fitnessstudio. Ich bin kein Fitness-Freak, überhaupt nicht, aber ich stemme Gewichte." Er beugte den Arm und spannte die Muskeln an. „Merkt man's?" Ein neckendes Leuchten lag in seinen Augen.

Angelo musterte Ricks wohlgeformte Arme; unter dem dunkelblauen Seidenhemd zeichnete sich die straffe Oberarmmuskulatur ab. In den feinen Sachen sah Rick verdammt gut aus. „Ja", sagte er mit einem Lächeln.

Ricks Augen weiteten sich bei dem Wort. Er errötete. Angelo fand diese Reaktion bezaubernd.

„Magst du deinen Job?", fragte er.

Rick seufzte. „Ich liebe meinen Job. Ich arbeite jetzt seit sechs Jahren bei Trinity. Blake ist der beste Boss überhaupt." Seine Wangen wurden rot.

Angelo war fasziniert. „Erzähl mir von deinem Boss. Ich würde nämlich zu gern wissen, woran du gerade gedacht hast."

Rick schaute verblüfft drein. „Oh Gott, ich bin rot geworden, oder?" Angelo gluckste und Rick stöhnte auf. „Ich werde ständig rot. Und was Blake betrifft … da ist nichts, ehrlich. Nur, dass ich sechs Jahre lang auf einen Mann scharf war, den ich für hetero hielt. Dann kommt Will Parkinson daher und bam! Drei Monate später verkündet Blake nicht nur, dass er schwul ist, er geht auch noch her und macht Will auf der Silvesterfeier einen Heiratsantrag."

Angelo war nur erleichtert, dass Blake bereits vergeben war. Er verspürte einen leichten Anfall von Eifersucht bei dem Gedanken, dass Rick mit einem Mann zusammenarbeitete, den er offensichtlich verehrte. „Dann ist dein Boss für Will schwul geworden?"

Rick schüttelte den Kopf. „Anscheinend war Blake schon immer schwul. Er hat's nur geheim gehalten. Offenbar hat erst Will ihn dazu gebracht, das Geheimnis zu lüften." Er lächelte. „Du solltest die zwei zusammen sehen. Verliebt ist gar kein Ausdruck."

„Und was ist mit dir?", fragte Angelo. „Hat es in deinem Leben schon einmal einen besonderen Menschen gegeben?"

Rick starrte sein Weinglas an. „Langzeitbeziehungen sind anscheinend nicht mein Ding." Seine Stimme wurde leiser. „Ich war noch nie länger als drei Monate mit jemandem zusammen."

Ricks Gesichtsausdruck ging Angelo zu Herzen. Seine Miene schien mehr als deutlich zu sagen, dass Rick sich eine solche Beziehung wünschte. Angelo musste sich zur Zurückhaltung zwingen. Nach dem, was er bisher gesehen hatte, wollte er Rick definitiv noch sehr viel besser kennenlernen.

Nichts überstürzen, ermahnte er sich. Du hast jede Menge Zeit.

~0~

„Du hättest mich nicht nach Hause bringen müssen", sagte Rick, als sie sich der Eingangstür seines

Wohnhauses näherten. Es war schon kurz vor Mitternacht, da der Film spät geendet hatte. *Nun, er war schließlich fast vier Stunden lang.* Rick schloss die Tür auf und ging hinein.

Angelo folgte ihm. „Meine Mama hat mich anständig erzogen", sagte er mit einem Lächeln. „Und das heißt, dass ich mein Date immer bis zur Haustür bringe." Dann kicherte er. „Obwohl ich ziemlich sicher bin, dass sie dabei eine andere Art von Date als dich gemeint hat." Rick lachte leise.

Der Aufzug kam und sie stiegen ein. Jetzt, wo das Date vorüber war, war Rick nervös. Die wildgewordenen Schmetterlinge waren wieder da, nur dass sie jetzt anscheinend alle Doc Martens trugen. Er durchlebte gerade ein schlimmes Déjà-Vu. Der Abend war perfekt gewesen. Sie hatten sich die ganze Zeit unterhalten, und Rick hatte das Gefühl, Angelo jetzt wirklich zu kennen. Der Film war großartig gewesen, vor allem, als er sich an Angelo gelehnt und dieser seine Hand genommen und locker gehalten hatte. Angelo hatte keinen einzigen falschen Schritt getan. Also hing jetzt alles davon ab, was als nächstes geschah.

Als sie aus dem Aufzug kamen, ging Rick den stillen Flur entlang und blieb dann vor seiner Wohnungstür stehen. Angelo kam näher, bis Rick die Wärme fühlen konnte, die von ihm ausging. Angelo fasste ihn am Kragen seiner Lederjacke und zog ihn an sich.

„Ich fand den Abend wunderbar", sagte er leise.

„Ich auch." Rick wagte es kaum zu atmen.

„Aber ich möchte ihn perfekt machen", flüsterte Angelo und brachte dann ihre Lippen zusammen, anfangs so sanft, dass Rick kaum den Druck dieses warmen Mundes fühlte. Dann wurde der Kuss leidenschaftlicher, als Rick sich hinein sinken ließ, als er die Hände hob, um sie auf Angelos breite Schultern zu legen. Angelo gab einen kehligen Laut von sich, als seine Zunge Ricks Lippen teilte, langsam in seinen Mund glitt und ihn erforschte. Angelo ließ Ricks Kragen los, umfasste stattdessen seinen Kopf und neigte ihn leicht zur Seite, um ihn besser küssen zu können. Rick verlor sich in dem berauschenden Moment und gab sich Angelos sinnlichem Angriff ganz hin.

Als Angelo den Kuss langsam unterbrach und zurücktrat, verspürte Rick sofort ein Gefühl des Verlusts. In seinem Kopf drehte sich alles, und er spürte sehr deutlich, wie heftig sein Herz pochte. Seine Finger kribbelten vor Verlangen Angelo zu berühren, *mehr* von ihm zu berühren.

„Und damit sage ich jetzt gute Nacht", sagte Angelo leise. Seine Augen schimmerten im Schein der Wandlampe. „Danke, Rick. Ich möchte das wieder machen."

„Ja", antwortete Rick sofort. Er wollte mehr. „Ja, bitte."

Bei Angelos strahlendem Lächeln durchströmte ihn eine Welle von Wärme. „Ich rufe dich an, okay? Dann können wir für nächste Woche etwas ausmachen."

Rick konnte nur nicken. Seine Kehle war zugeschnürt. Obwohl er sich wünschte, stark zu bleiben, hätte er Angelo am liebsten mit in seine Wohnung genommen und ihn bis morgen früh dort behalten.

Aber Angelo zeigte Zurückhaltung, also kann ich das auch. Denn nach diesem Kuss zu urteilen begehrte Angelo ihn ebenfalls.

Angelo küsste ihn auf die Nasenspitze und wandte sich dann zum Gehen. Rick hielt ihn am Arm fest und

Angelo neigte den Kopf. „Was ist?"

Rick packte Angelo mit beiden Händen am Kopf und küsste ihn, stöhnte leise in Angelos Mund, als er den Kuss erwiderte, als er Rick in seine starken Arme nahm und ihm durch die Lederjacke hindurch den Rücken streichelte. Als Rick leicht außer Atem den Kuss beendete, lächelte Angelo.

„Du bist viel zu verführerisch, Rick Wentworth. Deshalb gehe ich jetzt, ehe du mich noch dazu bringst, meine Regeln zu brechen." Er trat zurück und drückte den Aufzugsknopf, immer noch lächelnd. Als die Tür aufging, hob er die Hand. „Gute Nacht."

„Gute Nacht", flüsterte Rick. Die Tür glitt zu und Angelo verschwand im Aufzug. Rick öffnete seine Wohnungstür und schloss sie automatisch hinter sich ab. Während er seine Jacke aufhängte, lächelte er vor sich hin.

Das wird ja immer besser.

Dann musste er an Angelos letzte Worte denken. Was für Regeln?

Rick wollte definitiv mehr wissen.

~0~

„Okay, Leute, der letzte Tagesordnungspunkt der heutigen Sitzung ist wichtig, also bitte alle mal herhören."

Am Konferenztisch wurden alle still und betrachteten Blake mit Interesse. Rick fragte sich, was jetzt wohl kam. Dann sah er Will, der kaum stillsitzen konnte. Oh, was jetzt?

„Wie ihr wahrscheinlich inzwischen alle wisst, wird Will uns in zwei Wochen verlassen." Um den Tisch herum entstand Gemurmel. Blake nickte. „Ich weiß, wir lassen ihn alle nur ungern gehen, aber ich fände es gut, wenn wir ihn auf zünftige Trinity-Art verabschieden würden."

„Das ist mal ein Wort!", rief Ed. „Party-Time!" Alles lachte.

Blake hob die Hand. „Ja, aber das wird keine normale Feier. Das wird eine Motto-Party, Leute, deshalb wollten wir euch jetzt schon Bescheid geben, damit ihr eure Kostüme klarmachen könnt."

„Kostüme?" echote Rick. „Oh Gott. Ich komme *nicht* als schwuler Porno-Star, okay?"

Schallendes Gelächter folgte seinen Worten und er zwinkerte.

„Gott sei Dank hat Will ein anderes Thema gewählt", sagte Blake mit leicht rosa angehauchten Wangen.

„Na, dann spann' uns nicht auf die Folter", rief Peter. Beth nickte zustimmend.

Blake grinste. „Das Motto für die Party lautet: ‚Dr. Who'." Will grinste genauso breit. „Ihr könnt also eurer Fantasie freien Lauf lassen. Will ist sogar bereit, seine kostbaren Dr. Who-DVDs zu verleihen, falls jemand noch Inspiration braucht – was ich ziemlich erstaunlich von ihm finde, da ich sie nicht mal anfassen darf." Rundum brach Kichern und Gelächter aus. „Und das Internet gibt es natürlich auch noch. Also überlegt euch was, Leute. Ich werde auch meinen Vater einladen und meinen Freund Dave." Bei dieser Ankündigung waren Pfiffe zu hören. Beth und Peter stupsten Lizzie in die Rippen, und sie bekam einen feuerroten Kopf. „Ich organisiere einen Bus, der euch hinterher nach Hause bringt, weil diese Feier ziemlich sicher mit einer Menge Alkohol verbunden sein wird."

Seine Worte wurden mit Jubelrufen begrüßt. Anschließend erhob sich begeistertes Stimmengewirr, als das Team Ideen auszutauschen begann.

Blake räusperte sich und es wurde wieder still. „Wie dem auch sei", sagte er streng und blickte sich am Tisch um, „es ist Montagmorgen und wir alle haben viel zu tun. Also heben wir uns das Pläneschmieden besser für die Mittagspause auf, okay?" Er lächelte. „Einen schönen Tag, Leute."

Unter lebhaftem Geplauder verließen alle den Konferenzraum.

„Rick, kannst du noch einen Moment bleiben?"

Rick blieb stehen. „Klar, Blake." Er kehrte zum Tisch zurück. Will saß immer noch dort. Rick lächelte ihn an. „Doctor Who, was?" Er schüttelte den Kopf. „Das ist traurig, Will." Nie im Leben würde er zugeben, dass seine eigene DVD-Sammlung es wahrscheinlich locker mit der von Will aufnehmen konnte. Rick war *verrückt* nach Dr. Who.

„Ach, rutsch mir doch den Buckel runter", sagte Will gutgelaunt. Er blickte auf, als Blake die Tür schloss. „Okay, erzähl uns alles." Er grinste anzüglich.

Blake lachte. „Naja, vielleicht nicht alles, aber wir wollen wissen, wie es am Samstag gelaufen ist."

Rick stöhnte auf. „Ich nehme alles zurück. Ihr seid nicht so schlimm wie meine Mutter – ihr seid noch schlimmer."

Will zeigte ihm den Stinkefinger.

Blake schmunzelte. „Es reicht, ihr zwei. Rick, darf ich das so verstehen, dass alles gut gegangen ist?"

Rick seufzte. „Ihr gebt einfach keine Ruhe, oder? Okay, ich fand den Abend toll, obwohl ich zum Ende hin ein bisschen skeptisch war. Ich meine, das hab' ich ja alles schon mal erlebt, nicht wahr?"

„Ich finde es gut, dass du skeptisch warst", sagte Will. „Machen wir uns nichts vor. Du hast auch allen

Grund dazu."

„Aber es ist gut ausgegangen?", drängte Blake.

Rick nickte. „Angelo hat mich bis zur Tür gebracht, dann hat er mir einen Gutenachtkuss gegeben und ist gegangen."

Blake gab ein anerkennendes Geräusch von sich. „Oh, ich mag Angelo." Er lächelte.

Rick sah die beiden Männer nachdenklich an. „Hört zu, ich muss euch mal was sagen. Ich finde es toll, wie ihr zwei auf mich aufpasst und nach mir schaut, aber ganz ehrlich, Leute, ich bin ein großer Junge. Ich kann selber auf mich aufpassen."

„Du weißt doch, dass wir das nur tun, weil wir uns Sorgen um dich machen." Blake wirkte ganz unglücklich.

Rick sah seinen Boss voll Zuneigung an. „Ich weiß. Und nach allem, was passiert ist, nehme ich euch das auch nicht übel. Aber können wir uns vielleicht einfach darauf einigen, dass ich zu euch komme, wenn ich Hilfe brauche oder etwas loswerden muss?" Er musterte Blake beklommen. „Ich habe aus meinen Fehlern gelernt. Ich werde in Zukunft vorsichtiger sein, das verspreche ich, aber das hier muss ich allein schaffen."

Blake lächelte. „Einverstanden. Solange wir uns einig sind, dass meine Tür für dich immer offen ist."

Rick nickte. „Nachricht empfangen und verstanden."

Er hatte den besten Boss aller Zeiten.

Kapitel 8

Rick schaute auf die Uhr. Mittagszeit. Zufrieden vor sich hin summend spazierte er in die Küche, um sein Mittagessen aus dem Kühlschrank zu holen. Nachdem er sich einen Kaffee eingeschenkt und sich mit seiner aufgewärmten Pasta an den Tisch gesetzt hatte, piepste sein Handy. Als er auf das Display schaute, lächelte er.

Der Abend gestern war großartig. Noch mehr davon, bitte.

Ihr drittes Date hatte in einem intimen, kleinen Bistro stattgefunden. Ein Abendessen bei Kerzenlicht und leiser Musik, das volle Programm. Und Rick hatte jede Minute genossen. Er schickte eine Antwort.

Genau das dachte ich auch.

Sein Handy piepste erneut.

Willst du nochmal ins Theater gehen? Diesmal kannst du das Stück aussuchen, versprochen.

Rick lachte in sich hinein. Bei ihrem zweiten Date hatten sie sich im West End ein neues Musical angesehen. Rick stand eigentlich nicht auf Musicals, aber er wollte sich die Chance auf einen weiteren Abend mit Angelo nicht entgehen lassen. Wie es sich herausstellte, stand Angelo auch nicht besonders auf Musicals. Und es war grässlich gewesen. Während der Pause waren sie auf einen Drink in die Bar gegangen. Als Angelo gesagt hatte: ‚Nun ja, das war … mal was anderes', hatte Rick nicht mehr ernst bleiben können. Angelo hatte ihm nur einen Blick zugeworfen, und alle beide waren in Gelächter ausgebrochen. Als die Klingel das Ende der Pause ankündigte, hatte Angelo ihn grinsend an die Hand genommen, und sie waren lachend die Treppe hinunter und aus dem Theater gerannt.

Immer noch kichernd antwortete Rick:

Allerdings. Ich war fürs Leben gezeichnet.

Er grinste, während er auf Angelos Antwort wartete.

Du hast Narben? Ich küsse sie dir weg.

Bei der Erinnerung an Angelos Küsse verspürte Rick ein angenehmes Prickeln am ganzen Körper. Denn dieser Mann *konnte* küssen. Drei Dates, drei Küsse an der Wohnungstür, einer intensiver als der andere. Und doch hatte Angelo seine Türschwelle noch nicht überschritten.

Vielleicht wird es dafür allmählich Zeit, dachte Rick. Ein Schauer der Erregung rieselte ihm über den Rücken. Seine Finger tanzten über das Handy. Sein Puls raste, als er auf „Senden" drückte.

Ich nehme dich beim Wort. Bei unserem nächsten Date.

Angelos Antwort kam beinahe sofort.

Kann's kaum erwarten.

„Du schickst doch deinem Freund nicht etwa Nacktfotos per SMS, oder?"

Rick fuhr zusammen und steckte sein Handy wieder in die Tasche. Will stand mit verschränkten Armen bei der Kaffeemaschine. Seine Augen blitzten.

Rick nahm seine Gabel in die Hand und aß weiter. Er war sich sehr wohl bewusst, dass seine Wangen glühten. „Du bist viel zu gut im Anschleichen", schnaubte er. „Was bist du, so eine Art Ninja?"

Will grinste. „Kann ich was dafür, wenn dich die SMS von deinem Herzblatt so faszinieren, dass du mich nicht reinkommen hörst?" Er griff nach seinem und Blakes Kaffeebechern und machte sich ans Einschenken. Er schnüffelte anerkennend. „Deine Pasta riecht richtig gut. Apropos – hast du Angelo schon deine Kochkünste vorgeführt? Du kennst doch das Sprichwort: Der Weg zum Herzen eines Mannes und so weiter."

Rick schnaubte. „Komm schon. Wir waren erst dreimal miteinander aus. Und bisher sind wir nicht weiter als bis zu meiner Fußmatte gekommen."

Will staunte. „Du hast ihn noch nicht eingeladen? Wow. Du lässt es *wirklich* langsam angehen."

Kann mein Gesicht noch *heißer werden?* Rick hatte nicht vor, Will zu sagen, dass sich das hoffentlich bald ändern würde. Angelo hatte sich bisher wie ein perfekter Gentleman verhalten, aber Rick war jetzt bereit für mehr. „Es war mir ernst damit, Will. Ich springe nicht mehr mit jedem gleich ins Bett, den ich erst seit ein paar Stunden kenne. Die Zeiten sind vorbei." Er spürte, wie sich die Röte bis auf seine Brust ausbreitete. *Ganz gleich wie dringend ich jetzt wissen möchte, wie Angelo im Bett ist.* Er war gespannt, welche Freuden ihn unter den schicken Klamotten erwarteten. *Der Winter nervt echt,* dachte er. *Zu viele Schichten. Ich will Sommer, wenn Klamotten Mangelware sind und man wenigstens sehen kann, was drunter ist.*

Will öffnete schon den Mund zum Sprechen, wurde aber durch das Klingeln von Ricks Handy unterbrochen. Rick fischte es aus der Tasche und lächelte breit, als er sah, von wem der Anruf kam.

„Maggie! Wie geht's, Schwesterherz?" Er warf Will einen entschuldigenden Blick zu. Will winkte ab, nahm die beiden Becher und verließ die Küche. Rick klemmte sich das Telefon zwischen Wange und Schulter, während er seinen Teller abspülte. „Wie kommt es, dass du mich mitten am Tag anrufst? Ist was passiert?"

„Nun ja, wenn der Prophet nicht zum Berg kommt …", scherzte sie.

„Wie bitte?" Rick nahm seinen Kaffee, ging über den

Flur in sein Büro und machte die Tür hinter sich zu. Er setzte sich an seinen Schreibtisch.

„Du hast mich seit Wochen nicht mehr angerufen", sagte sie. „Ich dachte allmählich schon, es wäre etwas wirklich Schlimmes passiert. Ich wollte nur nachsehen, ob dein Handy noch funktioniert." Er genoss den sarkastischen Unterton in ihrer Stimme. Maggie war dreiundzwanzig, lebte noch bei ihren Eltern und war immer noch eine gewaltige Nervensäge. Wenn Rick ihr – mit schöner Regelmäßigkeit – sagte, wie sehr sie ihm auf die Nerven ging, antwortete sie immer, dass sich das für kleine Schwestern so gehöre, das stehe schon in der Stellenbeschreibung.

Rick errötete vor Scham. In den Wochen nach Julians Abgang hatte er es bewusst vermieden, bei Maggie oder seinen Eltern anzurufen. Diese drei Menschen konnten in ihm lesen wie in einem Buch; er konnte keinesfalls mit ihnen reden, geschweige denn ihnen gegenübertreten. Sie hätten im Handumdrehen gewusst, dass etwas nicht stimmte.

Und in letzter Zeit hast du sie natürlich deshalb nicht angerufen, weil du andere Dinge im Kopf hattest.

Nun ja, *ein* anderes Ding – ein hochgewachsenes, dunkeläugiges italienisches Ding.

„Tut mir leid, Schwesterherz", sagte er aufrichtig, „Ich hatte einfach so viel um die Ohren."

Sie schnalzte mitfühlend mit der Zunge. „Also, Mama lässt fragen, ob du Sonntag zum Mittagessen kommst. Und natürlich will sie auch wissen, ob du einen Gast mitbringst." Maggie schnaubte. „Sie gibt einfach nicht auf, was? Man sollte doch meinen, dass sie allmählich die Nase voll hat von deinen Ausreden."

Oh, das wäre ja mal eine Idee… Sag's nicht. Denk nicht mal dran, Rick Wentworth.

Sein Herz raste. „Mags, was würdest du sagen", begann er langsam, „wenn ich sagen würde, dass ich überlege, ob ich jemanden mitbringen soll?"

Maggie verstummte. Rick konnte die alte Standuhr im Flur hinter ihr ticken hören. Schließlich schien sie ihre Stimme wiederzufinden. „Wen?"

Ricks Herz pochte heftiger. „Sein Name ist Angelo. Wir gehen seit ein paar Wochen miteinander aus."

Weiteres Schweigen. „Verdammt, Rick. Du hast ja noch nie einen Mann zum Essen mitgebracht."

„Und vielleicht wird auch diesmal nichts daraus. Ich muss ihn erst noch fragen, ob er mitkommen möchte." Rick wurde es ganz eng in der Brust. *Mache ich zu schnell?* Er wusste nur, dass er nach einmal Kaffeetrinken und drei Dates wissen wollte, wo das hinführte. Und es war mehr als die Verlockung dieses wunderschönen Körpers. Angelo hatte sich als herzlicher, rücksichtsvoller, fürsorglicher Mann erwiesen. Rick versuchte zwar, sich keine allzu großen Hoffnungen zu machen, aber die Hoffnung war trotzdem da und ließ sich nicht unterdrücken.

„Ooh, warte nur, bis Mama das hört", quietschte Maggie. „Das macht sie für den Rest des Jahres glücklich!"

Jetzt machte er sich Sorgen. „Mags, bitte sag ihr, dass sie es nicht übertreiben soll, ja? Ich will nicht, dass sie ihn abschreckt."

„Oh wow." Die Stimme seiner Schwester wurde weicher. „Der ist dir *wirklich* wichtig, nicht?"

Rick schluckte. *Du glaubst gar nicht* wie *wichtig.* „Ja", sagte er einfach.

Für einen Moment herrschte Schweigen. „Ich sage ihr, dass sie es locker angehen lassen soll, okay? Nicht, dass sie in den ersten fünf Minuten schon die Babyfotos rauskramt oder so."

Rick lachte. „Das sähe ihr ähnlich. Aber jetzt entschuldige mich bitte, ich habe einen Anruf zu machen."

Maggie lachte leise. „Nach allem, was du mir eben erzählt hast – wehe, wenn er nicht ja sagt!"

Rick betete, dass er so sein würde.

„Also dann, bis Sonntag. Und Rick?" Bei der Liebe in ihrer Stimme bekam er einen Kloß in den Hals. „Ich freue mich ja so für dich. Ich drücke dir sämtliche Daumen, dass er der Richtige ist."

Gott, seine Schwester kannte ihn so gut. Und er musste es einfach jemandem sagen. „Dann verrate ich dir jetzt ein kleines Geheimnis, Schwesterherz – das hoffe ich auch." Er legte auf und nahm sich einen Moment Zeit zum Durchatmen.

Ich kann's nicht glauben, dass ich das eben getan habe.

Jetzt brauchte Angelo nur noch ja zu sagen.

Er wählte die Nummer und wartet. Es klingelte lange, bis Angelo sich atemlos meldete. „Entschuldige, ich hatte mein Handy oben in der Wohnung gelassen. Ich war in meinem Atelier." Seine Stimme wurde weicher. „Hallo, du. Was für eine nette Überraschung. Normalerweise rufst du mich tagsüber nicht an."

Seine tiefe, warme Stimme jagte Rick einen angenehmen Schauer über den Rücken. „Ich wollte dich eben möglichst früh in der Woche erwischen, bevor du ausgebucht bist", erklärte er. „Hast du am Sonntag schon was vor?"

„Warum? Was schwebt dir denn vor?" Rick genoss den belustigten Unterton.

Er drückte die Daumen. „Was würdest du davon halten, am Sonntag zum Mittagessen bei meinen

Eltern mitzukommen?" Er schloss die Augen und hielt den Atem an. Bis zu diesem Moment war ihm gar nicht klar gewesen, wie dringend er ein „Ja" von Angelo hören wollte.

„Ernsthaft?" In Angelos Stimme schwang etwas mit, das Rick nicht deuten konnte. Sein Herz pochte. „Rick, ich … ich komme sehr gerne."

Rick hatte sich noch nie so leicht gefühlt. „Das ist toll. Ich rufe gleich meine Mutter an und sage ihr Bescheid, dass wir beide kommen."

„Wie soll ich mich anziehen? Elegant? Lässig?" Der Anflug von Unsicherheit in Angelos Stimme war liebenswert.

„Zieh dich so an, als würdest du mit mir ausgehen", sagte er. Angelo kleidete sich immer stilvoll. „Das geht schon in Ordnung."

„Okay." Er schwieg für einen Moment. „Danke, Rick. Ich freu' mich darauf."

„Ich auch, Babe." Der Kosename war ihm ganz unabsichtlich entschlüpft. *Oh verdammt.*

Es gab eine Pause. „Das gefällt mir." Angelos Stimme war weich.

Da war wieder dieses Gefühl der Leichtigkeit. „Ich rufe dich später nochmal an, okay?"

„Super. Pass auf dich auf."

„Du auch." Er trennte die Verbindung, legte das Handy auf den Schreibtisch und ließ sich auf seinem Stuhl zurücksinken.

Babe. Das gefiel Rick auch.

~0~

Angelo starrte, mit pochendem Herzen, das mit rotem Backstein geklinkerte Haus an.

Bitte lass mich das nicht vermasseln.

Rick griff vom Beifahrersitz aus nach seiner Hand. „Sie beißen schon nicht."

Angelo schnaufte. „*Dich* vielleicht nicht – du gehörst zur Familie. Aber mich? Bei mir ist das was anderes." Er wusste, dass es nicht logisch war, so nervös zu sein. Aber er hatte schon seit Ricks Anruf ganz weiche Knie. *Das hier ist unheimlich wichtig.*

Rick lachte in sich hinein. „Glaub mir, sie werden dich lieben." Er zwinkerte. „Du wirst schon sehen."

Angelo biss sich auf die Lippe. *Oh, das ist doch einfach lächerlich. Du bist ein erwachsener Mann, um Himmels willen!* Ricks Finger verflochten sich mit seinen. Es war eine intime Geste, aber keineswegs eine Seltenheit. Angelo hatte den Eindruck, als wären sie sich von Date zu Date immer näher gekommen.

„Falls es was hilft", sagte Rick leise, „ich bin mindestens genauso nervös wie du."

Angelo schnaubte. „Das wage ich zu bezweifeln."

Rick seufzte. „Du bist der erste Freund, den ich je sonntags zum Essen mitgebracht habe. Glaub mir, für mich ist das auch ein gewaltiger Schritt."

Schweigen senkte sich über das Auto. Angelo riss seinen Blick von dem Haus los und starrte Rick an. „Das sagst du mir ausgerechnet jetzt? Ganz toll, Rick. Als hätte ich nicht so schon Bammel genug."

Rick kicherte los. Er ließ Angelos Hand los und legte seine Hand auf Angelos Wange. „Babe." Angelo beruhigte sich sofort. Er liebte es, wenn Rick ihn so nannte. Eben hatte er das erst zum dritten Mal getan, aber Angelo wurde es dabei immer ganz warm ums Herz. Er starrte in diese blauen Augen, die ihn ständig gefangen hielten. Rick lächelte und streichelte ihm die Wange. „Sei einfach du selbst, dann wird alles gut", bekräftigte er. „Also, wie wär's, gehen wir rein, damit ich mit meinem Freund angeben kann?"

Angelo holte tief Luft und nickte. Dann griff er nach den frischen Blumen und der Flasche Rotwein auf dem Rücksitz. Sie stiegen aus und Angelo schloss den Wagen ab. Rick nahm ihm die Weinflasche ab und griff nach seiner Hand. Er hob sie an die Lippen und küsste Angelos Finger, dann gab er ihm die Flasche zurück. Angelo musste lächeln. Rick öffnete die Haustür mit seinem Schlüssel. Er ging voraus in den cremefarbenen Flur. Gedämpfte Stimmen und Gelächter erklangen aus einem entfernten Raum. Rick lächelte ihm ermutigend zu, dann öffnete er eine Tür und sie schauten ins Wohnzimmer. Dort war niemand.

„Sie werden alle in der Küche sein", sagte Rick. Sie gingen den Flur entlang bis zur hintersten Tür und Angelo atmete vor dem Eintreten noch einmal tief durch. Drei Augenpaare richteten sich auf ihn. Sie gehörten zu einem Mann und einer Frau, beide ungefähr Mitte fünfzig, und einer jüngeren Frau, die grinste, als sie ihn sah.

„Rick, eben wollte ich dich anrufen und fragen, ob du den Weg noch weißt. Ich meine, es muss ganze drei Monate her sein, seit du zuletzt hier warst."

Das musste Maggie sein. Rick gluckste und umarmte sie. „Benimm dich, wir haben einen Gast."

Maggie feixte. „Ich *benehme* mich ja – schlecht." Ihre Augen funkelten, als sie sich mit ausgestreckter Hand Angelo näherte. „Angelo, es freut mich sehr, dich kennenzulernen. Ich bin Maggie, Ricks Schwester."

Angelo schüttelte ihr die Hand. „Ganz meinerseits, Maggie."

„Oh, ein junger Mann mit Manieren", rief Ricks

Mutter lächelnd. „Und wenn mein Sohn welche hätte, würde er dich seinen Eltern vorstellen."

Rick zog ein Gesicht. „Mama!"

Seine Mutter lachte. Sie war kleiner als Rick, hatte graue Strähnen in ihren braunen Locken und Augen, die denen ihres Sohnes überaus ähnlich waren. Sie trat vor.

Angelo streckte ihr den Blumenstrauß und die Weinflasche entgegen.

„Ein kleines Dankeschön für die Einladung."

Ihre Augen strahlten. „Oh, du gefällst mir, Angelo." Sie nahm die Blumen und betrachtete sie anerkennend.

„Ich stell' die ins Wasser, Mama." Maggie nahm ihr den Blumenstrauß ab und ging zum Spülbecken.

Ricks Mutter warf einen Blick auf die Weinflasche und zog die Augenbrauen hoch. „Ein junger Mann, der auch noch Geschmack hat." Sie gab die Flasche ihrem Mann, ging mit ausgestreckten Armen auf Angelo zu und umarmte ihn dann herzlich. Angelo war etwas verdattert über den überschwänglichen Empfang. Nachdem sie ihn losgelassen hatte, schaute sie ihm in die Augen. „Ich bin Rachel Wentworth, und das ist Eric, mein Mann. Wir freuen uns sehr, dich kennenzulernen, Angelo."

Eric stand auf und begrüßte Angelo mit festem Händedruck. „Schön, dass du kommen konntest." Er und Maggie sahen sich ähnlich. Beide hatten schwarzes Haar und blaue Augen – nur dass Eric nicht mehr viele Haare hatte.

„In einer halben Stunde gibt es Essen", verkündet Rachel. Sie wandte sich an Angelo. „Ich hoffe, du magst Rinderbraten. Wir essen hier sonntags meistens ganz traditionell."

„Das klingt wunderbar", gab Angelo zu. Genau in diesem Moment beschloss sein Magen, sich laut knurrend zu Wort zu melden. Er schaute Rick tief beschämt an. Rick musterte ihn ein, zwei Sekunden lang und brach dann in Gelächter aus.

„Keine Sorge", winkte er ab. „Warte nur, bis du meine Schwester ach-so-damenhaft rülpsen hörst."

„Ich rülpse nicht!"

Angelo sah ihnen bei den geschwisterlichen Kabbeleien zu. *Wann war ich zum letzten Mal sonntags zum Mittagessen zuhause?* Er konnte sich nicht erinnern. Er wusste nur, dass er den verbalen Schlagabtausch mit seinen Brüdern vermisste, das Essen seiner Mutter, das Geschrei seiner Neffen und Nichten …

Zu sehen, wie diese kleine, aber glückliche Familie ihm mit offenen Armen willkommen hieß, war Balsam für seine Seele. Angelo schob die Nervosität und seinen Anfall von schlechtem Gewissen beiseite und stürzte sich mitten ins Getümmel.

~0~

„Ich mag ihn", sagte Mama leise, während sie den Kaffee aufsetzte.

Rick schnaubte. „Wär' ich nie drauf gekommen."

Sie schaute ihn überrascht an. Ihre Wangen färbten sich rosa. „Was hab' ich gemacht?"

Er kicherte. „Vor allem hast du ständig mit ihm geredet. Der arme Kerl ist ja kaum zum Essen gekommen."

Jetzt schaute sie bestürzt drein. „War ich wirklich so schlimm?"

Rick umarmte seine Mutter fest. „Ich mache nur Witze. Und es ist schön, dass du ihn magst. Mir geht es zufällig genauso."

Sie grinste. „Um es mit deinen Worten zu sagen – wär' ich nie drauf gekommen."

Sein Vater kam mit den Tellern in der Hand in die Küche, und Rick starrte ihn an. „Du hast doch Angelo nicht etwa mit Maggie alleingelassen?"

Sein Vater schmunzelte. „Der Junge kann ganz gut selber auf sich aufpassen. Und ich persönlich meine, dass er Maggies scharfer Zunge mehr als gewachsen ist." Er nickte Rick zu. „Ich mag ihn."

Rick seufzte. „Während ihr zwei hier euren Angelo-Tarallo-Fanclub gründet, foltert ihn meine Schwester wahrscheinlich gerade. Ich gehe besser seinen süßen Arsch retten." Er zwinkerte.

„Rick!"

Beim Verlassen der Küche kicherte Rick vor sich hin. Er schockierte seine Mutter nur zu gern.

Er blieb an der Tür zum Esszimmer stehen, wo Angelo und Maggie immer noch ins Gespräch vertieft am Tisch saßen. Ihren Mienen nach zu schließen ging es um ernstere Dinge. Er lauschte angestrengt.

„Du kennst ihn also erst seit ein paar Wochen?", fragte Maggie, die Arme vor der Brust verschränkt.

„Wir haben uns im Januar zum ersten Mal getroffen, sind aber erst seit etwa drei Wochen richtig zusammen, ja."

Rick wartete ängstlich, ob Angelo etwas von Julian sagen würde, aber sein Freund beließ es dabei. Dann dachte Rick noch einmal darüber nach. *Natürlich würde Angelo nie so etwas tun. Er ist der geborene Gentleman.*

„Sieh mal, Rick wirkt vielleicht wie ein sonniges Gemüt, aber ich gebe dir jetzt einen guten Rat." Maggie senkte die Stimme. „Er hat bisher mit Männern nicht allzu viel Glück gehabt. Wenn du also nur kurz mit ihm rummachen und ihn dann abservieren willst, kannst du jetzt sofort wieder Leine ziehen."

Angelo lächelte. „Ich habe nicht die Absicht, ‚Leine zu ziehen'", sagte er ruhig. „aber ich habe in der Tat vor, bei ihm zu bleiben. Es wäre schön, wenn wir beide Freunde sein könnten." Er sah ihr unverwandt in die Augen. „Ich weiß es zu schätzen, dass du ihn zu beschützen versuchst. Aber erstens kann Rick sehr gut für sich selbst eintreten und zweitens wäre es unklug von dir, jemanden zu verärgern, den du eben erst kennengelernt hast. Du weißt nichts über mich."

„Muss ich denn irgendwas über dich wissen?" Sie hob trotzig das Kinn.

„Nur dass ich Rick gern habe, sehr sogar. Und dass ich alles tun würde, um ihn zu beschützen und glücklich zu machen." Seine Augen blitzten. „Genau wie du."

Maggie starrte ihn noch einen Moment an. Dann breitete sich das reizende Lächeln, das Rick so gut kannte, über ihr Gesicht aus. „Gut gebrüllt, Löwe."

Angelo runzelte die Stirn „Wie bitte?"

Maggie zuckte mit den Schultern. „Es ist nicht zu übersehen, dass meine Eltern dich mögen. Und wie mein Bruder dich anschaut …" Sie schnaubte. „Der Junge konnte noch nie gut Geheimnisse bewahren. Also wollte ich sicher gehen, dass du genauso gut austeilen wie einstecken kannst." Maggie lächelte süß. „Sieh es als Test. Den du übrigens eben bestanden hast."

Angelo lachte auf. „Bestanden? Ich würde sagen, ich habe eine Eins verdient, meinst du nicht auch?"

Sie funkelte ihn an. „Werd' bloß nicht frech." Dann grinste sie. „Ich mag dich, Angelo."

Angelo wischte sich in gespielter Erleichterung die Stirn. „Ich will gar nicht wissen, wie du mit Leuten umgehst, die du *nicht* magst." Dann lächelte er. „Ich mag dich auch, Maggie."

Rick lächelte verstohlen. In nicht einmal drei Stunden hatte Angelo die Herzen seiner Familie erobert.

Wie könnte es auch anders sein? Er ist intelligent, sympathisch, schlagfertig – ganz zu schweigen von sexy.

Wobei der Rest der Familie ihm beim letzten Punkt wohl kaum beipflichten würde.

Und dann kam ihm etwas in den Sinn. So sehr er seine Familie auch liebte, er wollte Angelo für sich allein. Und diesmal hatte er zur Abwechslung nicht vor, ihn auf der Türschwelle stehen zu lassen.

Er war bereit, den nächsten Schritt zu wagen. Und zwar gleich heute Abend.

Kapitel 9

„Ich mag deine Familie sehr", sagte Angelo, als sie auf dem Weg zu Ricks Wohnung in den Aufzug stiegen.

Rick strahlte. „Ja, und es war wohl nicht zu übersehen, dass sie dich auch mögen. Irgendwann dachte ich schon, Mama versucht dich zu adoptieren", scherzte er. Er fand es toll, wie seine Familie Angelo ins Herz geschlossen hatte. Als sie sich weit nach sieben auf den Heimweg gemacht hatten, war es ihm schon ganz natürlich vorgekommen, Angelo dort zu sehen – er scherzte und lachte mit Maggie, unterhielt sich mit Dad über seine Schnitzerei und machte Mama Komplimente zu ihrem Essen. Im Moment stand Rick nicht der Sinn nach Abendessen. Er hatte weit wichtigere Dinge zu bedenken.

Sie traten aus dem Aufzug und gingen den Flur entlang zu Ricks Wohnungstür. Dort nahm Angelo ihn in die Arme, und Rick reagierte, ohne auch nur einen Sekunde zu zögern. Er war begierig auf den Kuss, der wie er wusste gleich kommen würde. Angelo drückte ihn mit seinem festen, straffen Körper gegen die Tür, während er seinen Mund erforschte. Rick gab ein winziges Wimmern von sich, klammerte sich mit beiden Händen an Angelos Rücken fest und zog ihn enger an sich.

Angelo unterbrach den Kuss. Er war außer Atem. „Ich sage jetzt wohl besser Gute Nacht."

„Das musst du nicht", platzte Rick heraus. Im schwachen Schein der Wandlampe sah er, wie Angelos Augen sich weiteten. „Möchtest du noch für eine Weile mit reinkommen? Es ist erst acht." Während er wartete, schlug sein Magen Purzelbäume.

Angelo betrachtete ihn eine Zeitlang schweigend, und

dann trat das wunderschöne Lächeln auf sein Gesicht, bei dem Rick immer so sonderbar zumute wurde. „Gern." Seine Stimme war kaum mehr als ein Flüstern.

Rick schloss die Tür auf, führte ihn hinein und schloss hinter ihnen die Tür wieder ab. „Möchtest du was trinken? Ich habe Weißwein im Kühlschrank."

„Besser nicht. Ich habe zum Essen Wein getrunken, und ich muss heute noch nach Hause fahren. Aber einen Kaffee würde ich gerne nehmen, wenn du welchen hast."

Rick lächelte. „In dieser Wohnung gibt es *immer* Kaffee." Er ging in die Küche und rief hinaus: „Wenn auch nur aufgewärmten von heute Nachmittag. Ist dir das recht?"

„Reicht mir völlig."

Rick stellte den Kaffee in die Mikrowelle und versuchte dabei wieder einmal, die Schmetterlinge zu ignorieren. „Ich vergesse dauernd, dass du meine Wohnung schon gesehen hast", rief er zu Angelo hinaus.

Er hörte Angelos leises Lachen. „Um ehrlich zu sein, habe ich damals nicht groß darauf geachtet. Ich war zu beschäftigt damit, mich um dein Wohlergehen zu sorgen und dabei nicht in deinem Sessel einzuschlafen."

Als Rick mit den heißen Bechern ins Wohnzimmer kam, stellte er fest, dass Angelo es sich auf der Couch bequem gemacht hatte. Rick lächelte. „Wie's aussieht fühlst du dich hier ganz wie zuhause."

Angelo musterte ihn mit diesen dunklen, sexy Augen. „Komm her." Die Worte kamen mit einem heiseren Tonfall, der Rick direkt in den Unterleib fuhr. Er stellte die Becher auf den niedrigen Kaffeetisch, ging dann langsam zu Angelo und setzte sich neben ihn. Angelo schnalzte missbilligend mit der Zunge. „Zu weit weg für das, was ich im Sinn habe." Er packte Rick und rückte ihn – und sich selbst – solange zurecht, bis er auf dem Rücken lag und Rick ausgestreckt auf ihm. Rick schaute auf ihn hinunter, den Mund leicht geöffnet. Angelo lächelte. „Viel besser", flüsterte er, dann umfasste er Ricks Hinterkopf und zog ihn an sich, um ihm einen Kuss zugeben, der innerhalb von Sekunden nicht mehr zärtlich, sondern wild und leidenschaftlich war.

Rick stöhnte in den Kuss und rollte die Hüften, um sich fester an Angelo zu drücken. Er konnte fühlen, wie hart Angelo war. Als Angelo sich ihm entgegen drängte und ihm die Zunge tiefer in den Mund stieß, konnte Rick nicht aufhören, sich zu bewegen. Er ließ seine Arme unter Angelos Schultern gleiten, hielt sich fest und begann sich an Angelo zu reiben. Wundervolle leise Seufzer drangen aus dem Mund, der ihn gerade verschlang.

Sie rieben sich aneinander, und ihre Bewegungen wurden immer schneller, drängender, bis Angelo sich mit einem lauten Stöhnen losriss. Er starrte Rick an; seine Augen waren so schwarz, dass Rick nicht mehr zwischen Pupille und Iris unterscheiden konnte. „Gott, Rick, Baby, was du mit mir machst." Seine Stimme war heiser.

Rick stöhnte auf. „Was *ich* mit *dir* mache? Verdammt, ich bin schon hart wie Stahl!" Er packte Angelos Hand und zog sie zwischen ihre Körper zu der Stelle, wo seine Erektion seine enge Jeans ausbeulte. Er drängte sich Angelos Hand entgegen, rieb sich an ihm und stöhnte erneut auf, als Angelo seine Latte sanft drückte. „Oh, ja." Angelo atmete schwer, während seine Finger sich an Ricks in Denim verpacktem Penis entlang tasteten.

Rick hielt es kaum noch aus. Er stützte sich auf die Ellbogen und schaute Angelo tief in die Augen. „Bleibst du heute Nacht?" Sein Körper schrie danach; sein Anus zog sich zusammen, so sehr sehnte er sich danach ihn in sich zu spüren.

Angelo wurde still. Seine Hand bewegte sich nicht mehr. Er schaute Rick an und öffnete den Mund, dann schloss er ihn wieder.

Fuck. Ich war zu schnell. Rick wurde es ganz schwer ums Herz. Er machte Anstalten aufzustehen, aber Angelo hielt ihn fest.

„Glaub mir, ich möchte ja sagen", versicherte Angelo. „Aber mir ist nur zu deutlich bewusst, dass du morgen früh zur Arbeit musst."

Rick drehte sich der Magen um. Sein Körper fühlte sich plötzlich so furchtbar schwer an.

Angelo fasste ihn am Kinn und hob es an, um ihm ins Gesicht sehen zu können. „Ich sage nicht nein, Rick. Ich sage nur… nicht heute Nacht."

In Ricks Magen flatterte es. Bei Angelos Worten ging ein Ruck durch seinen Körper. „Wirklich?"

„Wirklich", echote Angelo. „Vielleicht an einem Freitag oder Samstag, wenn wir alle Zeit der Welt haben, um es zu genießen." Er lächelte. „Ich will mir Zeit lassen mit dir. Dich auskosten." Er zog Rick Kopf zu sich herunter, bis seine Lippen an Ricks Ohr lagen. „Dich die ganze Nacht ficken." Das Flüstern kitzelte Ricks Ohr und ließ alles Blut in seinem Körper zu seinem Unterleib strömen.

„Das will ich auch." Verflucht nochmal, und wie ich das will. Bei Angelos Worten war ihm ganz heiß geworden. Sein Körper sehnte sich danach.

„Dann sollte ich vielleicht lieber gehen, ehe du mich so sehr in Versuchung führst, dass ich nicht mehr widerstehen kann", sagte Angelo augenzwinkernd.

Rick setzte sich seufzend auf und versuchte dabei, seinen Schwanz zu ignorieren, der ein Eigenleben entwickelt zu haben schien. „Okay", sagte er, dehnte das Wort in die Länge. Vom Verstand her wusste er, dass Angelos Argument stimmte. Es fiel ihm nur schwer, das zu akzeptieren. Nachdem er sich länger als zwei Monate gezwungenermaßen mit seiner Hand begnügt hatte, machte ihn der Gedanke an einen schönen, harten Fick fast verrückt. Aber ein Teil von ihm *wollte* den Moment hinausschieben, in dem sie endlich Sex hatten. Okay, es war nur ein winziger Teil, und Rick hätte lieber dem überwältigenden Verlangen nachgegeben, Angelo in sich zu spüren. Aber er wusste, dass die Vorfreude ihre letztendliche Vereinigung nur umso schöner machen würde.

Angelo setzte sich auf und beugte sich vor, um ihm einen sanften Kuss auf die Lippen zu drücken. „Dann lass mich jetzt meinen Kaffee trinken, und dann mache ich mich auf den Weg. Vielleicht schaue ich vor dem Schlafengehen noch kurz auf Facebook vorbei, wenn du auch dort bist." Er lächelte. „Damit du beim Einschlafen an mich denkst."

Rick lachte. „Oh, ich kann dir so gut wie garantieren, dass ich heute Nacht an dich denken werde", versicherte Rick. Er reichte Angelo seinen Becher, und dann saßen sie schweigend nebeneinander und tranken ihren Kaffee, während Rick seinen Körper langsam wieder von Wolke sieben oder neun oder was-auch-immer runterkommen ließ, auf die Angelo ihn geschickt hatte. Als er ausgetrunken hatte, stand Angelo auf und streckte Rick eine Hand entgegen. Er zog ihn auf die Füße, schloss ihn fest in die Arme und küsste ihn, langsam und gründlich, bis Rick dahin schmolz.

Angelo trat zurück. „Ich muss jetzt gehen, Babe." Er nahm Rick an die Hand und führte ihn zur Wohnungstür. Ein letzter Kuss, und dann trat er hinaus in den Flur. „Schlaf gut, Rick."

Rick sah ihm nach, bis sich die Aufzugtüren hinter ihm geschlossen hatten. Er ging in die Wohnung zurück, machte die Tür zu und schloss hinter sich ab.

Er hat nicht nein gesagt. Ricks Herz sang.

Er schaute etwa eine Stunde lang Fernsehen, bekam aber überhaupt nichts mit. Sein Hirn hatte auf Endlosschleife geschaltet und erinnerte ihn ständig an die sinnlichen Gefühle beim Herummachen mit Angelo auf der Couch. Schließlich schaltete er das Licht aus und ging ins Bett.

Mit dem Rücken gegen die Kissen gelehnt, den Laptop auf den Knien, rief er Facebook auf und klickte sich durch seine Benachrichtigungen. Es war schon zehn Uhr, aber er war noch nicht müde. Er schaute seinen Newsfeed durch und las die Posts seiner Lieblings-Clubs, die für bevorstehende Veranstaltungen warben.

Der vertraute Klingelton signalisierte, dass er eine Privatnachricht erhalten hatte. Er lächelte, als er den Absender sah. *Angelo*

Angel: Ich hätte bleiben sollen.

Rick69: Bist du okay?

Angel: Nein. Stinksauer. Spitz wie Nachbars Lumpi. Hätte heute Nacht bei dir bleiben sollen.

Rick schob eine Hand unter die Decke, um seinen Schwanz zu streicheln.

Rick69: Du hast mir vorhin einen Riesenständer verpasst.

Aber es war richtig, dass du gegangen bist.

Es dauerte einen Moment, ehe die nächste Nachricht kam.

Angel: Ich war nicht ganz ehrlich zu dir.

Ricks Herz setzte einen Schlag aus.

Rick69: Sprich weiter.

Angel: Ich hab dir was über mich verschwiegen.

Ricks Puls raste.

Rick69: Dann sag es mir jetzt.

Er wartete angespannt und versuchte sich beklommen auszumalen, was Angelo ihm wohl zu sagen hatte.

Angel: Ich hatte noch nicht so viele Beziehungen, Rick. Immer wenn ich mit jemandem zusammen war, habe ich nach einer Weile festgestellt, dass die anderen nicht dasselbe wollten wie ich.

Rick69: Und das wäre...?

Angel: Sie wollten alle immer nur ficken oder sich ficken lassen. Ich wollte mehr.

Rick konnte es kaum glauben.

Rick69: Ich auch. Oh Gott, ich auch.

Angel: Außerdem waren sie oft zu ungeduldig, was den Sex betraf. Sie wollten beim ersten Date gleich ficken. Das mache ich nicht. Sex ist zu wichtig, da will ich nichts überstürzen. Ich warte lieber. Was den meisten überhaupt nicht gefallen hat.

Rick bekam einen Kloß im Hals. Bis Januar hätte Angelos Beschreibung noch perfekt auf ihn gepasst.

Rick69: Und vorhin?

Angel: Seufz. Vorhin wollte ich dich. Ich muss jetzt ganz ehrlich sein, Rick. Ich glaube, aus uns beiden könnte was werden. Aber ich will etwas Dauerhaftes. Ich habe den Nachmittag mit dir und deiner Familie sehr genossen, aber dadurch bin ich nur noch gieriger geworden. Ich will dich als festen Bestandteil meines Lebens, Baby.

Rick fiel das Atmen schwer. Angelo wollte ihn. Langsam breitete sich ein Lächeln auf seinem Gesicht aus.

Angel: Rick? Bist du noch da?

*Rick69: Bin noch da und nur zur Info – das will ich auch *grins**

*Angel: Ja? JA? *Freudentanz**

Rick tanzte gleich mit. Er umschlang sich fest mit den Armen und konnte einfach nicht aufhören zu grinsen. Er konnte sich nicht erinnern, jemals so freudig erregt gewesen zu sein.

Angel: Wo bist du? Jetzt im Moment?

Rick69: Im Bett mit meinem Laptop

Angel: Bist du nackt?

Das reichte, um Ricks Penis hart werden zu lassen.

Rick69: Splitternackt. Und du?

Angel: Ja, ich auch. Ich liege hier und denke an dich. An vorhin. Was es für ein Gefühl war, als du auf mir gelegen hast. Wie hart dein Schwanz sich angefühlt hat.

Rick streichelte sich langsam den Schwanz.

Angel: Ich hätte dich so gern gefickt.

Ricks Hand bewegte sich schneller, ruckartiger, mit mehr Druck.

Rick69: Wollte dich in mir spüren, wie du mich ausfüllst.

Einhändig tippen war so verdammt *langsam*.

Angel: Wenn ich nur einen Funken Verstand hätte, würde ich auf der Stelle zu dir rüberkommen.

Ricks Herzschlag wurde schneller.

Rick69: Was würdest du tun?

Angel: Dich küssen, bis dir schwindlig ist. Dich streicheln, dich lecken. Dein Loch lecken. Dich mit den Fingern ficken, bis du darum bettelst mich in dir zu haben. Dann dich durch die Matratze ficken.

Ricks Schwanz war wieder steinhart. Bilder erfüllten sein erhitztes Gehirn.

Rick69: Ich will, dass du das alles machst. Immer wieder.

Angel: Einhändig tippen ist Scheiße. Hast du eine Webcam? Skype?

Ricks Welt blieb mit einem schwindelerregenden Ruck stehen. Das war alles Neuland. „Ja‘ tippte er mit pochendem Herzen.

Angel: Geh auf Skype. Sofort.

Rick klickte auf das Skype-Icon. Der Atem stockte ihm in der Kehle. Es schien eine Ewigkeit zu dauern, bis das Programm geladen war.

Angel: Nicht zu fassen, was ich hier vorhabe.

Geht mir genauso, dachte Rick. Er musste heftig nach Luft schnappen, als Angelos Videofenster auf dem Bildschirm erschien. Erst sah er nur einen nackten Oberkörper, dann kam ein langer, dicker, sehr harter beschnittener Penis ins Bild. Angelos Körper war nur von der Brust bis zur Mitte der Oberschenkel sichtbar, doch Ricks Blick hing an Angelos Hand, die langsam streichelnd an seinem Schwanz auf und ab glitt.

„Mache ich dich an, Baby?“, kam Angelos Stimme aus dem Lautsprecher des Laptops. Sie war nicht so voll wie sonst, doch ihr heiserer Klang jagte Rick einen angenehmen Schauer über den Rücken. „Vergiss die Frage. Ich seh's dir am Gesicht an.“

„Ja, verdammt.“ Rick war fasziniert. Angelos Schwanz war wunderschön.

Angelo lachte leise. „Du spielst nicht fair. Das Spiel heißt ‚ich zeig dir meins, du zeigst mir deins‘. Also, zeig's mir. Lass mich dich sehen.“

Rick schlug die Bettdecke zurück und platzierte den Laptop neben sich, schob ihn herum, bis das kleine Videofenster in der Ecke des Bildschirms nur noch seinen himmelwärts weisenden Schwanz und die Hand zeigte, mit der er ihn umfasst hielt.

„Verdammt, Rick, dein Schwanz ist echt sehenswert. Ich wünschte, ich wäre jetzt bei dir und könnte ihn kosten."

Oh, *das* setzte seine Hüften in Bewegung. Er wölbte sich vom Bett hoch.

„Hast du sowas schon einmal gemacht?", fragte Angelo und rieb sich dabei sanft den Schwanz. Seine Hand bewegte sich von der Wurzel bis zur Spitze, immer mit einer kleinen Drehbewegung am Schluss.

„Nein." Rick war genauso außer Atem. „Ein paarmal Telefonsex, und einmal habe ich jemanden per Facebook Chat zum Orgasmus gebracht, aber Webcams? Noch nie."

Angelos Hand bewegte sich schneller, als eine zweite Hand ins Bild kam, die seine Eier streichelte. „Ich will dich ficken. Jetzt sofort." Er stockte. „Stell den Laptop anders hin, Rick. Zeig mir dein Arschloch. Ich will sehen, wie du dir einen Finger reinsteckst." Die Dringlichkeit in seiner Stimme war unwiderstehlich.

Rick gehorchte ohne zu zögern. Er riss sich die Bettdecke von den Beinen, stellte den Laptop auf die Matratze und winkelte den Deckel an, bis die Kamera über dem Bildschirm seine Leistengegend aus nächster Nähe zeigte. Nachträglich schob er sich noch ein Kissen unter den Hintern, so dass seine Rosette deutlich sichtbar war.

„So etwa?", fragte er. Seine Stimme war rau vor Verlangen.

„Oh fuck", sagte Angelo leise. „Gott, was wäre ich jetzt gerne bei dir. Du bist umwerfend schön, Baby."

Rick strahlte. Er griff in die Schublade neben dem Bett und holte das Gleitgel heraus. Damit machte er zwei Finger schlüpfrig und schob sie dann an seinen Eiern vorbei bis zu seinem Anus, der vor Verlangen pulsierte. Er umfasste seinen Hodensack und schob einen Finger in die enge Öffnung. Rick stöhnte auf.

„Sag mir, wie es sich anfühlt", forderte Angelo. „Sprich mit mir."

„Heiß und eng." Rick starrte auf den Bildschirm, wo Angelo gerade an seinen Eiern zog. „Ich stell mir vor, dass das deine Finger sind, die da in mich rein gleiten." Er nahm den zweiten dazu und stöhnte, als seine Finger die Prostata streiften.

„Fühlt sich gut an, oder?" Rick konnte anhören, wie erregt er war. „Hast du Sexspielzeug? Einen Dildo vielleicht?"

Bei Angelos Frage zogen sich die Muskeln um Ricks Finger zusammen. „Ich habe einen tollen Dildo. Lang und dick, genauso wie dein Schwanz."

„Perfekt." Angelo schnurrte beinahe. „Hol ihn, Baby. Schmier Gleitmittel drauf."

Rick zog seine Finger heraus und griff nochmal in die Schublade. Er tastete nach dem stabilen Schwanz, holte ihn eilig heraus und beträufelte ihn großzügig mit Gleitgel.

„Mach schnell, Baby", drängte Angelos Stimme. „Ich bin kurz davor. Ich will, dass wir gleichzeitig kommen."

Rick wusste, dass ein paar Stöße mit dem Dildo reichen würden, um ihn ebenfalls zum Höhepunkt zu bringen. Er platzierte die breite Spitze des realistisch wirkenden Penis vor seinem Anus und schob ihn langsam, *ganz* langsam in seine heiße Enge. Er stieß ein langgezogenes, tiefes Stöhnen aus, als der Dildo ihn ausfüllte. Das Spielzeug hatte einen anständigen Umfang, vielleicht achtzehn Zentimeter, und war lang genug, um diese Dicke richtig zu spüren.

„Oh verdammt!", stöhnte Angelo. Rick sah

Lusttropfen aus Angelos Schwanz hervorquellen; feine, zähe Fäden, die im Licht glitzerten. „Jetzt fick dich damit, so tief du nur kannst. Das ist mein Schwanz, der da in dir drinsteckt, Rick. Spürst du, wie ich dich ficke? Wie ich in dich hinein gleite?"

Rick schnappte nach Luft, während er sich mit dem Dildo fickte. Seine Hüften zuckten, seine Hand bewegte sich schneller über seinen Schaft.

„Gott, ist das ein Anblick. Ich kann's kaum erwarten, bis ich in dir sein kann, bis ich dich küssen kann, während ich meinen steinharten Schwanz so tief in dich rein stoße, wie's nur geht."

Rick spürte das vertraute Kribbeln in seinen Hoden. „Ich komme gleich." Angelos Hand auf dem Bildschirm bewegte sich so schnell, dass sie beinahe verschwamm. Er bearbeitete seinen Schwanz, verzweifelt um Erleichterung bemüht.

„So ist es gut, Baby, komm für mich. Ich will dich kommen sehen. Will meinen Namen von dir hören, wenn du kommst. Schrei meinen Namen, Rick, ich will dich hören." Angelo keuchte jetzt wie wild. „Oh fuck, ich komme. Gott, Rick!" Angelo kam, bespritzte sich Bauch und Brust mit Sperma. Er zitterte und schnappte nach Luft, als der Höhepunkt ihn überkam.

Zu hören wie Angelo beim Abspritzen seinen Namen schrie, gab Rick den Rest. Sein Schließmuskel zog sich um den Dildo zusammen, als er in die Luft spritzte und warme Tropfen der cremigen Flüssigkeit auf ihn herabregnete. Er konnte seinen Aufschrei nicht zurückhalten. „Angelo!" Sein Körper schnellte vom Bett hoch, als der Orgasmus durch ihn schoss, Rücken durchgedrückte und zitternden Oberschenkeln. Er ließ sich auf die Matratze zurückfallen und griff nach dem Laptop, zerrte es herum, bis sein Gesicht in dem kleinen Videofenster erschien. Er wirkte erschöpft, hatte Schweißtropfen auf der Stirn – und diesen seligen Blick, den er nur nach einem guten Fick bekam und schon ewig nicht mehr gesehen hatte.

Angelo hatte offenbar denselben Einfall gehabt. Sein Gesicht kam ins Bild. Angelo lächelte ihn an.

„Das war das Geilste, was ich je gesehen habe", sagte er heiser. „Ich wünschte nur, ich hätte dein Gesicht sehen können, als du gekommen bist. Denn wie du meinen Namen geschrien hast – das war der Wahnsinn."

Rick bemühte sich, normal zu atmen. Er drehte sich auf die Seite und sah Angelo an. „Nächstes Mal, ja? Ich will die wahre Liebe. Keine Webcams, nur du und ich. Und vielleicht bin ich dann mal dran und ficke dich." Sein erschlaffter Schwanz begann sich bei der Vorstellung wieder aufzurichten. Rick lachte leise. „Denn wenn es über Webcam schon so toll ist – kannst du dir vorstellen, wie es dann erst in Wirklichkeit sein muss?"

Angelo lächelte strahlend. „Ganz einfach – sogar noch besser."

Rick konnte es kaum erwarten.

Kapitel 10

Freitagabend. Um siebzehn Uhr dreißig hatten alle Feierabend gemacht und waren verschwunden, um sich in Schale zu werfen. Rick konnte es kaum erwarten, die anderen zu sehen. Er hatte sich als Kostüm den dunkelblauen Anzug und langen Mantel von David Tennant, dem zehnten Doctor Who ausgesucht. Er hatte sich sogar ein Bild vom Ultraschall-Schraubendreher des Doctors ausgedruckt, ausgeschnitten und auf Pappe geklebt. Ed und Blake hatten das Speisen- und Getränkebuffet aufgebaut, und nach der Menge an Alkoholika zu schließen musste Blake noch weitere Gäste erwarten. Denn wenn das alles nur für Blake und sein Team gedacht war, plus Dave und Justin? Dann würde Rick *sehr* betrunken nach Hause gehen.

Er hatte heute schon mit Angelo gesprochen. Rick war unsicher gewesen, ob er ihn einladen sollte oder nicht. Aber als Angelo gefragt hatte, ob auch andere Partner teilnahmen, musste Rick dies verneinen. Angelo hatte gelacht und gesagt, dass sie in Zukunft noch oft genug Gelegenheit zum Feiern haben würden. Darüber musste Rick lächeln. Angelo war das perfekte Gegengewicht zu seiner eigenen Impulsivität. Rick trat in den Konferenzraum. „Ta-daaa!"

Will strahlte. „Na also! Mein Lieblings-Doctor!" Dann zog er ein finsteres Gesicht. „Jetzt bin ich neidisch. Ich wollte als David Tennant kommen, aber konnte ich etwa irgendwo ein Kostüm finden?" Er hatte sich als Matt Smith verkleidet, komplett mit rotem Fez und Fliege.

Rick errötete schuldbewusst. „Ups. Tut mir leid."

Will lächelte gutgelaunt. „Schon gut. So ist wenigstens

einer als David Tennant gekommen. Möchtest du mir mit dem Bildschirm helfen?" Er hatte seine DVDs mitgebracht und würde sie – ohne Ton – während der Party vorführen. Die Titelmusik von Doctor Who lief als Endlosschleife im Hintergrund.

Justin David kam um sechs Uhr dreißig. Er sah blendend aus in seinem langen roten Mantel, zu dem er einen breitkrempigen Schlapphut und einen lächerlich langen Wollschal trug. Will brach in Beifall aus, als er seinen zukünftigen Schwiegervater erblickte.

„Tom Baker, wie er leibt und lebt!"

Justin verneigte sich kurz.

Will lächelte ihn strahlend an. „Vielen, vielen Dank. Du siehst fantastisch aus."

Justin umarmte Will kurz. „Nun, für deine Abschiedsfeier müssen wir uns doch anstrengen, nicht wahr?" Er blickte sich um. „Und wo steckt mein Herr Sohn? Als was hat er sich verkleidet?"

Will schnaubte. „Wenn ich das nur wüsste. Er hat es geheim gehalten."

Die Tür ging auf und Blake kam herein, ganz in schwarz gekleidet, komplett mit schwarzem Cape und angeklebtem Kinnbart. Er drehte sich einmal um sich selbst, dass sein Cape dramatisch um ihn herumwirbelte.

Rick war entzückt. „Oh mein Gott, der Master!"

Justin wirkte ratlos, also erklärte Rick ihm rasch, dass der Master ein Gegenspieler des Doctors aus den früheren Folgen der Serie war.

„Wie findest du's?", fragte Blake seinen Verlobten und streichelte dabei seinen falschen Bart.

Will sah ihn mit leuchtenden Augen an. „Ich finde, dass du großartig aussiehst." Seine Stimme war leise.

Er legte Blake eine Hand an die Wange und küsste ihn, streichelte ihn mit den Lippen.

Justin räusperte sich und die beiden Männer fuhren mit hochroten Köpfen auseinander.

Rick lächelte vor Freude. Das würde eine tolle Party werden.

~0~

Es war fast Mitternacht und die Party näherte sich allmählich ihrem Ende. Der Bus würde in ungefähr zwanzig Minuten kommen, alle Teller waren leer und die meisten Flaschen auch. Will hatte einen schlichtweg wunderbaren Abend verbracht. Er hatte mit allen getanzt, sogar mit Justin, was zu großem Gelächter geführt hatte. Justin wirkte jetzt viel entspannter, seit er sich offiziell aus dem Geschäft zurückgezogen hatte. Und er hielt eindeutig große Stücke auf seinen zukünftigen Schwiegersohn.

Rick hatte den Abend sehr genossen. Ed hatte mit seinem Kostüm allen die Show gestohlen. Er war in einem motorisierten Rollstuhl erschienen, den er zu einer Attrappe von Davros' Konsole umgebaut hatte. Darin saß Ed in einem glänzenden schwarzen Anzug, das Gesicht hinter einer abscheulichen Maske verborgen. Allerdings hatte er die gerade mal dreißig Minuten lang getragen, bis er gemerkt hatte, dass er mit Strohhalm nicht schnell genug trinken konnte.

„Wir bleiben in Kontakt, oder?", sagte Will undeutlich. Er hatte einen Arm um Ricks Schultern gelegt und war eindeutig ziemlich angeschlagen.

Rick gab ein betrunkenes Kichern von sich. „Ja, klar doch, Kumpel. Außerdem liebe ich dich. So leicht lass ich dich nicht davonkommen."

Will seufzte ihm ins Ohr. „Hab's ihm nie gesagt, weißt du."

Selbst in alkoholisiertem Zustand wusste Rick, was *das* bedeutete. Will wusste als einziger, dass Rick scharf auf Blake gewesen war. Er küsste Will auf die Wange. „Danke, Kumpel. Weiß ich zu schätzen."

„Gern geschehen." Will legte die Arme um Rick und drückte ihn an sich. „Und falls du mich mal brauchst, ich bin für dich da, okay?"

Rick lächelte. Er würde seinen Freund vermissen, aber er hatte so ein Gefühl, als ob Will nicht weit weggehen würde. Und darüber war er froh.

~0~

„Und, wie war die Party gestern Abend? Gut?", fragte Angelo mit erhobener Stimme, um sich bei den stampfenden Bässen der Musik im G-A-Y verständlich zu machen. Er grinste. „Oder sollte ich lieber fragen, wie es deinem Kopf heute geht?" Rick sah in der Tat leicht zerzaust aus.

Rick stöhnte. „Ich hatte heute fast den ganzen Tag Kopfschmerzen, *so* gut war die Party."

Angelo gab einen mitfühlenden Laut von sich. „Armer Schatz." Dann grinste er wieder. „Ich habe kein Mitgefühl für selbstverschuldetes Elend. Aber es freut mich, dass du dich gut amüsiert hast." Er küsste Rick auf den Kopf.

Rick lächelte, nahm ihn an der Hand und führte ihn in eine der Nischen, wo es ruhiger war. Er zog Angelo neben sich und küsste ihn, erst langsam, aber dann zunehmen nachdrücklicher, je mehr die Begeisterung bei beiden Männern wuchs. Angelo erforschte Ricks Mund mit der Zunge, kostete seine Tiefe aus. Vor seinem inneren Auge sah er nur noch Rick, der sich schamlos mit dem Dildo fickte und kam wie ein Springbrunnen. Angelo seufzte und stieß tiefer vor. Ricks Stöhnen hallte in seiner Brust wieder, bis er Angelo plötzlich mit beiden Händen von sich schob.

Angelo gab seinen Mund frei und lehnte sich atemlos zurück. „Hab' ich was falsch gemacht?"

Rick schnaubte. „Oh Gott, nein, im Gegenteil. Nur, wenn ich das hier noch weiter gehen lasse, werden wir noch wegen Erregung öffentliches Ärgernisses verhaftet."

Angelo beugte sich vor und schnupperte an der warmen, weichen Haut von Ricks Hals, wo der Duft seines Geliebten am stärksten war. Der warme, erdige Geruch löste wundervolle Dinge in seinem Körper aus. Und nach dem, was sie letzten Sonntag miteinander getrieben hatten, scheute Angelo sich nicht, seine Bedürfnisse in Worte zu fassen. „Ich will dich", stieß er hervor und schob eine Hand zwischen Ricks Beine, um seine Genitalien zu streicheln. Rick zuckte zusammen und drückte seine Erektion gegen Angelos Handfläche. Oh ja, Rick wollte ihn auch.

„Hab' ich dir schon gesagt, wie sehr ich genossen habe, was wir letzten Sonntag getan haben?", keuchte Rick.

Angelo lachte leise an seinem Hals. „Ein-, zwei Mal vielleicht." Sie hatten im Verlauf der letzten Woche einige sehr interessante Telefonate geführt.

Rick stöhnte auf. „Weißt du eigentlich, wie schwierig es ist, sich zu konzentrieren, wenn du das machst?"

„Dann konzentriere dich doch darauf", flüsterte Angelo und rieb Ricks dicken Schaft ein wenig schneller.

„Jesus, es reicht!" Rick riss sich los. Er schnappte

nach Luft. „Was ich sagen wollte – ehe du mich mit deinen heimtückischen Fingern abgelenkt hast – war folgendes: ich möchte, dass du heute Abend mit mir nach Hause kommst." Seine Wangen brannten. „Und über Nacht bleibst."

Angelo starrte ihn an. „Bist du sicher?"

Rick verdrehte die Augen. „Sicher? Hattest du nicht eben die Hand an meinem Schwanz? Hätte der noch steifer sein können?" Angelo schmunzelte. „Was ich dir zu sagen versuche: das am Sonntag war zwar großartig, aber heute Nacht will ich die wahre Liebe. Dich, in meinem Bett, in mir."

Angelo stockte der Atem bei dem Bild, das diese wenigen Worte heraufbeschworen.

Rick grinste selbstgefällig. „Ist das ein Ja?"

Angelo schubste Rick gegen die gepolsterte Rückenlehne und plünderte diesen heißen Mund, steckte Rick praktisch seine Zunge in den Hals. Rick hob die Arme, um sich an Angelos Schultern festzuhalten; er wand sich unter ihm, rollte die Hüften und stöhnte hungrig. Angelo unterbrach den rabiaten Kuss und lehnte sich grinsend zurück. „Beantwortet das deine Frage?"

Ricks Augen funkelten vor Lust. „Was sitzen wir dann noch hier rum? Los, lass uns gehen." Innerhalb von Sekunden stand er auf den Füßen, beinahe vor Begeisterung hüpfend, und zog Angelo ebenfalls hoch. Angelo lachte und gab sich Mühe, nicht über seine eigenen Füße zu stolpern, als Rick ihn durch die Menge zerrte, an der Bar vorbei und hinaus auf die Straße.

„So schnell bin ich noch nie hier rausgekommen", gab Angelo kichernd zu. „Halt' Ausschau nach einem Taxi." Er hatte heute sein Auto zuhause gelassen.

„Am anderen Ende der Straße haben wir sicher mehr Glück", sagte Rick. „Da gibt es mehr Clubs und bessere Chancen, ein Taxi zu finden." Er streckte die Hand nach Angelo aus.

Angelo starrte sie für einen Moment an und ergriff sie dann. Hand in Hand, die Finger ineinander verschlungen, spazierten sie den Bürgersteig entlang. Der Lärm aus der Schwulenbar verklang im Hintergrund. Es war ein Uhr morgens, und die meisten Clubs waren noch nicht bereit, ihre Gäste auf die Straße rauszuwerfen. Die Luft war frisch und fast ein wenig schneidend, eine leichte Brise ließ den Abfall auf der Straße und in der Straßenrinne tanzen ließ.

„Das ist schön", sagte Angelo leise. Rick wandte ihm einen fragenden Blick zu, den Kopf leicht geneigt. Angelo hob ihre ineinander verschlungenen Hände. „Das", sagte er einfach.

Ricks Gesichtsausdruck verwandelte sich in Zufriedenheit. „Ja", stimmte er lächelnd zu. Angelo umfasste Ricks Finger fester. Er war seit langem nicht mehr so glücklich gewesen.

Sie kamen zum Ende der Straße, wo der der Lärmpegel wieder anstieg. Angelo entdeckte ein freies Taxi auf der anderen Straßenseite. Gerade wollte er Rick darauf hinweisen, als er etwas sah, das ihm das Blut in den Adern gefrieren ließ. Von der anderen Straßenseite her, umgeben von einer Gruppe lachender, lärmender Männer, kam sein Bruder Luca auf ihn zu. Und Luca starrte ihre ineinander verschlungenen Hände an.

Oh verdammte Scheiße, nein.

Lucas Gesicht wirkte wie eine schockierte Maske. Und dann veränderte es sich. Seine Lippen verzogen sich, seine Augen wurden hart wie Stein und seine Nasenlöcher blähten sich auf.

Angelo und Rick mussten so schnell wie möglich weg hier, und zwar *sofort*. Er packte Ricks Hand fester und sprintete über die Straße.

„Hey, warum so eilig?", rief Rick lachend. „Hast du's so eilig, mich ins Bett zu kriegen?" Seine Stimme trug weit, und Angelo sah gerade noch, wie Luca ruckartig den Kopf drehte, ehe er die Tür des Taxis aufriss und Rick geradezu hineinstieß. Er raunzte dem Fahrer Ricks Adresse zu und lehnte sich dann zurück, versuchte, mit dem dunklen Interieur des Taxis zu verschmelzen, während es losfuhr. Sein Bruder sah dem vorbeifahrenden Taxi nach und unterhielt sich lebhaft mit seinen Freunden, deren Köpfe sich drehten, um dem Wagen ebenfalls mit Blicken zu folgen. Als Angelo sich umdrehte, um aus dem Rückfenster zu schauen, sah er gerade noch, wie Luca ihm lautlos etwas nachschrie, das Gesicht vor Abscheu verzerrt.

Angelo sank in den Sitz zurück. So schnell wie sein Herz pochte hätte er schwören können, dass er kurz vor einem Herzinfarkt stand. Neben ihm summte Rick zufrieden vor sich hin, ohne auch nur das Geringste von dem Aufruhr zu ahnen, der in Angelo herrschte. Alle Gedanken an ihre Pläne lösten sich im Nichts auf und hinterließen eine eisige Kälte in seinem Innern. Nur ein Gedanke brannte sich immer tiefer in seinen aufgewühlten Verstand:

Luca wird es Mama und Dad erzählen. Unmöglich, dass er so etwas Bedeutendes für sich behält. Er überlegte, was genau Luca gesehen hatte – ihn, Angelo, Hand in Hand mit einem anderen Mann. Dafür gab es nicht allzu viele Interpretationsmöglichkeiten. Angelo führte sich

Lucas Gesicht vor Augen, als sie an ihm vorbeigefahren waren, erinnerte sich an die Bewegung seiner Lippen. Erschrocken wurde ihm klar, dass er wusste, was Luca ihm nachgeschrien hatte. Ein italienisches Wort: *Finocchio*. Schwuchtel.

Den Rest der Fahrt nach Southwark verbrachte Angelo schweigend. *Was zum Teufel soll ich jetzt machen?* Vielleicht konnte er Luca abfangen und mit ihm reden, bevor er zu seinen Eltern ging. Als Kinder hatten sie sich nahe gestanden, aber seit Luca geheiratet hatte und Vater geworden war, hatte Angelo festgestellt, dass ihn immer weniger mit seinem älteren Bruder verband.

Was zum Teufel hat ein verheirateter Mann überhaupt um ein Uhr morgens in einem Club zu suchen? Als ob das von Bedeutung wäre. Luca war verheiratet und hatte ein Kind, wodurch er bei Dad unweigerlich einen Stein im Brett hatte. Im Gegensatz zu Angelo.

„Hey, auf welchem Planeten bist du denn gerade, Babe?"

Angelo schrak zusammen. Das Taxi hatte vor Ricks Wohnhaus angehalten. Rick lächelte ihn an und öffnete die Tür um auszusteigen. Angelo hielt ihn am Arm fest, und Rick drehte sich überrascht zu ihm um.

„Hör mal, mir geht's nicht so gut", sagte Angelo ruhig.

Ricks Augen wurden ganz rund. Unter seinem besorgten Blick fühlte Angelo sich wie der letzte Scheißkerl. „Oh, das tut mir aber leid. Möchtest du lieber nach Hause?" Angelo sah, dass Rick am Boden zerstört war, aber er konnte jetzt unmöglich mit ihm zusammen sein. Er hatte seine Gefühle noch nie gut verbergen können. Schon allein beim Gedanken an den Versuch, den Tumult in seinem Innern vor Rick zu verbergen, verkrampfte sich Angelos Magen zu einem steinharten Klumpen.

„Ja, ich glaube, das wäre das Beste." Er beugte sich vor und küsste Rick auf die Lippen. „Na los, geh schon rein und geh schlafen. Ich rufe dich morgen an, okay?"

Rick nickte. „Ich werde dich heute Nacht vermissen", sagte er leise. Er versuchte ein halbherziges Lächeln.

Angelos Lächeln war genauso schwach. „Ich dich auch." Er küsste ihn noch einmal und lehnte sich dann wieder zurück. Rick stieg aus dem Taxi aus und winkte ihm nach, als es davonfuhr. Angelo drehte sich um und winkte ihm durch die Heckscheibe zu. Rick sah unverkennbar traurig aus, obwohl er eindeutig versuchte, sich nichts anmerken zu lassen.

Oh, Baby. Mir wird gerade äußerst unwohl zumute.

Angelo hatte die bange Vorahnung, dass es nur noch schlimmer kommen würde.

~0~

Als der Morgen dämmerte, lag Angelo immer noch wach und starrte an die Schlafzimmerdecke. Er war erschöpft. Immer, wenn er kurz vor dem Einschlafen gewesen war, hatte er Luca vor sich gesehen, mit verzerrtem Gesicht, hervortretenden Halssehnen und geballten Fäusten. Wie er dieses hasserfüllte Wort geschrien hatte. Ein Wort, das Angelo in seiner Kindheit oft gehört hatte. Sein Vater hatte es so oft ausgesprochen, dass es sich unauslöschlich in sein Gedächtnis gebrannt hatte. *Finocchio.* Ja, alle Kinder seines Vaters wussten ganz genau, was *das* bedeutete.

Gegen acht wurde ihm klar, dass es keinen Zweck hatte, im Bett zu bleiben. Er stand auf, tappte nackt ins Badezimmer und machte sich wie im Zombie-Modus fertig. Dann ging er in die Küche und setzte Kaffee auf. Während er darauf wartete, dass der Kaffee durchlief, überschlugen sich seine Gedanken in unerbittlicher Rastlosigkeit, ohne dass er etwas dagegen tun konnte.

Vielleicht sollte ich runtergehen ins Atelier und etwas schnitzen, meine Energie positiv und kreativ einsetzen. Der Gedanke brachte ihm ein gewisses Maß an Ruhe – bis das Läuten seines Telefons die Stille in seiner Wohnung zerriss. Als er auf das Display schaute, überkam ihn eine Welle der Übelkeit. *Dad.*

Den Bruchteil einer Sekunde lang dachte er daran, den Anruf zu ignorieren. Aber dann wurde ihm klar, dass das nichts bringen würde. Er hob ab und meldete sich.

„Morgen, Dad. Ist alles okay? Normalerweise rufst du mich doch nicht so früh an." Die Worte klangen hohl. Sein Vater rief ihn nie an. Diese Aufgabe fiel seiner Mutter zu.

„In einer Stunde bist du hier im Haus. Hast du mich verstanden?"

Das war typisch sein Vater. Kein Sinn für Zeitverschwendung.

„Dad, tut mir leid, aber heute passt es mir gar nicht", log Angelo. „Ich arbeite gerade an einem Projekt in meinem Ate…"

„Hier. In einer Stunde." Sein Vater legte auf.

Angelo starrte das Telefon entsetzt an. Ihm drehte sich der Magen um und er rannte ins Bad, fiel gerade noch rechtzeitig vor der Toilette auf die Knie und erbrach sich krampfhaft in die Schüssel. Als er sicher war, dass nichts mehr kommen würde, setzte er sich auf die Fersen, riss ein Stück Toilettenpapier von der

Rolle und wischte sich den Mund ab.

Zittrig rappelte er sich auf die Füße und ging zum Waschbecken, um sich mit kaltem Wasser Hände und Gesicht zu waschen. Er starrte sein Spiegelbild an und bemerkte winzige rote Flecken unter seinen Augen, geplatzte Äderchen, weil er sich so heftig erbrochen hatte.

Das würde nicht gut enden.

Kapitel 11

Angelo stellte den Motor ab und blieb im Auto sitzen, die Hände am Lenkrad. Er hatte so schnell er konnte durch London nach Primrose Hill rasen müssen, wo seine Eltern in einem großen, weitläufigen Haus wohnten. Er hatte es innerhalb der geforderten Stunde geschafft, aber jetzt musste er allen Mut zusammennehmen, um nur durch die Haustür zu gehen.

Zwecklos, das Unvermeidliche hinauszuzögern, sagte er sich.

Er stieg aus, schloss das Auto ab und ging langsam auf die große, reichverzierte Haustür zu. Als er die Hand hob, um zu klingeln, ging die Tür auf und sein Bruder Vincente stand da und sah ihn mit undurchdringlicher Miene an. Angelo war überrascht ihn hier anzutreffen. Er öffnete den Mund zum Sprechen, aber Vincente kam ihm zuvor.

„Dad wartet im Wohnzimmer auf dich."

Angelo war darauf gefasst, dass sein ältester Bruder weitersprechen würde, doch Vincente musterte ihn nur schweigend und trat zur Seite, um ihn vorbeizulassen. Als Angelo den breiten Flur entlang ging, wurde sein Herz von Schritt zu Schritt schwerer. Er blieb vor dem Wohnzimmer kurz stehen, ehe er die Tür öffnete – und dann erstarrte er, als er sah, was ihn erwartete.

Um den gewaltigen rechteckigen Eichentisch hatten sich seine sämtlichen Brüder und seine Schwester versammelt, und am Kopfende saßen seine Eltern.

Oh mein Gott, ein verdammtes Familientreffen. Nur dass es eher so aussah – und ihm so vorkam – wie die Inquisition.

„Setz dich." Sein Vater deutete auf den freien Platz

am anderen Ende des Tisches.

Es blieb ihm nichts anderes übrig als zu gehorchen. Als Angelo seinen Platz einnahm, setzte Vincente sich neben Luca. Angelo musterte die Gesichter seiner Familie. Niemand schaute ihn an, mit Ausnahme seines Vaters. Selbst seine Mutter wich seinem Blick aus. Angelos Herz fühlte sich an wie ein Stein in seiner Brust.

„Ist es wahr?", stieß sein Vater hervor. „Was Luca uns erzählt hat – ist es wahr?" Seine dunklen Augen schienen Angelo zu durchbohren.

Angelo sah seinen Vater an. Vittorio Tarallo war ein großer, kräftig gebauter Mann von sechzig Jahren. Aus den schwarzen Locken seiner Jugend war inzwischen ein spärlicher grauer Flaum geworden, den er stets so kurz wie möglich hielt. Er war schon immer ein imposantes Bild von einem Mann gewesen, und das Alter tat dem keinen Abbruch. Und eins hatte Angelo noch nie erfolgreich geschafft: seinen Vater anzulügen.

Nur dass er jetzt den Versuch wagen wollte.

Angelo schluckte mühsam. „Was soll wahr sein? Du musst mir schon einen Hinweis geben, Dad."

„‚Versuch' nicht, es abzustreiten", sagte Luca höhnisch. „Ich hab' dich gesehen. Du hast mit einem Typen Händchen gehalten. Wieso hast du das wohl gemacht? Und vergiss nicht, dass ich gehört habe, was der schwule Scheißkerl zu dir gesagt hat." Er fletschte die Zähne. „Na los, streite es ab."

„Luca! Solche Ausdrücke dulde ich nicht in diesem Haus." Wenigstens zeigte seine Mutter eine Reaktion. Vincente und Paolo starrten die Tischplatte an. Maria betrachtete ihn schweigend; ihre Augen schimmerten feucht.

Luca sah seine Mutter an und bekam einen roten Kopf.

„Reicht dir das als Hinweis?", fragte sein Vater.

Angelo schaute seinem Vater in die Augen. Er konnte nicht sprechen.

„Wer ist dieser Mann, von dem dein Bruder spricht?"

Ein Bleiklumpen steckte in Angelos Kehle. „Er ist mein ... mein Freund."

Das Gesicht seines Vaters wurde fleckig. „Nein. Mein Sohn ist kein ... kein *omosessuale*. Das ist nicht richtig. Es ist ... es ist ..." Sein Gesicht wurde noch dunkler. „*Esso è pervertito*."

Man brauchte keine tiefergehenden Italienisch-Kenntnisse, um das zu verstehen.

„Dad, bitte, hör mir doch einfach mal ..."

„Nein!", donnerte sein Vater. „Du hörst gefälligst *mir* zu. Ich verbiete diese ... diese ... *infamita*."

Ein weiteres Wort aus seiner Kindheit – *Scheußlichkeit*.

Und genau in diesem Moment hatte Angelo genug davon, sich zu fürchten. Er stand auf.

„Dad, so bin ich eben. Ich bin so geboren." Er sprach so ruhig, wie es ihm nur möglich war. Er hielt das Kinn hoch und schaute seinem Vater fest in die Augen. „Und Rick ist mir wichtig."

„Genug!", schallte es zurück. „Setz dich hin, du ... *finocchio*."

Sprachlos vor Schreck fiel Angelo wieder auf seinen Stuhl. Niemand sah ihm in die Augen. Nur sein Vater.

„Folgendes wird jetzt geschehen", begann sein Vater. „Du wirst diesen Rick nie wiedersehen. Du wirst zur Beichte gehen. Du wirst dir eine Freundin suchen – darüber brauchst du dir nicht den Kopf zu zerbrechen, ich habe bereits ein nettes Mädchen für dich ausgewählt – und du wirst heiraten."

Angelo schüttelte bereits den Kopf, doch sein Vater hob die Hand.

„Falls du beschließt, meinen Wünschen nicht zu gehorchen, bleibt mir keine andere Wahl als dich zu verstoßen. Du wirst kein Mitglied dieser Familie mehr sein."

Angelo starrte ihn fassungslos an. Das Blut rauschte ihm in den Ohren. Schon wollte er etwas sagen, da durchbrach ein neues Geräusch die Stille im Wohnzimmer seiner Eltern. Seine Mutter weinte.

Die Worte erstarben ihm in der Kehle. Er konnte es nicht ertragen, sie weinen zu sehen.

„Mama", begann er. Seine Kehle war wie zugeschnürt. Sie hob den Kopf. Ihre feuchten Augen flehten ihn an. *„Mio figlio."* Der Schmerz in ihrer Stimme war wie ein Stich ins Herz. Er schaute seine Schwester an und sah dieselbe Verzweiflung in ihrem Blick. Er wusste, was sie von ihm hören wollten.

Und bei Gott, er wusste, was er tun musste.

„Okay", sagte er mit brechender Stimme. „Ich werde tun, was du willst, Sir." Er konnte seinen Vater nicht ansehen, obwohl er wusste, dass das respektlos war. Stattdessen schaute er seine Mutter und seine Schwester an. Sie sagten nichts, aber ihre Blicke sprachen Bände.

Angelo hörte das Geschnatter nicht, das sich nach seiner Erklärung rundum erhob. Er spürte kaum, wie fest seine Mutter ihn umarmte und an sich drückte. Die kühlen Blicke seiner Brüder prallten von ihm ab.

Im Geiste sah er nur Rick vor sich. Hörte nur Ricks geliebte Stimme. Fühlte nur immer seinen warmen, festen Körper auf sich liegen.

Aber das gibst du alles auf! schrie seine innere Stimme ihn an.

Was bleibt mir anderes übrig? dachte er bitter. Sein ganzes Leben lang war ihm eingebläut worden, dass Kinder ihren Eltern zu gehorchen hatten. Okay, er war jetzt zwar alt genug, um ihren Wünschen zuwiderzuhandeln. Als sein Vater sein Ultimatum gestellt hatte, war Angelo *so* knapp davor gewesen, ihm zum ersten Mal in seinem Leben zu trotzen. Er hätte ihm mit Freuden den Rücken gekehrt und wäre nie mehr zurückgekommen – bis seine Mutter zu weinen begonnen hatte. Der zynische Teil seines Verstandes wusste, dass sie das As im Ärmel seines Vaters war, aber er hatte einfach nicht anders reagieren können. Dieser Ausdruck auf ihrem Gesicht. Und Marias todunglücklicher Blick …

Wenn ich jetzt gehe, verliere ich sie.

Es war schrecklich, eine solche Wahl treffen zu müssen. *NIEMAND sollte je gezwungen sein, so eine Wahl zu treffen. Wie zum Teufel soll ich zwischen meiner Familie und dem Mann wählen, der mir mehr bedeuten könnte als jeder andere Mann, den ich je gekannt habe?*

Und am Ende hatte es nur eine Wahl geben können. Sein Herz bebte. *Was soll ich ihm nur sagen?*

~0~

Angelo hatte keine Ahnung, wie er zum Atelier zurückgekommen war. Er konnte sich überhaupt nicht an die Fahrt erinnern. Die letzten drei Stunden hatte er nur Kaffee getrunken und aus dem Fenster gestarrt.

Wie zum Teufel mache ich das nur?

Die Frage hämmerte in seinem Verstand. Nur eins wusste er ganz sicher: es würde kein persönliches Gespräch werden. Das konnte er nicht ertragen. Es war schlimm genug, zu wissen, dass er jede Nuance von Schmerz in Ricks Stimme hören würde.

Hätte er sich nur körperlich zu Rick hingezogen gefühlt, wäre es Angelo nicht so schwer gefallen, sich darüber Gedanken zu machen. Aber es ging um mehr als das. Es spielte keine Rolle, dass sie erst seit ein paar Wochen zusammen waren. Etwas an Rick hatte ihn gleich angesprochen, schon als er ihn im Januar zum ersten Mal gesehen hatte. Aber jetzt, da er den Mann besser kannte? Angelo wollte in ihn hineinkriechen, sich zusammenrollen und dort bleiben.

Das ist verrückt. Hör auf, dich selbst zu quälen.

Er nahm sein Telefon in die Hand, nur um es gleich wieder auf den Kaffeetisch zu legen. Dreimal versuchte er es, und dreimal schaffte er es nicht, die Nummer zu wählen. Er starrte das Handy an, bis er sich überwinden konnte, zu tun, was getan werden musste. Mit einem Seufzer wählte er Ricks Nummer.

„Hey, wie geht es dir?" Rick wirkte erfreut, Angelos Stimme zu hören. „Ich wollte bis später warten und dich dann anrufen, falls es dir immer noch nicht besser geht."

Angelo schluckte. „Rick, ich … ich muss mit dir reden."

Etwas in seiner Stimme musste durchgedrungen sein. Ricks Stimme wurde leiser. „Was ist denn, Babe?"

Babe. Der einfache Kosename schnürte ihm die Kehle zu. „Das hier fällt mir nicht leicht, aber ich dachte, ich tue es lieber jetzt, ehe die Sache noch ernster wird."

Schweigen. Angelo konnte sich nur ausmalen, was im Moment in Ricks Kopf vorgehen musste. Endlich sagte er: „Sprich weiter." Der zurückhaltende Unterton in seiner Stimme zerrte an Angelos bereits von Kummer zerrissenem Herzen.

Er holte tief Luft. „Hör zu. Du und ich? Das wird nicht klappen, okay? Ich habe die ganze Nacht darüber nachgedacht, und ich kann das einfach nicht weiterlaufen lassen. Also ... also finde ich es am besten, wenn wir Schluss machen."

Er hörte, wie Rick der Atem stockte. „Das ist nicht dein Ernst. Oder?"

Angelo bemühte sich um einen leichteren Ton. „Oh, komm schon, es waren doch nur ein paar Wochen. Und wir haben schließlich nicht mal gefickt, oder? Wir waren ein paarmal miteinander aus, das war ganz nett, aber wir wissen doch beide, dass daraus nichts werden kann." Er hatte mit den Tränen zu kämpfen, als er diese himmelschreienden, grässlichen Lügen von sich gab.

„Was soll der Scheiß von wegen ‚wir'?", schrie Rick ins Telefon. „Ich dachte, alles läuft richtig gut. Ich meine, ich habe dich meiner Familie vorgestellt, Herrgott nochmal! Der erste Typ, den ich je mitgebracht habe. Ich würde doch meinen, dass das was zu sagen hat." Er verstummte kurz. „Verdammte Scheiße, Angelo – warum? Warum tust du das?" Seine Stimme brach.

Angelo konnte ihm nicht die Wahrheit sagen. Das wäre respektlos seinem Vater gegenüber gewesen, und für so etwas war er nicht geschaffen. Er konnte Rick nur nach Strich und Faden anlügen.

„Ich hab's dir doch gesagt. Für mich klappt es nur einfach nicht, das ist alles. Deshalb ist es das Beste, jetzt Schluss zu machen."

„Nein, einfach nur... *NEIN*. Was ist mit *‚ich glaube, aus uns beiden könnte was werden'*? Und mit *‚ich will dich als festen Bestandteil meines Lebens, Baby?'* Hast du auch nur den leisesten Schimmer, wie verdammt glücklich mich diese Worte gemacht haben? Was glaubst du wohl, warum ich sie auswendig hersagen kann? *WEIL SIE MIR SO VERDAMMT WICHTIG WAREN,* darum!"

Angelo zuckte zusammen. „Rick, ich …"

„Oh, ich glaube, du hast schon alles gesagt, was zu sagen war, meinst du nicht auch?" Ricks Stimme zitterte. „Ich verstehe nur nicht, wie man sich so um hundertachtzig Grad drehen kann, das ist alles. Aber wenigstens hast du's jetzt getan, bevor die Sache noch ernster wurde, wie du sagst." Seine Stimme bebte. „Aber nur damit du's weißt, bevor du aus meinem Leben verschwindest – was mich betrifft, *war* die Sache schon verdammt ernst." Es trat ein kurzes Schweigen ein. Ricks Atem kam rau und schnell. „Also dann, fick dich, Angelo Tarallo." Er legte auf.

Angelo ließ das Handy fallen wie eine heiße Kartoffel. Ihm stieg die Galle in die Kehle und er schluckte krampfhaft. Er hatte nichts im Magen außer Kaffee. Er zog die Knie hoch und saß zusammengekauert da, die Arme um die Knie geschlungen, das Kinn auf der Brust. Für ein Moment kam es ihm so vor, als sei die Zeit stehengeblieben. Er nahm jedes noch so leise Geräusch in der Wohnung und aus der Stadt draußen überdeutlich wahr. Angelo war in einer Zeitblase gefangen, hing fest in diesem Moment heftigsten Schmerzes, als die Ungeheuerlichkeit dessen, was er getan hatte, allmählich in sein Bewusstsein drang.

Und dann platzte die Blase. Angelo begann zu weinen. Unter strömenden Tränen beweinte er seinen Verlust. Sein Körper bebte unter der Gewalt seiner Schluchzer, als er alles raus ließ: seine völlige Hilflosigkeit, die ohnmächtige Wut auf seinen Vater, die er niemals zeigen durfte, die quälende Vorstellung, Rick nie wieder in den Armen zu halten. Er weinte um das, was er nun nie erleben würde – mit dem schönsten Mann, der je in sein Leben getreten war, Liebe zu machen.

Vor allem aber weinte er um Rick, der jetzt alleine in seiner Wohnung saß und etwas zu begreifen versuchte, was nicht zu begreifen war, weil nichts daran vernünftig war.

Angelo heulte mit zurückgeworfenem Kopf und hervortretenden Halssehnen die Zimmerdecke an, bis er heiser war. Dann rollte er sich auf dem Sofa zu einem Ball zusammen und starrte mit feuchten Augen aus dem Fenster.

Oh Baby, es tut mir leid.

~0~

Rick schmiss das Handy quer durchs Zimmer. Als es auf dem Teppichboden bei der Küchentür landete, zerbrach der Rückendeckel. Er starrte es an wie zur Salzsäule erstarrt.

Was. Zum. Teufel. Ist passiert?

Er fühlte sich taub.

Sein Verstand versuchte, das Ganze zu verarbeiten, einen Sinn darin zu finden. *Komm schon, wie oft hast du schon mit einem Typen Schluss gemacht, bevor es zu ernst wurde? Das machst du seit Jahren so. Nur dass es diesmal jemand mit dir gemacht hat.*

Er ließ diesen Gedanken durchsickern. *War* es denn dasselbe?

„Scheiße, nein!", brüllte er. Einen Typen nach einem oder zwei Ficks abzuservieren war *nicht* dasselbe. Er ließ nie jemanden an sich heran, nicht so, wie er

Angelo an sich herangelassen hatte.

Vielleicht haben sich die Typen, mit denen du Schluss gemacht hast, genauso gefühlt wie du jetzt. Hast du Ben und Oli schon vergessen? Selbst die waren enttäuscht, als du dich am Morgen danach aus ihrer Wohnung geschlichen hast. Das hat Ben selbst gesagt.

Er schluckte. Seine Kehle war trocken und wie zugeschnürt. *Hab ich mich all den Männern gegenüber so scheiße benommen? Ist das hier jetzt sowas wie – Rache?* Er saß zusammengekauert auf der Couch und starrte blicklos vor sich hin. Er begriff es nicht.

Weil es einfach keinen verdammten SINN ERGIBT!

Und dann fiel die Betäubung von ihm ab.

„Wie zum Teufel konntest du mir das antun, Angelo?" Er bebte, als ihn die volle Wucht seines Kummers traf wie ein Schlag. „Ich habe dich rein gelassen, du Scheißkerl! Ich habe dich verdammt nochmal in meinen Kopf und in mein Herz gelassen, und dann machst du so einen Scheiß – und ich hab' verdammt nochmal keine Ahnung WARUM!"

Er schluckte heftig, aber die Tränen ließen sich nicht zurückhalten. Sie strömten aus ihm heraus, trugen ihn mit auf einer Welle des Schmerzes, bis er außer Atem war und keuchend versuchte, mehr Luft in seine Lungen zu kriegen. Er stand von der Couch auf, nahm seinen Becher vom Tisch und schleuderte ihn quer durchs Zimmer an die Wohnungstür, wo er zerbrach. Er ging in sein Schlafzimmer und starrte sein Bett an. Er riss die Kissen vom Bett und warf sie an die Spiegeltür seines Kleiderschranks. Rick ließ sich bäuchlings aufs Bett fallen und schrie in die Laken; sein Körper zitterte unkontrolliert, als er seinen Gefühlen freien Lauf ließ. Schließlich wichen die Tränen leisen Schluchzern und ließen ihn erschüttert und verwirrt zurück.

Er kroch unter die Decke und zog sie sich über den Kopf. Sein Körper bebte.

Es tut so weh. Gott, bitte mach, dass es aufhört. Es tut so weh.

Irgendwann würde Gott schon zuhören.

Kapitel 12

Das Leben war ein einziger Alkoholnebel. Und Rick wollte, dass es auch so blieb. Denn so ließ der Schmerz wenigstens etwas nach.

Vor fünf Tagen hatte Angelo sein verdammtes Leben ruiniert, und Rick war immer noch nicht im Büro gewesen. Er konnte den Gedanken nicht ertragen, dort reinzugehen und Blake – oder irgendjemandem sonst – sagen zu müssen, was Angelo getan hatte.

Bei einem flüchtigen Blick durch sein Schlafzimmer bemerkte er die Anzahl der leeren Flaschen im Mülleimer neben seinem Bett. Das war leicht zu beheben. Er stand auf und schwankte in die Küche, um sich einen weitere Flasche zu holen, ehe er wieder Zuflucht in seinem Zimmer suchte. Er ließ sich auf die Matratze fallen, schraubte die Flasche auf und nahm einen großen Schluck. Dann ließ er sich wieder in die Kissen sinken und starrte an die Decke.

Blake hatte versucht ihn anzurufen. Will hatte versucht ihn anzurufen. Am Ende hatte Rick einfach sein Handy ausgeschaltet und die ganze Welt in Gedanken zum Teufel geschickt. Er war nicht erreichbar. Weg. Stand nicht zur Verfügung. Vom Verstand her wusste er, dass er sich irgendwann zurückmelden musste, aber im Moment war die Erinnerung noch zu frisch.

Sein Bauch tat weh. Rick wusste, dass er bald einmal etwas essen sollte, aber die Bettdecke übte einen zu großen Reiz aus. Er stellte die Flasche auf den Nachttisch und kroch wieder ins Bett, zog sich ein weiteres Mal die Decke über den Kopf. Er lag in seiner gemütlichen Höhle und ließ den Wein den Schmerz etwas mehr von seiner Schärfe nehmen.

Jemand hämmerte an seine Wohnungstür. Das Geräusch weckte ihn aus seinem Dämmerzustand.

„Lasst mich verdammt nochmal einfach in Ruhe", grummelte er und zog sich die Decke über die Ohren. Die Bettdecke war ein willkommenes Gewicht. Aufzustehen und die Tür aufzumachen erschien ihm zu mühsam, also ließ wer auch immer da draußen war einfach weiter klopfen. Irgendwann würde derjenige schon die Lust verlieren und wieder gehen.

Irgendwann später erwachte er erneut und kam unter seiner Decke hervor, blinzelnd in der hellen Nachmittagssonne, die in sein Zimmer strömte. *Ich hätte schwören können, dass ich die Scheiß-Vorhänge zugezogen hatte.* Er streckte den Hals, um nachzusehen, und stieß einen Schreckensschrei aus. Will stand neben seinem Bett, die Hände in den Hosentaschen, und blickte auf ihn hinab.

„Was zum Teufel machst du hier?", knurrte Rick. Dann traf ihn die Erkenntnis. „Und wie in aller Welt bist du reingekommen?" Er setzte sich im Bett auf und fuhr sich mit den Fingern durchs Haar, kratzte sich am Kopf.

„Ich habe deinen Vermieter dazu gebracht, mich rein zulassen." Will sah ausgesprochen unglücklich aus. „Blake ist schon die ganze Woche krank vor Sorge. Es wurde so schlimm, dass er mich geschickt hat um nachzusehen, ob du gestorben bist oder so."

„Na, jetzt hast du mich ja gesehen", sagte Rick und starrte ihn an. „Also kannst du ihm Bericht erstatten, dass ich noch ziemlich lebendig bin. Tschüss, Will. Zieh die Vorhänge zu, wenn du gehst." Er versank wieder unter der willkommenen Schwere seiner Bettdecke, die ihm Wills Anblick ersparte.

Rick schnappte nach Luft, als ihm die Decke

weggerissen wurde. Will packte ihn am Arm und zerrte ihn aus dem Bett, dann hievte er ihn hoch und warf ihn sich über die Schulter.

„Was soll der Scheiß?" Er gab Will einen kräftigen Klaps auf den jeansbekleideten Hintern, aber Will ignorierte ihn und marschierte in Badezimmer, wo er Rick in die Dusche schubste und das Wasser aufdrehte – kalt. Rick schrie auf und versuchte sich an Will vorbei zu drängen, aber Will streifte sich die Schuhe ab und stellte sich zu ihm unter die Dusche, hielt ihn unter dem Wasserstrahl fest, bis sie beide bibberten.

„Wenn du fertig bist mit Rumschreien", sagte Will zähneklappernd, „kannst du die hysterische Tussi langsam wieder einpacken. Ich will meinen Rick zurückhaben." Am ganzen Körper zitternd lehnte Rick sich an ihn. Er spürte, wie das Wasser wärmer wurde, als Will ihn wieder auf Normaltemperatur brachte und dann das Wasser abdrehte. Will schnappte sich ein Handtuch aus dem Regal, wickelte Rick hinein und trocknete ihn ab. Dann schälte er sich aus seinen durchnässten Klamotten und trocknete sich selbst ab. Er schlang sich das Handtuch um die Hüften, steckte das Ende fest und führte Rick am Arm zurück ins Schlafzimmer. Nachdem er ihn mit Nachdruck auf die Bettkante geschubst hatte, ging Will zur Kommode und begann in den Schubladen zu kramen. Er nahm eine saubere Jeans, ein T-Shirt und einen Pulli heraus und warf Rick die Klamotten zu.

„Zieh dich an. Und du hättest wohl nicht zufällig eine Hose, die mir passt? Schließlich bin ich gut sechs Zentimeter größer als du."

Rick deutete auf die unterste Schublade. „Da drin ist eine Jogginghose, die mir zu lang war. Ich wollte sie schon in den Laden zurückbringen, bin aber nie dazu gekommen." Ohne nachzudenken zog er die Klamotten an. Will fand die Hose, dazu einen weiten Pulli und zog sich ebenfalls an. Rick setzte sich wieder auf die Bettkante und warf einen sehnsüchtigen Blick nach der Weinflasche. Will stieß ein genervtes Schnaufen aus und verließ das Schlafzimmer. Rick konnte ihn in der Küche mit Schranktüren klappern hören, dann kam das Öffnen und Schließen der Kühlschranktür.

„Ist dir klar, dass du überhaupt nichts zu essen hier hast?", rief Will.

„Überrascht mich nicht. Dafür hätte ich ja einkaufen gehen müssen", rief Rick zurück.

Will tauchte in der Schlafzimmertür auf. Er hatte Ricks braune Lederjacke und seine Turnschuhe in der Hand. „Komm schon. Ich bring dich wohin, wo ich dich füttern kann." Er maß Rick mit strengem Blick. „Heute noch, Rick Wentworth. Also beweg deinen Arsch."

Seufzend stand Rick auf und folgte Will aus dem Zimmer. „Du gibst erst Ruhe, wenn ich mache, was du willst, nicht?"

Er konnte das Lächeln in Wills Stimme hören. „Jetzt hast du's geschnallt."

~0~

„Fühlst du dich besser?", fragte Will.

Rick schob seinen leeren Teller weg und lehnte sich zurück. „Ja." Er musste zugeben, dass das Ganztages-Frühstück im *The Coffee Pot* genau das Richtige gewesen war. Dann erinnerte er sich an seine guten Manieren. „Danke, Kumpel."

Will grinste. „Das ist mein Rick." Er schenkte Kaffee nach und reichte Will eine weitere Tasse. „Trink das. Du musst wach sein."

Rick trank bereitwillig. Er leerte die Tasse und stellte sie dann mit einem Seufzer ab. „Ich fühle mich um Längen besser." Er konnte sich nicht erinnern, wann er das letzte Mal etwas gegessen hatte.

Will beugte sich vor, die Hände um seine Kaffeetasse gelegt. „Okay, dann kannst du mir jetzt ja wohl erzählen, was los ist."

Rick holte tief Luft, und dann brach alles aus ihm heraus. Will hörte aufmerksam zu, wobei sein Gesicht immer länger wurde. Schließlich hörte Rick auf. Es tat immer noch schrecklich weh, aber wenigstens hatte er den Schmerz mit jemandem geteilt.

„Und du hast keine Ahnung, warum er mit dir Schluss gemacht hat?"

Rick schüttelte den Kopf. „Ich habe mir in den ersten paar Tagen alles wieder und wieder durch den Kopf gehen lassen, bis ich fast verrückt geworden bin. Ich habe immer noch keine Ahnung. Danach habe ich jeden Versuch einer Analyse aufgegeben und mich einfach nur betrunken." Sein Magen krampfte sich zusammen. Ja, es tat immer noch weh.

Will schaute betrübt drein. „Ach, Süßer, das tut mir ja so leid. Ich weiß, wie sehr du gehofft hattest, dass das hält."

„Du sagst jetzt nicht ‚ich hab's dir doch gleich gesagt', oder?", forschte Rick. „Weil dann kannst du auf der Stelle wieder gehen. Das kann ich jetzt nicht brauchen." Er sah Will geradewegs in die Augen. *Erstaunlich, wie so etwas Einfaches wie Essen die Balance wiederherstellen kann.*

„Das würde mir nicht im Traum einfallen", antwortete

Will ernst. „Rick, ich weiß, wie schmerzhaft das ist. Ich kann mich noch gut erinnern, wie ich mich gefühlt habe, als Blake sich wegen dieser blöden Kuh Melissa von mir getrennt hat. Aber du musst dich zusammenreißen, weil du jetzt im Büro gebraucht wirst. Blake braucht dich." Er drehte nervös seinen Verlobungsring um den Finger.

Rick senkte den Blick auf die Tischplatte mit der rot-weiß karierten Tischdecke. Er wusste, dass es früher oder später so kommen musste. Vielleicht hatte er sich ja jetzt wirklich lang genug selbstbemitleidet, vor allem wenn er dabei seine Kollegen im Stich ließ. Er lauschte auf das Stimmengewirr um sich herum; keiner der anderen Gäste hatte auch nur die leiseste Ahnung, was in ihm vorging. Dann warf er einen weiteren Blick auf Wills unglückliches Gesicht.

„Ich werde wieder zur Arbeit gehen", sagte er schließlich.

Die Erleichterung in Wills Gesicht war herzerwärmend. „Danke", sagte er und ergriff über den Tisch hinweg Ricks Hand.

Rick lächelte, obwohl ihm überhaupt nicht danach zumute war.

Eines Tages wird es nicht mehr so wehtun, sagte er sich. Hoffentlich.

~0~

„Können Sie mir mal sagen, wofür ich Sie eigentlich bezahle? Meiner Ansicht nach ganz bestimmt nicht für schlampige Arbeit. Und vor allem nicht, nachdem Sie den Termin nicht eingehalten haben!"

Angelo hielt sich das Telefon vom Ohr weg. Die schneidende Stimme bohrte sich in seinen Kopf. Als alles wieder ruhiger wurde, wandte er sich wieder dem Anrufer zu. „Es tut mir leid, Mr. Entwistle, ich bringe das so schnell wie möglich in Ordnung." Er seufzte innerlich. Diesen Mist konnte er überhaupt nicht brauchen.

Die Stimme von Mr. Entwistle wurde sanfter. „Was ist denn los, Angelo? Sie waren doch sonst nie so. Flüchtigkeitsfehler, nicht eingehaltene Termine … ist etwas passiert, wovon ich wissen müsste?"

Angelo beeilte sich, seinen Kunden zu beschwichtigen. „Nichts, was die Eröffnung der Bar gefährden könnte, das versichere ich Ihnen. Ich kümmere mich sofort darum. Keine Sorge, Sie werden rechtzeitig eröffnen können." *Selbst wenn ich jeden Tag bis Mitternacht arbeiten muss, um die Zeit wieder reinzuholen.* Er zwang sich, zuversichtlich zu klingen.

Es funktionierte anscheinend. „Nur das wollte ich wissen", sagte Bernard Entwistle. Angelo konnte die Erleichterung in seiner Stimme hören. „Also dann bis bald, ja?"

Er beschwichtigte seinen Kunden ein weiteres Mal. Dann legte er auf und steckte sein Handy wieder in die Hosentasche. Er ließ sich auf den Hocker vor seiner Werkbank sinken, beugte sich vor und legte seinen Kopf auf die verschränkten Arme.

Du kannst so nicht weitermachen. Auf diese Art verscheuchst du dir noch die Kundschaft.

Gott, er war völlig durch den Wind. Es war vier Wochen her, seit er den Fehler gemacht hatte, auf seinen Vater zu hören und sich damit sein Leben zu versauen. Vier lange, einsame Wochen. Sein Magen krampfte sich zusammen.

Scheiße, Rick, du fehlst mir so.

Er wartete immer noch auf das Nachlassen des

Schmerzes, aber anscheinend wurden die Erinnerungen von Tag zu Tag lebendiger. Er träumte von Rick. Tag und Nacht. Das ging so weit, dass er jeden Abend beim Schlafengehen hoffte, Rick in seinen Träumen zu sehen, wo sie zusammen sein konnten. Doch solche Gedanken forderten ihren Tribut. Seine Arbeit litt darunter, und das konnte er nicht zulassen. Beim jüngsten Fiasko ging es um die Eröffnung einer neuen Bar in Soho. Die Inneneinrichtung war reich mit Schnitzereien verziert, die dem Ganzen ein Gothic-Ambiente verschafften. Und wenn er das hinbekam, bedeutete das weitere Kunden.

Also nimm dich zusammen, um Himmels willen, ermahnte er sich streng.

Das Läuten der Türglocke riss Angelo aus seinen Träumen. Er ging durch das Atelier, um die Tür zu öffnen und erstarrte. Draußen stand Maria mit einer Einkaufstüte in der Hand.

„Willst du was von mir?", fragte er. Sie hatte sich seit dem Familientreffen nicht bei ihm gemeldet, und Angelo war nicht nach einem Anruf zumute gewesen. Je weniger Zeit er mit seiner Familie verbrachte, desto besser.

Maria machte ein langes Gesicht. Sie hielt ihre Tüte hoch. „Ich habe uns was zum Mittagessen geholt. Ich fand es an der Zeit, mal bei dir vorbeizukommen und nachzuschauen, ob du okay bist." Sie fingerte am Spitzenkragen ihrer Bluse herum.

Er schaute sie sich genauer an. Ihre Augen waren geschwollen und hatten dunkle Ränder. Er seufzte tief. „Komm schon rein." Er trat beiseite, um sie eintreten zu lassen.

Auf ihrem Weg durch das Atelier betrachtete Maria

die Projekte, die seine Werkbänke bedeckten. Sie blieb vor einer Werkbank stehen, auf der das Werkstück unter einem roten Tuch verborgen war. „Was ist da drunter?"

„Etwas, woran ich noch arbeite", sagte er hastig und steuerte sie auf die Treppe zu, die in seine Wohnung hinauf führte. „Sollen wir oben essen?"

Maria schüttelte den Kopf. „Mir gefällt es hier unten ganz gut. Ich mag den Geruch nach Holz und Leinöl." Sie lächelte. „Aber ein paar Teller wären schön."

Widerwillig ließ er sie in seinem Atelier zurück und rannte immer zwei Stufen auf einmal in seine Wohnung hinauf. Als er kaum eine Minute später mit zwei Tellern und Besteck zurückkam, setzte sein Herz einen Schlag aus. Sie hatte das das rote Tuch weggezogen und starrte den geschnitzten Kopf darunter an. „Was ist das für ein Holz?", fragte sie.

Bei der einfachen Frage begann sein Herz wieder normal zu schlagen. „Lindenholz", antwortete er. „Das eignet sich gut für Büsten und solche komplizierten Schnitzereien, weil es weicher ist."

Sie nickte und hob dann den Kopf, um ihm in die Augen zu schauen. „Das ist er, nicht wahr?"

Angelo hielt den Atem an. Er hatte Ricks Gesicht vor ungefähr drei Wochen angefangen aus der Erinnerung zu schnitzen und arbeitete immer dann daran, wenn die Sehnsucht nach ihm am stärksten war. Irgendwie linderte das den Schmerz.

„Ja, das ist Rick."

Zu seiner Überraschung nahm Maria ihren Schemel und rückte ihn an die Werkbank, auf der die Büste stand. Sie stellte ihre Tüte auf den Tisch und holte zwei im Laden gekaufte Dosen mit Salat heraus.

Angelo musste unwillkürlich lachen. „Wie ich sehe, hat Mama es immer noch nicht geschafft, dir das Kochen beizubringen."

Maria verdrehte die Augen. „Hör bloß auf. Sie beschwert sich immer noch über das eine Mal, als aus Fertig-Kartoffelpüree wie durch Zauberhand Kartoffelsuppe wurde." Sie schnaubte. „Mit dem Kochen werde ich mich nie anfreunden können."

Und die Spannung zwischen ihnen löste sich einfach so in Luft auf.

„Wie geht es dir?", fragte sie. Ihre Augen musterten suchend sein Gesicht.

Angelo öffnete seinen Salat und nahm eine Gabel voll Gurke, Tomate und Grillhuhn. Er kaute bedächtig, schluckte und schaute sie dann an. „Ging mir schon besser", sagte er leise. Dad hatte vor drei Tagen angerufen. Anscheinend versuchte er, Angelo mit Luisa Pasquale zu verkuppeln. Sie war die Tochter eines Geschäftsfreundes von ihm und stammte ebenfalls aus einer alten sizilianischen Familie. Es war noch nichts in Stein gehauen, aber das war nur eine Frage der Zeit.

Maria aß einige Bissen Salat, dann legte sie ihre Gabel weg. Sie strich mit einem Finger über die glatte Maserung des Holzes. „Erzähl mir von ihm."

Angelo schrak zusammen. „Von Rick?" Sie nickte. „Warum?" Das schien ihm eine zwecklose – und schmerzhafte – Übung zu sein.

„Tu mir den Gefallen", verlangte sie.

Angelo drehte die Büste langsam, bis er in das Gesicht blickte, das sich in seine Erinnerung eingebrannt hatte. Er erzählte ihr, wie er Rick im Heaven zum ersten Mal gesehen hatte. Er erzählte ihr sogar, wie er ihn vor Julian gerettet hatte.

Sie machte große Augen. „Mein Bruder ist ein Held."

Angelos Wangen wurden heiß. Er erzählte ihr, was für ein Mensch Rick war. Sie hörte aufmerksam zu. Er hatte wenigstens einige Bemerkungen über Rick erwartet, doch sie sagte nichts. Als ihm schließlich nichts mehr einfiel, betrachtete sie ihn nachdenklich.

„Es gibt da jemanden, mit dem du meiner Meinung nach reden solltest."

Angelo runzelte die Stirn. „Wen?"

Maria zuckte die Achseln. „Einen Freund von mir. Sein Name ist Franco."

Angelo zog eine Augenbraue hoch. „Warum sollte ich mit diesem Freund von dir reden wollen?"

Sie lächelte auf rätselhafte Weise. „Wie ich vorhin schon sagte: Tu mir den Gefallen." Und damit widmete sie sich wieder ihrem Mittagessen.

Sie aßen in behaglichem Schweigen. Gelegentlich ertappte Angelo sie beim Betrachten von Ricks Büste. *Was hast du vor?*

Dann schob er diese Frage beiseite. In seinem Kopf ging schon so viel vor, er brauchte nicht noch mehr. Er sagte sich, dass er bald genug herausfinden würde, was sie im Sinn hatte. Außerdem hatte er jetzt an anderes zu denken.

Zum Beispiel an ein Rendezvous mit Luisa Pasquale.

Kapitel 13

Der April neigte sich seinem Ende zu, der Frühling war wirklich und wahrhaftig gekommen und Rick bekam langsam aber sicher die Kurve.

Es war jetzt ungefähr fünf Wochen her, seit Will ihn (unter großem Protest) wieder ins Büro gezerrt hatte. Okay, das war vielleicht etwas übertrieben. Es gab immer noch Tage – *„schwarze Hunde"* nannte Rick sie nach einem Zitat von Winston Churchill – an denen er so deprimiert war, dass es ihm große Mühe kostete, auch nur seinen Arsch aus dem Bett zu hieven, aber Rick hielt durch. Mit dem Wechsel der Jahreszeiten besserte sich auch seine Stimmung, und Rick freute sich auf das Kommen des Sommers. So wie das kühlere Wetter verging versuchte Rick, den letzten Rest seines Kummers um Angelo loszuwerden. Er sagte sich ständig, dass er irgendwann über den gutaussehenden, dunkeläugigen Gentleman hinwegkommen würde, der sich so tief in seinem Herzen eingenistet hatte – ehe er es in Stücke riss.

Seine Kollegen waren einfach großartig. Auf keinen Fall wollte er, dass sie hinter seinem Rücken tuschelten und Spekulationen anstellten. Also hatte er gleich am ersten Tag bis zum Ende von Blakes Teamsitzung gewartet und sich dann an alle zusammen gewandt. In ruhigen, leisen Worten hatte er ihnen alles erzählt, was vorgefallen war. Als er fertig war, hatte verblüfftes Schweigen geherrscht. Ed hatte vor sich hin geflucht und war dann wieder verstummt. Lizzie war von ihrem Platz aufgestanden, zu ihm gekommen und hatte ihn fest umarmt. Beth war die nächste gewesen, und dann hatten ihm die männlichen Teammitglieder auf den Rücken geklopft oder den Arm getätschelt. Alle hatten ihn wissen lassen, dass sie ihn unterstützten, jeder auf seine Weise. Blakes anerkennender Blick hatte ihm das Herz gewärmt. Und von diesem Tag an – obwohl niemand mehr darüber gesprochen hatte – war er sich der anhaltenden Unterstützung seines Teams bewusst gewesen.

Eines Montagmorgens arbeitete Rick gerade an dem bevorstehenden Oster-Sale, als sein Telefon klingelte. Er warf einen Blick auf das Display und erstarrte. Es war Julian. Seine Finger schienen schneller zu arbeiten als sein Verstand – er drückte augenblicklich auf „Anruf abweisen". Zu seinem Entsetzen pochte sein Herz wie wild. Er konnte nur das Display anstarren und sich bemühen, ruhig zu bleiben. Es dauerte eine ganze Weile, aber schließlich normalisierte sich seine Herzfrequenz wieder.

Am nächsten Tag lieferte der örtliche Blumenladen einen Strauß Rosen, Freesien und Lilien. Ihr zarter Duft ließ alle anerkennend schnuppern, als Karen sie den Flur entlang trug. Rick sah sie auf sich zukommen und erstarrte, als sie vor ihm stehen blieb und ihm stolz die duftenden Blumen entgegenstreckte.

„Jemand schickt mir Blumen? Nun, es gibt wohl für alles ein erstes Mal", sinnierte er. Als er sie von Karen entgegennahm, dachte er einen unvernünftigen Moment lang, dass Angelo möglicherweise ... Dann verwarf er den Gedanken. Er brauchte sich nicht so zu quälen. Er nahm die Blumen mit in sein Büro, deponierte sie auf dem Schreibtisch und öffnete den Umschlag. Ihm fiel der Unterkiefer runter.

Verzeih mir. Julian X

Der will mich doch wohl verarschen! Rick zerriss die Karte, nahm die Blumen und brachte sie in Beths Büro. Sie starrte sie mit großen Augen an.

„Frag nicht woher ich die habe, aber ich würde es als einen großen Gefallen ansehen, wenn du sie mir abnehmen könntest." Rick lächelte. „Ich dachte, ich gebe sie lieber jemandem, der sich daran erfreuen kann."

Beth lächelte und küsste ihn auf die Wange. „Verstanden – und danke, Rick."

Rick ging in sein Büro zurück und machte die Tür zu. Er setzte sich an seinen Schreibtisch und massierte sich die Schläfen. Was zum Teufel spielte Julian für ein Spiel?

Typisch. Gerade läuft mein Leben wieder einigermaßen normal, und jetzt das.

Als zwei Tage später ein Kurier mit Pralinen und Champagner auftauchte und nach Rick fragte, rebellierte Ricks Magen und er musste gegen den Drang ankämpfen, in die nächste Toilette zu rennen und sich zu übergeben. Die Nachricht jagte ihm einen kalten Schauer über den Rücken.

Wir müssen reden. Bitte. Julian X

Und dann fingen die Anrufe an.

Als Karen den ersten Anruf durchstellte, sagte sie ihm nicht, wer der Anrufer war. In dem Moment, als Rick Julians Stimme hörte, knallte er den Hörer so fest auf die Gabel, dass er schon glaubte, ihn zerbrochen zu haben. Er verließ zitternd sein Büro und marschierte hinunter zur Rezeption, um Karen unmissverständlich klar zu machen, wer da angerufen hatte und warum sie ihn nicht mehr durchstellen durfte. Als er geendet hatte, war Karen kreidebleich. Rick ging direkt in die Herrentoilette und erbrach sich.

Aber damit war es noch nicht zu Ende. Im Verlauf der nächsten Woche versuchte Julian acht oder neun Mal, ihn zu erreichen. Und dann ging es mit den SMS los.

Bitte – ich muss mit dir reden.

Bitte – gib mir noch eine Chance.

Eine winzige Chance, bitte?

Beim zehnten Anruf und der x-ten SMS hatte Rick die Nase voll. Er machte die Tür zu seinem Büro zu und ging zum Fenster. Mit der Stirn an die Fensterscheibe gelehnt nahm er sich einen Moment Zeit, um sich zu sammeln, dann holte er sein Handy aus der Tasche und wählte.

„Oh Gott, endlich!" Julian hörte sich überglücklich an. „Allmählich dachte ich schon, du würdest nie wieder mit mir reden."

„Was willst du, Julian?" Rick hielt seine Stimme ruhig, obwohl er am ganzen Körper zitterte.

„Rick, es tut mir ja so leid. Ich weiß nicht, was an diesem Abend über mich gekommen ist."

Rick konnte es nicht fassen. „Es tut dir leid? Du hättest mich fast *vergewaltigt*, und es tut dir *leid*?"

Er hörte Julian zischend einatmen. „Vergewaltigt? Oh Gott – glaubst du etwa, *das* hatte ich vor?" Julian *klang* schockiert, das musste Rick ihm zugestehen. „Ich dachte, es gibt dir einen Kick, dich mit Gewalt nehmen zu lassen. Ich wäre nie darauf gekommen, dass du das ernst nehmen könntest."

Das ließ Rick jäh verstummen. *Habe ich überreagiert? Habe ich das Ganze völlig falsch interpretiert?* Sein Verstand arbeitete rasend schnell, während er zurückdachte und bis ins kleinste Detail alles zu analysieren versuchte, was Julian getan oder gesagt hatte. *Habe ich mich hier etwa* selbst *zum Opfer gemacht?*

„Oh Gott, Rick. Was musst du durchgemacht haben, wenn du geglaubt hast, dass ich dir das antun wollte." Julians Stimme wurde sanfter. „Bitte, Baby, können wir uns treffen? Nur auf einen Kaffee? Ich glaube, wir müssen uns unterhalten."

Rick erlebte gerade ein schweres Déjà-vu. *Wo habe ich diese Worte schon einmal gehört?*

„Was sagst du dazu, Rick?" Julians Tonfall war schmeichelnd. „Vielleicht sollten wir uns treffen und schauen, ob wir das hinter uns lassen können." Seine Stimme wurde tiefer. „Vor allem, weil ich den Eindruck hatte, dass wir auf einem guten Weg waren."

Rick wurde vom seidigen Klang von Julians Stimme mitgerissen. *Wenigstens einer will mich*, dachte er. Er überlegte, wie es wäre, Julian wiederzusehen. *Schaffe ich das?*

„Rick? Bist du noch da?"

Rick nahm seinen Verstand zusammen. „Ja, ich bin noch da." Er wusste immer noch nicht, was er sagen sollte.

Julian preschte vor. „Wir könnten uns in Covent Garden treffen, wenn du willst. Da gibt es ein wunderbares kleines Café neben dem Theater. Es ist ruhig, gemütlich ..." Da war dieser schmeichelnde Tonfall wieder. „Komm schon, Rick, ein gutes Gespräch würde dir vermutlich nicht schaden. Und es ist ja nicht so, als ob du im Moment jemanden hättest."

Rick erstarrte. „Was?"

„Ach, ist schon gut, Babe. Ich habe gehört, dass dieser haarige, spaghettifressende Itaker dich in letzter Zeit links liegen lässt."

Es dauerte einen Moment, bis Rick wieder normal atmen konnte. Und dann noch einen weiteren

Moment, bis er genau die richtigen Worte gefunden hatte.

„Erstens, ich weiß zwar nicht, woher du das hast, aber es geht dich verdammt noch mal einen *Scheißdreck* an, was zwischen Angelo und mir gelaufen ist. Zweitens, wie *kannst* du es wagen, so über jemanden zu reden!" Rick kam allmählich in Fahrt. „Das zeigt mir nur wieder, was für ein bigottes Arschloch du eigentlich bist. Und drittens... ich sollte dankbar sein, *dass* du so ein Arschloch bist, denn das hat mich wenigstens zur Besinnung gebracht. Wenn ich daran denke, dass du mich fast schon so weit hattest, dich wiederzusehen ... Für wie *blöd* hältst du mich eigentlich?" Er holte tief Luft. „Also, nimm deine Beleidigungen und steck sie dir sonst wohin. Ruf mich nicht mehr an. Schick mir keine Geschenke mehr. Ich will nichts mehr mit dir zu tun haben. Und hoffentlich hat der nächste Typ, mit dem du deine ‚gewaltsam nehmen'-Nummer abziehst, mehr Mumm als ich und zeigt dich bei der Polizei an."

Julian schnappte nach Luft. „Rick, was ..."

„Nur noch eins, Julian. Angelo Tarallo ist zehnmal mehr Mann als das du es je sein wirst. Nur damit du's weißt." Er legte auf und setzte sich zitternd wieder hin. Adrenalin rauschte durch seine Adern. *Ich habe zu dem Hurensohn nein gesagt. Und verdammt nochmal, war das ein tolles Gefühl.*

Und mir nichts, dir nichts kehrten seine Gedanken zu Angelo zurück.

Was wir hatten, war etwas Besonderes. Warum zum Teufel hast du es weggeworfen?

Es war, als wäre eine Wunde wieder aufgerissen, die schmerzte und blutete.

Nein. Nicht über Angelo hinweg. Nicht einmal

annähernd.

~0~

Angelo rieb die fertige Büste liebevoll mit Leinöl ein. Ricks Gesicht schaute ihn an, so lebensecht, dass ihn der Anblick schmerzte. Angelo staunte immer noch, dass seine Hände dies geschaffen hatten. Dieses Werk war bei weitem das Beste, was er je geschnitzt hatte. Er fuhr mit der Fingerspitze die Kontur von Ricks Augenbraue nach und streichelte dann seine Wange.

„Ich vermisse dich immer noch, Babe", flüsterte er.

Die Türglocke summte. Angelo wischte sich mit einem weichen Tuch die Hände sauber und ging aufmachen. Draußen auf der Straße stand Maria neben einem Mann von ungefähr Ende dreißig in schwarzer Lederjacke und Jeans. Maria hatte eine Leinentasche dabei.

„Hi, dürfen wir reinkommen?"

Angelo trat beiseite. Er küsste Maria auf die Wange und musterte dann ihren Freund. „Wer ist das, Schwesterherz?"

„Ich wollte dir doch jemanden vorstellen, weißt du noch? Das ist Franco."

Angelo schüttelte Franco die Hand und warf ihm dann einen neugierigen Blick zu. „Sieh mal, Franco, ich will ja nicht unhöflich erscheinen, aber ich weiß nichts über dich, und ich habe keine Ahnung, warum Maria dich mitgebracht hat."

Franco blickte sich im Atelier mit all den Werkbänken, Werkzeugen und hölzernen Schemeln um. „Können wir uns hier irgendwo hinsetzen und in Ruhe unterhalten?"

Angelo runzelte die Stirn. „Entschuldigung,

anscheinend habe ich meine guten Manieren vergessen. Kommt mit rauf." Er ging voraus zur Treppe und hinauf in seine Wohnung. Drinnen winkte er seine Gäste ins Wohnzimmer und bat sie Platz zu nehmen.

„Eigentlich wird sich nur Franco hinsetzen und reden", sagte Maria augenzwinkernd. „Ich werde für uns drei was zu essen machen."

Angelo schaute sie eine Zeitlang an und schluckte dann sichtlich. Er warf Franco einen Blick zu. „Fürchte dich, Franco. Fürchte dich sehr."

Franco lachte schallend auf und Maria stolzierte mit einem beleidigten Schniefen in die Küche. Angelo nahm neben Franco auf dem Sofa Platz. Er biss sich auf die Wange. „Okay, also worum geht es hier?" Er war fasziniert von seinem Gast.

Franco lehnte sich entspannt zurück und machte seine Jacke auf. „Ich glaube, ich muss dich warnen. Deine Schwester und ich haben uns schon ausführlich über deine momentane Situation unterhalten."

Angelo wurde ganz still. „Situation?", echote er.

Franco nickte. „Das Ultimatum deines Vaters, deine Entscheidung, deinen Freund Rick ..."

„Nicht mehr mein Freund", sagte Angelo leise. Das Mitgefühl, das über Francos Miene huschte, machte ihm seinen mysteriösen Gast sympathisch.

„Erzähl mir von Rick. Wie war er?" Franco schaute ihn unverwandt an.

Angelo lächelte. „Rick war ... *ist* lustig." Er schüttelte den Kopf. „Tut mir leid. Er ist vielleicht aus meinen Leben verschwunden, aber ich bringe es einfach nicht übers Herz, in der Vergangenheitsform von ihm zu sprechen. Das kommt mir immer so vor als wäre er ... gestorben." Franco nickte langsam und Angelo fuhr fort. „Er ist sehr großzügig. Er ist einfühlsam. Er liebt seine Familie." Er hatte aus ihren Gesprächen einiges über Rick gelernt, und das gab er nun mit ruhiger Stimme an Franco weiter. Franco hörte zu, ohne ihn zu unterbrechen. Als Angelo geendet hatte, musterte Franco ihn eine Zeitlang.

„Er bedeutet dir sehr viel."

Angelo schluckte. Er konnte für einen Moment lang nicht sprechen.

„Okay", begann Franco langsam. „Jetzt erzähl mir von deinem Vater. Zum Beispiel was du von seinem Ultimatum hältst."

Angelo seufzt. „Was gibt es da groß zu erzählen? Er ist mein Vater. Ich muss tun, was er sagt."

Da richtete Franco sich auf. „Angelo, Gott hat uns mit der Fähigkeit erschaffen, unseren eigenen Weg zu wählen. ,Du sollst Vater und Mutter ehren' heißt nicht, dass du dein Leben nach ihren Regeln leben sollst. Und ,ehren' ist nicht gleichbedeutend mit ,gehorchen'. Außerdem bist du ein erwachsener Mann." Er betrachtete Angelo konzentriert. „Gott hat uns seine Gnade und freien Willen geschenkt."

Angelo war endgültig fasziniert. „Du scheinst dich ja mit diesem Thema sehr gut auszukennen."

Franco grinste. „Sollte ich wohl. Ich bin Priester — wenn auch im Moment inkognito."

Angelo blieb der Mund offen stehen.

Franco lächelte, beugte sich vor und nahm seine Hand. „Gott liebt *alle* seine Kinder, Angelo." Seine Augen funkelten. „Selbst die schwulen."

Angelo wurde die Brust eng. „Aber … es ist eine Todsünde." Er war sich entfernt der Geräusche aus der Küche bewusst.

Franco runzelte die Stirn und schüttelte den Kopf.

„Eine Todsünde? Nein. Eine Sünde? Vielleicht." Er seufzte tief. „Einige Theologen glauben nicht, dass die Lehren der Bibel zu diesem Thema korrekt ausgelegt wurden."

Jetzt war es Angelo, der sich aufrichtete. Er neigte den Kopf zur Seite. „Bist du schwul?"

Franco sah ihm ruhig in die Augen. „Ob ich schwul bin oder nicht spielt keine Rolle. Ich lebe im Zölibat. Ich nehme meinen Schwur ernst."

Hitze stieg Angelo in die Wangen.

Franco ließ Angelos Hand los und verschränkte die Arme vor der Brust. Er schaute ihn aus klaren, grünen Augen an. „Angelo, du hast zwei Möglichkeiten. Entweder du gehorchst deinem Vater und nimmst dir eine Frau – womit du nicht nur *dich* unglücklich machst, sondern auch sie, weil du sie nie so lieben wirst, wie ein Mann seine Frau lieben sollte." Er lächelte. „Oder du entscheidest selbst, wem du dein Herz schenkst, und siehst deine Liebe erwidert." In Francos Blick lag so viel Verständnis, dass Angelos Kehle ganz eng wurde. „Okay, dadurch wirst du dich deiner Familie entfremden, aber das kann sich ändern. Vielleicht kommen sie ja zur Einsicht. Man kann nie wissen. ‚Blut ist dicker als Wasser' lautet das uralte Sprichwort." Er neigte den Kopf. „Glaubst du, sie bleiben immer so?" Erneut griff er nach Angelos Hand und hielt sie fest. „Du musst dich fragen, was du wirklich willst."

„Das ist eine sehr gute Frage", sagte Maria, als sie ins Wohnzimmer zurückkam, ein Tablett mit drei dampfenden Suppentassen und einem Teller mit dicken Scheiben von frischem Brot in den Händen. Sie stellte das Tablett auf den Kaffeetisch, trat zu Angelo und umarmte ihn, schmiegt ihr Gesicht an seine Wange. „Wie du dich auch entscheidest, *fratello mio*", flüsterte sie, „ich werde dich immer lieben."

Er umarmte sie fest. Maria reichte jedem eine Suppentasse und ließ sich dann mit ihrer eigenen auf den Sessel sinken. Sie aßen schweigend. Angelos Gedanken waren in Aufruhr, während er sowohl die Suppe als auch Francos weise Worte verdaute.

Als es für seine Gäste Zeit zum Gehen wurde, begleitete Angelo sie zur Tür und winkte ihnen nach. Er warf einen Blick auf Ricks Büste und sein Herz tat einen Sprung beim Anblick des Gesichts, das aus dem Holz zum Vorschein gekommen war. Er schaute seine Hände an. Gott hatte ihm die Gabe geschenkt, Schönheit zu erschaffen. Und dann dachte er darüber nach, was Franco ihm gesagt hatte – dass Gott alle seine Kinder liebte. Ein Satz war ihm im Gedächtnis geblieben.

Du entscheidest selbst, wem du dein Herz schenkst, und siehst deine Liebe erwidert.

Dieses eine Wort ließ eine Wärme in ihm aufwallen, die ihn völlig ausfüllte.

Liebe.

~0~

Es war Freitagnachmittag, zwei Tage nach Marias und Francos Besuch, und Angelo stieß die Glastür auf, die zu Trinity Publishing führte. Er trat an den Empfangstresen, wo eine Frau mit freundlich wirkendem Gesicht saß und konzentriert auf einen Computermonitor schaute. Sie blickte zu ihm auf und lächelte.

„Kann ich Ihnen helfen?"

Angelo warf ihr sein gewinnendstes Lächeln zu. „Ich

möchte Rick Wentworth sprechen, bitte. Falls er da ist." Auf ihrem Namensschild stand „Karen".

Als sie nach ihrem Telefon griff, kam ein Mann durchs Foyer geschlendert, der ungefähr so groß war wie Angelo, jedoch viel stämmiger. Er grinste Karen an und legte einen Aktenordner auf ihren Schreibtisch. „Blake hat mich gebeten, dir das hier vorbeizubringen. Und er entschuldigt sich auch vielmals. Anscheinend hat er's heute Morgen aus Versehen mitgenommen."

Karen drückte sich den Hörer an die Brust und schnalzte missbilligend mit der Zunge. „Er hat mich *überall* danach suchen lassen!" Sie lächelte den Mann strahlend an. „Vielen Dank, Ed." Sie musterte Angelo. „Welchen Namen darf ich nennen?"

„Angelo Tarallo." Sein Herz pochte beim Gedanken daran, Rick wiederzusehen. *Was er allerdings davon hält, mich wiederzusehen, bleibt abzuwarten.*

Ed wurde ganz steif. „Angelo Tarallo?"

Bei seinem scharfen Ton wandte Angelo ihm ruckartig das Gesicht zu. „Äh, ja?"

Ed trat zu ihm und baute sich vor ihm auf. „Du hast ja vielleicht Nerven, Mann, hier aufzutauchen, nachdem du so einen Scheiß abgezogen hast."

Oh, fuck. Angelo richtete sich zu voller Größe auf. „Wenn ich Rick nur kurz sprechen könnte, dann ..."

„Rick *sprechen*? Ich lass' dich nicht mal auf einen verdammten *Meter* an ihn ran!", brüllte Ed. „Und jetzt zieh Leine!"

Angelo knirschte mit den Zähnen. „Ich gehe hier erst wieder weg, wenn ich mit Rick gesprochen habe."

„Dann kannst du aber verflucht lange warten. Eher friert die Hölle zu, als dass ich dich auch nur in seine Nähe lasse. Du hast ihm schon genug wehgetan." Eds

Wangen waren hochrot, seine Oberarmmuskeln angespannt und seine Fäuste geballt. Sein Gesicht war nur wenige Zentimeter von Angelos entfernt. Aber Angelo hielt stand.

Schritte kündigten das Herannahen von drei oder vier erschrockenen Menschen an.

„Was zum Teufel ist hier los?"

Ein Typ in einem dunkelblauen Anzug mit schwarzen Haaren und den blauesten Augen, die Angelo je gesehen hatte, kam mit großen Schritten auf sie zu. Ed rührte sich nicht vom Fleck.

„Ed, zurück. Sofort."

Ed presste die Lippen zusammen und trat zwei Schritte zurück. „Das ist Angelo, Boss." Er fletschte die Zähne, als hätte der Name einen üblen Geruch.

Das musste Blake Davis sein. „Selbst wenn er der Teufel persönlich wäre, du brüllst nicht mit ihm rum, nicht in diesem Gebäude. Ist das klar?", sagte Blake mit leiser, jedoch fester Stimme. „Und jetzt ... geh auf Abstand."

Ed wich widerwillig zurück und stellte sich zu den anderen, die die Szene mit großen Augen beobachteten. Blake wandte sich an Angelo.

„Mr. Tarallo, ich entschuldige mich für das Benehmen meines Büroleiters." Er streckte die Hand aus. „Ich bin Blake Davis, der Eigentümer von Trinity Publishing."

Als Angelo gerade die dargebotene Hand ergriff, kam Rick eilig um die Ecke und blieb wie angewurzelt stehen, mit offenem Mund, als er Angelo erblickte. Alle Farbe wich aus seinem Gesicht.

Sie sahen einander schweigend an, bis Blake den Bann brach, indem er sich räusperte. „Rick, geh doch mit Angelo in den Konferenzraum und erkundige dich,

warum er hier ist. Alle anderen, zurück an die Arbeit."
Blake warf einen Blick zu Ed, der mit rotem Kopf
einige Schritte entfernt stand. „Ed, in mein Büro.
Sofort." Er lächelte Ed grimmig an und ging dann mit
großen Schritten weg. Ed trottete ihm nach.

Vor Angelos Augen zerstreute sich die kleine
Zuschauermenge wieder, im Weggehen
Gesprächsfetzen hinter sich herziehend, bis nur noch
er und Rick übrig blieben.

Rick schien sich inzwischen wieder etwas von seinem
Schock erholt zu haben. Er richtete sich zu seiner
vollen Größe auf und sah Angelo in die Augen. „Du
kommst besser mit mir." Er machte auf dem Absatz
kehrt und marschierte den Flur entlang davon.

Angelo folgte ihm schweren Herzens. Die positiven
Gedanken, die ihn auf einer Welle von Optimismus
bis zu Ricks Büro getragen hatten, waren verflogen
und jetzt kam er ins Straucheln.

Das wird nicht gut gehen.

Kapitel 14

Rick schloss die Tür des Konferenzraums hinter sich und wandte sich dann Angelo zu. Sein Herz pochte. Angelo stand völlig reglos neben dem Tisch.

„Warum bist du hier?", fragte Rick und schluckte mühsam. Gott, es tat weh, ihn anzuschauen. Es war zwar schon Wochen her, seit er Angelo zum letzten Mal gesehen hatte, aber es kam ihm vor wie gestern. Der Schmerz in seinem Innern war immer noch genauso heftig.

„Ich muss mit dir reden."

Rick runzelte die Stirn. „Als ich diese Worte das letzte Mal von dir gehört habe, hast du am Ende des Gesprächs mit mir Schluss gemacht." Er rührte sich nicht von Fleck.

Angelo hatte anscheinend andere Pläne. Er kam auf Rick zu, ohne den Blick von ihm zu wenden. „Es tut mir schrecklich leid, dass ich dir so wehgetan habe. Ich weiß, dass es grausam war, aber zu der Zeit habe ich einfach keinen anderen Ausweg gesehen."

„Zu der Zeit?" Aus irgendeinem Grund brannten sich diese drei Worte in Ricks Verstand. „Willst du damit sagen, dass sich etwas geändert hat?" Er hielt den Atem an. Im Geiste versuchte er Angelo zum Weitersprechen zu drängen. *Mach schon, erklär es mir. Lass mich nicht länger im Dunkeln, um Gottes Willen.* Die Ungewissheit hatte ihm während der vergangenen Wochen am meisten zu schaffen gemacht.

Angelo streckte die Hand aus. „Bitte, Rick, setz dich zu mir. Hör mich an."

Rick starrte Angelos Hand eine Zeitlang an, dann trat er vor und ergriff sie. Erleichterung malte sich auf Angelos Gesicht ab. Er führte ihn an den Tisch und beide setzten sich, rückten ihre Stühle zurecht, so dass sie mit dem Gesicht zueinander saßen. Angelo ließ seine Hand nicht los.

Ricks Herz wurde immer schwerer, als Angelo ihm von dem Familientreffen erzählte, zu dem er beordert worden war, und von dem Ultimatum seines Vaters. Er dachte an die Qualen, die Angelo erlitten haben musste. Wie er es auch drehte und wendete, er verlor. *Hätte ich dieselbe Entscheidung getroffen, wenn ich vor dieser Wahl gestanden hätte?* Diese Frage konnte Rick beim besten Willen nicht beantworten. Aber wenigstens war ihm jetzt klar, warum Angelo ihn verlassen hatte.

Das erklärt aber immer noch nicht, warum er zurückgekommen ist.

„Ich verstehe es nicht", rief Rick. „Warum bist du hier? Hat dein Vater seine Meinung geändert?" Er begriff einfach nicht, wie ein Vater behaupten konnte, sein Kind zu lieben um ihm dann so wehzutun.

Angelo schüttelte den Kopf. „Ich bin deinetwegen hier. Ich muss da sein, wo du bist."

Rick erstarrte. „Was willst du damit sagen?" Er nahm seinen Herzschlag sehr bewusst wahr, da ihm das Blut in den Ohren rauschte.

Als Angelo lächelte, war sein Gesicht plötzlich wie verwandelt, als wenn es von innen heraus leuchtete. „Ich will damit sagen, dass ich meinem Herzen folgen muss und nicht meinem Verstand."

Rick versuchte das zu begreifen. „Aber wenn du das tust, verlierst du deine Familie. Deine Mutter, deine Schwester." Die ungeheure Tragweite von Angelos Entscheidung begann ihm allmählich zu dämmern.

„Vielleicht", sagte Angelo achselzuckend. „Das wird sich mit der Zeit zeigen." Das Aufblitzen des Schmerzes in seinen Augen entging Rick nicht.

Er konnte es nicht zulassen. „Angelo, du kennst mich doch erst seit so kurzer Zeit. Wie kannst du mich deiner Familie vorziehen? Denn das tust du hier doch gerade, oder nicht?" *Er hat sich für ... mich entschieden.* Die Faust um sein Herz lockerte ihren Griff.

„Oh ja", sagte Angelo einfach. „Und ich tue das, weil die Alternative undenkbar ist." Er ergriff Ricks andere Hand und sah ihm ins Gesicht. „Lass mich dir eine Geschichte erzählen. Ich stand also am ersten Januarwochenende im Heaven an der Bar, und da ist mir doch dieser wunderschöne Typ aufgefallen. Er sah umwerfend gut aus, und ich konnte mich einfach nicht an ihm sattsehen. Wie er sich bewegt hat, völlig verloren in der Musik, so sexy und doch schien er die bewundernden Blicke der Männer um sich herum nicht wahrzunehmen. Ich wollte ihn kennenlernen. Ein Tanz mit ihm hätte mir schon genügt. Aber ich habe meine Chance verpasst. Ein anderer war schneller als ich, ein gewisser Julian Emerson."

Rick starrte ihn an. „Oh, mein Gott", sagte er leise.

Angelo nickte, ohne auch nur einmal den Blick von Rick zu wenden. „Ich habe mir Sorgen gemacht. Ich hatte Gerüchte gehört, weißt du. Also habe ich beschlossen, auf meinen schönen Mann aufzupassen. Falls er wiederkam und *tatsächlich* etwas passierte, wollte ich für ihn da sein und ihn beschützen."

Rick ging ein Licht auf. „Meine Güte. Du warst nicht zufällig in dieser Toilette, oder? Du hast dir Sorgen um mich gemacht und auf mich aufgepasst."

Angelo lächelte. „Du hast einen Beschützer gebraucht."

Rick war erschüttert. Aber Angelo war noch nicht fertig.

„Und dann durfte ich natürlich den Mann hinter dem

schönen Äußeren kennenlernen. Und weißt du was?"
Seine Augen leuchteten auf. „Ich habe festgestellt,
dass er im Inneren genauso schön war. Je mehr Zeit
ich mit dir verbracht habe, desto mehr habe ich über
dich herausgefunden." Er schluckte. „Es vergeht kein
Tag, an dem ich nicht an dich denke. Ich wache auf,
und du bist in meinen Gedanken. Ich schließe die
Augen, und du bist da, in meinem Kopf. Es ist mir
sowas von egal, dass ich dich erst vor ein paar
Monaten zum ersten Mal gesehen habe. Ich weiß nur,
dass das hier richtig ist. Dass es … passt." Er drückte
Rick die Hände. „Wir sind füreinander bestimmt. Es
tut mir nur leid, dass wir so viel Schmerz
durchmachen mussten, ehe ich das begriffen hatte."
Rick konnte ihn nur anstarren.
Angelo holte tief Luft. „Und deshalb sitze ich jetzt
hier und bitte meinen wunderschönen Mann um
Verzeihung. Weil ich nicht gesehen habe, dass das,
was wir hatten, viel zu kostbar war, um es einfach so
zurückzulassen. Ich bitte dich, mir – *uns* – eine zweite
Chance zu geben. Und diesmal, das verspreche ich,
werde ich festhalten, was wir haben, und darum
kämpfen. Ganz gleich, wer es uns wegzunehmen
versucht."
Tränen prickelten hinter Ricks Augenlidern. Er
blinzelte heftig, fest entschlossen, nicht die Fassung zu
verlieren.
Angelo griff in seine Jackentasche. „Ich habe ein
Geschenk für dich. Nur dass es mir jetzt, wo ich hier
bin, ziemlich albern vorkommt."
Rick lächelte langsam. „Ein Geschenk?" Er machte
unbewusst einen kleinen Sprung auf seinem Stuhl.
„Was ist es?"
Angelo gab ein ironisches Kichern von sich. „Du

großes Kind. Wenn ich es recht bedenke, ist es doch das perfekte Geschenk. Streck die Hände aus und mach die Augen zu."

Rick gehorchte und grinste dabei wie ein Idiot. Er spürte, wie Angelo etwas Hartes, Längliches in seine aufgehaltenen Hände legte. Er runzelte die Stirn. *Was zum Teufel...?*

„Okay, jetzt kannst du die Augen aufmachen."

Rick öffnete erwartungsvoll die Augen und sah ... Ihm fiel der Unterkiefer runter.

„Du hast mir einen Ultraschall-Schraubendreher gekauft?" Die Worte klangen fast wie ein Quieken. Er drückte einen Knopf an der Seite. Die Spitze leuchtete blau, und das typische Geräusch von Doctor Whos berühmtem Werkzeug erklang. „Oh, verdammt nochmal, Angelo. Das Ding ist *perfekt!*" Es war atemberaubend, mit wie viel Überlegung dieses Geschenk ausgesucht worden war.

In diesem Moment ging die Tür auf und Ed streckte den Kopf herein. „Alles in Ordnung hier drin?" Rick erkannte die kaum verhohlene Feindseligkeit in dem Blick, mit dem er Angelo musterte.

„Ed, alles ist gut", sagte er rasch. Er strahlte. Alles war mehr als gut.

Er sah Eds ungläubigen Gesichtsausdruck dahin schmelzen. „Wirklich?"

Rick war sicher, dass sein Gesicht leuchtete. „Oh ja."

Ed streifte Angelo mit einem flüchtigen Blick und nickte kurz, dann zwinkerte er Rick zu. „Dann will ich euch zwei Mal nicht länger stören, hm?" Damit zog er sich zurück.

Angelo starrte Rick an. „Soll das heißen..."

Rick brachte ihn mit einem liebevollen, keuschen Kuss zum Schweigen. Er spürte, wie Angelo sich versteifte. Sekunden später umfassten Angelos Hände zärtlich sein Gesicht, und der Kuss ging weiter, langsam und perfekt. *Gott, wie habe ich seine Küsse vermisst.* Er schmiegte sich an Angelo, wollte mehr, brauchte mehr.

Ein Husten ließ sie auseinanderfahren. Blake stand im Türrahmen. Seine Augen funkelten vor Belustigung. Er deutete auf Rick.

„Du machst heute früher Feierabend. Genauer gesagt … jetzt." Er grinste und wandte sich an Angelo. „Und du bringst ihn nach Hause." Er zwinkerte.

Rick musste lächeln. „Ja, Sir."

Blake schüttelte den Kopf und trat hinaus auf den Flur. Rick konnte ihn leise in sich hineinlachen hören.

Er stand auf und nahm Angelos Hand. „Du hast gehört, was der Mann gesagt hat. Bring mich nach Hause."

Angelos Gesicht leuchtete. „Mit Vergnügen."

~0~

Auf der Fahrt nach Hause war es still. Rick versuchte zu verarbeiten, was Angelo gesagt hatte, aber seine Gedanken kehrten immer wieder zu der einen überwältigenden Tatsache zurück. Angelo hatte ihn gewählt. Was auch immer sonst zwischen ihnen geschah, daran würde er sich immer erinnern. Der Schmerz, den er erlitten hatte, war eine entfernte Erinnerung, unklare, sogar verschwommene. Zu wissen, dass Angelo die Aussicht auf eine Zukunft mit Rick gegen das Risiko abgewogen hatte sich seiner Familie zu entfremden, sie vielleicht ganz aus seinem Leben zu verlieren, und sich trotzdem für Rick entschieden hatte … Verdammt, das war berauschend. Die Erkenntnis wischte sämtliche verbleibenden Zweifel in Bezug auf den Mann an seiner Seite weg.

Und genau dort wollte Rick ihn haben.

Bis dass der Tod uns scheidet. Heißt es nicht so? Der Gedanke jagte ihm einen Schauer über den Rücken.

Angelo sagte nichts, aber es strahlte eine Ruhe aus, einen Frieden, der aus ihm herauszuströmen schien. Rick hatte noch nie etwas Vergleichbares empfunden. Er fühlte sich davon eingehüllt wie von einer schönen, warmen Decke, die sich weich auf seine Haut legte.

Und dann begann es, ein Verlangen, das ihn erbeben ließ, eine Sehnsucht, die allmählich wuchs, ihn mitnahm zu einem Punkt in der Ferne, der immer heller, schärfer, lebendiger wurde, je näher er ihm kam. Rick wusste, was kommen würde. Verdammt, er betete darum. Sie hatten lange genug gewartet.

Angelo fuhr auf den Parkplatz hinter Ricks Wohnhaus und stellte den Motor ab.

Ehe Rick aussteigen konnte, war Angelo da, hielt ihm die Tür auf und reichte ihm eine Hand. Rick ergriff die ihm entgegengestreckte Hand und ließ sich von Angelo gemächlich ins Haus führen. Sie hielten im Aufzug Händchen, ohne die Verbindung auch nur einmal zu unterbrechen.   Rick nahm das Geräusch von Angelos langsamen Atemzügen überdeutlich wahr. Es war, als liefe die Zeit langsamer, als könnte er die Funken sprühen und knistern fühlen, je näher sie einander kamen.

Es kommt. Ich kann es fühlen. Und er fühlt es auch.

Die Vorfreude war wundervoll.

Als sie erst einmal in der Wohnung waren, wurde Rick nervös. Er beschloss, die Dinge etwas langsamer angehen zu lassen. Schließlich hatten sie es nicht eilig.

Er zog seine Lederjacke aus und ging in die Küche, um nachzusehen, ob noch eine Flasche Wein im Kühlschrank war. Angelo lehnte im Türrahmen und beobachtete ihn. Selbst ohne sich umzudrehen konnte Rick den Blick auf sich spüren, der sich langsam über seinen ganzen Körper bewegte. Ein Schauer der Erregung lief ihm über den Rücken.

„Was suchst du denn?", fragte Angelo.

„Wein." Er nahm eine Flasche Weißwein aus der Kühlschranktür und dann zwei Gläser aus dem Schrank. Angelo folgte ihm zurück ins Wohnzimmer und überraschte ihn dann, indem er ihm Flasche und Gläser aus der Hand nahm und auf den Kaffeetisch stellte.

„Wir brauchen keinen Wein", sagte Angelo ruhig. Dann war Rick in seinen Armen, und oh ja, *es gibt einen Gott*, denn endlich, mitten in seinem Wohnzimmer, küsste Angelo Tarallo ihn. Lange, langsame Küsse, die nicht zu enden schienen, bis Rick hungrig stöhnte. Angelo streichelte ihm lässig den Rücken, dann packte er ihn am Hintern und zog ihn fest an seinen gutgebauten Körper.

„Oh Gott, hör nicht auf", stöhnte Rick in seinen Mund.

„Nicht Gott – Angelo." Das leise Lachen wiederhallte in ihm.

„Klugscheißer", knurrte Rick, als Angelo seinen Mund freigab, um dann seinen Hals zu küssen und an seiner Haut zu saugen. Rick ließ mit einem leisen Aufschrei den Kopf zurücksinken, als Angelo heftiger saugte. *Das gibt einen Knutschfleck*. Er erschauerte bei dem Gedanken, dass Angelo ihm sein Zeichen aufdrückte.

Angelo umfasste Ricks Kinn und sah ihn mit seinen dunklen Augen nachdenklich an. „Erinnerst du dich noch an unseren letzten gemeinsamen Abend, ehe mein Vater beschloss, mein Leben zu ruinieren?"

Rick nickte. Seine Wangen standen in Flammen bei der Erinnerung an diesen Orgasmus.

„Weißt du noch, was du gesagt hast?"

Und plötzlich stand Ricks ganzer Körper in Flammen. Ja", flüsterte er. Er machte einen weiteren Atemzug und schaute Angelo tief in die Augen. „Ich sagte: Ich will die wahre Liebe."

Angelo nickte langsam. Seine kohlschwarzen Augen glühten wie poliertes Metall. „Warum zeigst du mir nicht dein Schlafzimmer? Dann werden wir sehen, wie die wahre Lieb sich anfühlt."

Ohne ein weiteres Wort führte Rick ihn an der Hand in sein Schlafzimmer und machte die Tür hinter ihnen zu. Er sah zu, wie Angelo sich lächelnd im Zimmer umschaute.

„Sehr hübsch", sagte er und deutete auf den Spiegel über dem gepolsterten Kopfende des Bettes. Er ging zum Bett und schlug die Decke zurück. Rick sah ihm mit pochendem Herzen zu. Angelo richtete sich auf und winkte Rick mit gekrümmtem Zeigefinger zu sich. „Komm her." Angelos Stimme war heiser.

Rick kam zu ihm. Angelo nahm ihn in seine starken Arme und küsste ihn leidenschaftlich. Rick schloss die Augen und verlor sich in dem berauschenden Kuss.

Ich könnte in seinen Küssen ertrinken.

Er erschauerte, als Angelo ihn zu entkleiden begann, ihm mit zielstrebigen Fingern die Kleider abstreifte. Als Rick nach Angelos Hemdknöpfen griff, nickte Angelo mit leuchtenden Augen. Beide zitterten. Rick starrte die Brust an, die er bisher nur über Webcam gesehen hatte. Er fuhr mit den Fingern durch den dichten, schwarzen Pelz, der Angelos Brustmuskeln bedeckte, und dann weiter nach unten durch den Flaum auf seinem Bauch. Angelo knöpfte seine Jeans auf und schob sie sich bis auf die Schenkel hinunter. Dahinter kam eine Matte pechschwarzer Locken um die Basis seines bereits steif werdenden Schwanzes zum Vorschein. Eine daunenfeine Schicht schwarzer Haare bedeckte seine Oberschenkel.

Rick stellte fest, dass sein Körper darauf reagierte. Wer hätte gedacht, dass Haare so sexy sein konnten?

Er streichelte Angelos steifen Penis. „In Wirklichkeit sieht er noch besser aus", sagte er mit einem Lächeln.

Angelo schloss die Augen und biss sich auf die Lippen, obwohl Rick nichts weiter tat, als ihn leicht zu streicheln.

Angelo erschauerte. „Lass uns die Klamotten loswerden, okay? Ich muss dich berühren."

Rick war ganz seiner Meinung.

Angelo stieg aus seiner Jeans und griff dann nach Ricks Hose, schob die Hände in den Hosenbund, um sie ihm langsam abzustreifen. Er enthüllte Rick so andächtig wie ein Kunstwerk. Ricks anschwellende Erektion beulte seine Unterhose aus, deren Stoff bereits feucht von seinen Lusttropfen war. Angelo kniete vor ihm nieder und küsste den feuchten Fleck, dann zwängte er seine Finger unter die Unterhose, um den steifen Schwanz zu umfassen. Rick erschauerte, als er endlich Angelos Hand auf seiner Haut spürte, als sich die langen Finger um seinen Penis legten und zu streicheln begannen und weitere Schauer aus ihm heraus kitzelten.

Angelo blickte zu ihm auf und lächelte. „Ich will dich sehen", sagte er. Seine Stimme klang halb erstickt vor Begehren, als er Ricks Unterhose weiter hinunter schob und sie ihm zusammen mit der Hose auszog.

Er zog Rick die Socken aus – und damit war er nackt und sein Schwanz reckte sich den warmen Lippen entgegen, die die feuchte Spitze küssten und ihm ein Wimmern entrissen. Er wollte – *musste* – Angelos Mund auf sich fühlen, aber Angelo hielt sich nicht ans Drehbuch. Als Angelo aufstand, statt sich um Ricks hin und her bewegenden Schwanz zu kümmern, der eindeutig um Aufmerksamkeit *bettelte,* stieß Rick ein weiteres Wimmern aus.

Angelo lachte nicht über den Klagelaut. Er schob Rick zum Bett und immer weiter, bis Rick auf dem Rücken lag, den Kopf auf einem Kissen gebettet. Angelo streckte sich neben ihm aus und blickte auf ihn hinab. Sein Kopf bewegte sich langsam und mit Bedacht, während er jeden Zentimeter von Ricks Körper musterte. Rick spürte den Druck von Angelos Schwanz an seinem Oberschenkel, spürte seine Wärme, als Angelo die Hüften bewegte und seinen Schwanz über Ricks Haut gleiten ließ.

Angelo beugte sich über ihn und küsste ihn. Seine Lippen streiften Ricks Mund ganz sanft. Ihre Blicke trafen sich. Rick hielt den Atem an, als Angelo ihm mit einer Hand über die Brust strich, ihm mit den Fingerspitzen die Brustwarzen rieb. Er wand sich unter der Berührung. Das Schweigen verstärkte nur die berauschende Stimmung, die in der Luft lag. Angelo war völlig auf ihn konzentriert, beobachtete jede Reaktion, während er Rick streichelte und liebkoste. Als er mit den Fingern durch Ricks Schamhaar strich und seine Peniswurzel umkreiste, stieß Rick ein leises Keuchen aus und bäumte sich von der Matratze hoch. Angelos Augen funkelten.

Er drehte sich auf den Rücken, stopfte sich Kissen unter den Kopf und zog Rick über sich, manövrierte ihn weiter nach oben, bis Rick breitbeinig über Angelos Brust kniete und sein Schwanz sich Angelos wartendem Mund entgegenstreckte. Rick stöhnte auf, als Angelo ihm beide Hände auf den Hintern legte und ihn vorwärts drängte, den Hals reckte, um seine Eichel in feuchte Wärme zu hüllen. Rick stützte sich mit der Stirn am gepolsterten Kopfteil des Bettes ab und schaute nach unten, wo sein Schwanz in Angelos Mund verschwand, nur um feuchtglänzend wieder zum Vorschein zu kommen. Angelo blickte zu ihm auf, während er an Ricks glitzerndem Schaft leckte und saugte. Rick sah fasziniert zu, wie Angelo ihn tiefer in sich aufnahm, wie seine Wangen sich aushöhlten, als er an der Spitze saugte, was ihm ein tiefes Stöhnen entriss.

Als Angelo seinen Mund von Ricks Penis nahm, wimmerte Rick vor Enttäuschung.

Angelo grinste und steckte sich zwei Finger in den Mund, machte sie triefend nass und schob sie dann an Ricks Hoden vorbei zwischen seine Pobacken. Als Angelo seinen Schaft erneut tief in den Mund nahm und ihm gleichzeitig einen schlüpfrigen Finger in den Arsch steckte, schrie Rick auf. Er hielt sich am Kopfteil fest und begann sich rhythmisch hin und her zu bewegen, stieß seinen Schwanz in Angelos willigen Mund und drängte dann wieder mit dem Hintern zurück, um den Finger zu reiten. Als aus einem Finger zwei wurden, waren die Empfindungen plötzlich noch intensiver. Diese schwarzen Augen blieben auf ihn geheftet, während Angelo ihn langsam mit Mund und Fingern fickte. Rick atmete im Gleichtakt mit seinen Stößen an und behielt den langsamen Rhythmus bei.

Angelo ließ Rick los und setzte sich auf, lehnte sich gegen das Kopfteil und zog die Beine an. Rick lehnte sich zurück, gestützt von Angelos Oberschenkeln, und griff hinter sich, nach dem dicken, hochragenden Schwanz, der so eindringlich an seinem Anus rieb. Jetzt war es Angelo, der leise stöhnte. Rick wurde ganz still, den Blick auf Angelos Gesicht ruhend. Für einen kurzen Moment sahen sie einander an. Nur ihr angestrengtes Atmen durchbrach die Stille im Raum.

Wortlos streckte Rick sich nach seinem Nachttisch, zog die oberste Schublade auf und nahm ein Kondom und seine Flasche Gleitmittel heraus. Angelo sah mit leicht geöffnetem Mund zu, wie Rick die Folienverpackung aufriss und das Kondom herausholte. Er erhob sich auf die Knie und reichte das Kondom an Angelo weiter, der zwischen Ricks gespreizte Oberschenkel griff und es sich mit einem Schnappen des Latex überstreifte. Dann nahm Angelo ihm die Flasche mit dem Gleitmittel ab. Rick hörte ein leises, schmatzendes Geräusch, als Angelo seinen Schwanz anfeuchtete. Angelo fasste ihn mit sanften Händen an den Hüften und zog ihn auf seinen wartenden Schwanz herab. Und dann kam dieser herrliche, atemberaubende Moment, als Angelo in ihn eindrang. Er stieß mit den Hüften nach oben, bis Ricks Arsch auf seinen Oberschenkeln ruhte, bis sein Schwanz fest in Ricks Hintern steckte.

Rick stieß zittrig den Atem aus und verharrte so für mehrere Sekunden, um das wunderbare Gefühl auszukosten, Angelo ganz tief in sich zu spüren.

„Rick, schau mich an."

~0~

Rick sah ihm in die Augen. Seine Pupillen waren geweitet, die Lippen leicht geöffnet.

Angelo lächelte. „So ist es gut, schau mich an." Er sah zu seinem Geliebten auf, während er die Hüften hob und mit fließenden, genießerisch langsamen Bewegungen in ihn hineinstieß. Dann rollte Rick die Hüften, um Angelo noch tiefer in sich aufzunehmen. Angelo stöhnte unwillkürlich auf, bewegte sich aber weiterhin langsam und sinnlich. Er zog Rick zu sich herab und küsste ihn, hielt mit einer Hand Ricks Hinterkopf umfasst und streichelte mit der anderen träge seinen unteren Rücken. Jedes Mal, wenn Angelo in ihn hineinstieß, stöhnte Rick in seinen Mund. Angelo strich mit der Hand über Ricks Arschbacke, drückte das feste Fleisch, dann bewegte er sie nach oben, bis sie auf Ricks Schulter ruhte und er Rick fester an sich drücken konnte.

Keine Worte, nur Laute, da Worte nicht nötig waren. Sie sahen sich in die Augen, jeder völlig auf den anderen konzentriert. Ihre Bewegungen waren langsam und liebevoll. Angelo unterbrach kein einziges Mal den Blickkontakt. Der sinnliche Rhythmus, ihre zeitgleichen Atemzüge, die leisen Geräusche, die von wachsendem Verlangen sprachen … es war hypnotisch. Als Rick den Blickkontakt unterbrach, um den Kopf in den Nacken zu legen und ein Stöhnen auszustoßen, das in Angelos Körper widerhallte, wusste Angelo, dass es Zeit war.

Er löste sich von Rick und drehte ihn auf den Rücken, dann packte er ein Bein und legte es sich über die Schulter. Er drang wieder in ihn ein, ließ sich in die einladende Wärme und Weichheit hinein gleiten, die Rick eigen war. Und dann begann er sich zu bewegen.

Rick atmete rascher. Er blickte starr an sich herab, dorthin, wo ihre Körper sich vereinigten, während Angelo immer schneller in ihn hineinstieß. Ricks

Augen weiteten sich, und Angelo wusste, dass er ins Schwarze getroffen hatte.

„Genau da", forderte Rick mit bebender Stimme, und er packte Angelos Arsch mit beiden Händen und zog ihn noch tiefer in sich hinein. Angelo hakte beide Arme unter Ricks Beine und fickte ihn schneller, trieb seinen Schwanz so tief wie nur möglich in ihn hinein. Rick fasste nach seinem eigenen Penis, bearbeitete sich ruckartig und schrie jedes Mal auf, wenn Angelos Schwanz seine Prostata streifte. „Oh fuck! Ich bin gleich so weit."

Mit einem Aufbrüllen stieß Angelo in ihn hinein; seine Hüften schnellten vor, während er sie beide zum Höhepunkt trieb. Rick zitterte und bebte unkontrollierbar. Angelo spürte, wie sich Ricks Körper um ihn herum anspannte, seinen Schwanz mit glühender Hitze umklammerte. Er zog sich nahezu ganz aus ihm zurück und rammte sich dann wieder in ihn hinein, ächzend vor Anstrengung.

Rick kam, spritzte sein heißes Sperma in pulsierenden Stößen über ihre Körper, den Mund zu einem lautlosen Schrei aufgerissen. Angelo heulte auf, als Ricks enger Arsch ihn molk, ihn zu einem weißglühenden Höhepunkt trieb. Er packte Ricks Kopf und zog ihn in einen wilden Kuss. Beide Männer schnappten nach Luft, als Angelo tief in Rick kam. Rick hielt sich an ihm fest; ihre Lippen verschmolzen in einem ungestümen Kuss, während Welle um Welle von Ekstase über sie hinweg rollte.

Angelo brach auf Rick zusammen. Seine Haut war schweißfeucht. Er küsste ihn auf Gesicht und Hals und stöhnte leise, als Rick seine Wange umfasste und ihn langsam und gründlich küsste. Angelo wiegte ihn zärtlich, den Schwanz immer noch in ihm.

Er wollte nicht, dass das je endete.

Kapitel 15

„Was denkst du gerade?", fragte Angelo, als sie zusammengekuschelt auf dem Sofa lagen. Der Sonntagabend tickte dahin, und Angelo klammerte sich verzweifelt an die letzten Reste eines wunderbaren Wochenendes.

Rick streckte sich wie eine Katze, einen zufriedenen Seufzer auf den Lippen. „Dass es ungesund für mich ist, dein Lover zu sein." Er rollte sich auf den Rücken, zog Angelo über sich und umschlang ihn mit Armen und Beinen.

Angelo lachte leise. „Wie kommst du denn darauf?" Er rieb sich genüsslich an Ricks Erektion, die er unter sich wachsen fühlte. Er schaute auf die Uhr. *Fünf Minuten,* dachte er mit einem innerlichen Grinsen. *Vielleicht weniger.*

Rick kicherte. „Weil wir das ganze Wochenende über nur von Pizza, Fast Food und Alkohol gelebt haben … muss ich noch weiterreden?" Er stieß mit den Hüften nach oben und Angelo entfuhr ein leises, lustvolles Stöhnen.

Er ließ den Kopf sinken und flüsterte Rick ins Ohr: „Wir haben auch noch von was anderem gelebt." Rick erschauerte und Angelo küsste ihn aufs Ohr. Er fand es herrlich, wie Rick sich unter ihm wand, wie sein Schwanz von Sekunde zu Sekunde härter wurde. Er ließ seine Lippen über die weiche Haut von Ricks Hals gleiten und küsste die gewisse kleine Stelle, die er entdeckt hatte und bei der jede Berührung Rick um den Verstand brachte.

Rick wimmerte und seine Hüften bewegten sich schneller. Hände griffen nach Angelos geliehener Jogginghose und zerrten sie ihm ungeduldig vom

Leib. Angelo streifte sein T-Shirt ab und zog Rick die Shorts runter. Keine Worte, nur atemlose Laute. Angelo nahm ein Kondom vom Kaffeetisch und rollte es über Ricks steifen Penis. Nach zwei Tagen beinahe ununterbrochenen Liebesspiels hatten sie ihre Lektion gelernt. Inzwischen gab es Kondome und Gleitmittel in jedem Zimmer.

Ohne Rick erst die Unterhose auszuziehen gab Angelo Gleitmittel auf die Erektion, die in seiner Hand pochte, und brachte sich dann in Position, ließ sich stöhnend auf Rick herabsinken, der ihn problemlos erneut in seinem Körper willkommen hieß. Er warf einen Blick auf die Uhr. Drei Minuten. Er grinste. *Verdammt, bin ich gut.*

~0~

Rick legte den Kopf in den Nacken, schloss die Augen und hielt sein Gesicht unter die warme Brause, ließ sich das Wasser über den Körper rieseln. Er stöhnte leise, als seifige Hände ihn von hinten umfassten und sich über seine Brust bewegten. Er neigte den Kopf, bis er auf Angelos Schulter ruhte, und seufzte.

„Jetzt weiß ich, warum ich dich gestern Abend gebeten habe zu bleiben. Das ist der perfekte Start in die Woche – mich von meinem persönlichen Sklaven waschen zu lassen."

Angelo kicherte und bewegte seine Hände weiter nach unten, ließ sie über Ricks Schwanz gleiten, der bereits wieder schwer und voll war. „Sklaven sind auch noch zu anderem zu gebrauchen", flüsterte er Rick ins Ohr.

Rick drehte sich zu seinem Geliebten um und schlang ihm die Arme um den Hals. Er grinste. „Ach, was du nicht sagst."

Angelo küsste ihn, erst zärtlich und dann mit wachsender Leidenschaft, bis Rick keuchte und sein Loch zusammenkniff. Er wusste, was jetzt kam.

„Von einem Sklaven wird auch erwartet, seinem Herrn zu dienen, nicht wahr?" Angelo leckte eine Spur an Ricks Hals entlang, saugte und knabberte hier und da, während er Rick gegen die gefliese Wand drückte.

Rick leckte sich die Lippen, als Angelo mit seiner Hand in das Glasregal griff und zwischen Shampoo, Duschgel und Seife einen vertrauten, in Folie verpackten Gegenstand hervorholte. Er lachte, als Angelo die Verpackung aufriss und eilig das Kondom über seinen steinharten Schwanz zog. „Oh, du sündhafter Mensch! Das hattest du geplant."

Angelo grinste. „Was – soll das heißen du bist *gegen* einen anständigen, harten Fick unter der Dusche vor der Arbeit?"

Was immer Rick darauf zu sagen gehabt hätte war vergessen, als Angelo die Knie beugte und Rick hochhob, sich seine Beine über die Arme hängte und ihn gegen die Wand drückte. Rick keuchte auf.

„Steck ihn in dich rein", stieß Angelo hervor. Rick griff nach Angelos Schwanz und drückte die Spitze gegen seinen Anus. Er war von vorhin noch so glitschig, dass Angelo mühelos in ihn hinein glitt. Er seufzte, als Angelo langsam tiefer eindrang, bis er ganz in ihm war.

„Halt dich gut fest, Babe." Rick sah ihm in die Augen und Angelo grinste. „Ich habe gesagt, ein anständiger, harter Fick, weißt du noch?"

Rick klammerte sich an seinen Schultern fest und schrie auf, als Angelo ihn mit kraftvollen Stößen zu ficken begann, sich in ihn hinein rammte, jeden Stoß mit einem rauen Ächzen unterstrich.

„Oh fuck!" Angelo traf seine Prostata. Jedes. Verdammte. Mal.

„Komm für mich!", schrie Angelo. Ricks Penis rieb gegen Angelos Bauchmuskeln und schuf einen wundervolles Gefühl zwischen ihnen..

Mehr brauchte es nicht, um Rick mit einem Aufheulen zum Höhepunkt zu bringen. Seine Hoden zogen sich zusammen und Sperma spritzte aus seinem Schwanz, während Angelo sich in die Latexhülle ergoss.

Rick kam zu spät zur Arbeit.

~0~

Rick konnte nicht aufhören zu lächeln.

Der Arbeitstag war gut. Genaugenommen sogar großartig, vor allem, als er in die Küche kam und neben der Kaffeemaschine einen großen Teller mit selbstgebackenen Schokoladenkeksen entdeckte, an dem ein handgeschriebenes Schild lehnte: *Bedient euch – Lizzie*. Rick grinste. Er *liebte* solche Tage.

Vor allem, wenn sie mit einem sexy Mann und einem heißen Fick unter der Dusche anfingen.

„Oh mein Gott, Rick Wentworth, du *strahlst* ja!"

Rick drehte sich zu Lizzie um, den Mund voller Keks. Er schluckte und lächelte dann. „Dasselbe könnte man von dir auch sagen." Lizzie sah glücklich aus.

„Darf ich annehmen, dass es mit Dave gut läuft?"

Lizzie lächelte mit leuchtenden Augen. „Mit Dave läuft es bestens, danke der Nachfrage." Sie trat zu ihm. „Ganz unter uns?" Sie seufzte. „Ich glaube, ich bin verliebt."

Ricks Herz schmolz dahin. „Oh Lizzie, das ist großartig!" Er neigte sich zu ihr und flüsterte: „Ich weiß ganz genau, wie dir zumute ist."

Ihre Augen weiteten sich. „Angelo?" Er nickte, wobei er vor Freude schon wieder lächeln musste. Lizzie lächelte noch breiter. „Oh Rick, das ist ja wundervoll." Sie umarmte ihn fest.

„Oh Gott, jetzt schau sich einer mal die zwei da an", stöhnte Ed. „Das nenn ich mal verliebt."

Lizzie löste sich mit hochroten Wangen aus Ricks Umarmung. „Wir reden später weiter, okay, Rick?" Sie huschte eilig aus der Küche, an Blake vorbei, der gerade hereinkam.

Ed schnaubte. „Dann gibst du's also zu, der?"

„Was gibt er zu?", fragte Blake und nahm sich einen Kaffee.

Ed deutete auf Rick. „Unser Rick ist verliebt." Er grinste spitzbübisch. Blakes Augen weiteten sich.

Ach, scheiß doch drauf. Rick konnte es nicht länger für sich behalten. „Na und?"

Auf Eds Gesicht breitete sich unerwartet ein begeistertes Lächeln aus. „Wird verdammt nochmal auch Zeit."

Rick brach in Gelächter aus. Er war noch nie im Leben so glücklich gewesen. Die Freude sprudelte in ihm wie Champagner, der jeden Moment überzuschäumen drohte.

Wenn sich verliebt sein so anfühlt, dann bin ich's wohl.

Er zwinkerte Blake zu und wandte sich dann an Ed. „Jetzt brauchen wir nur noch jemanden für dich zu finden."

Ed lachte schallend auf. „Ja, dann mal viel Erfolg, Kumpel. Mit dem schönen Geschlecht war's für mich in letzter Zeit ziemlich Essig."

Rick wackelte mit den Augenbrauen. „Vielleicht suchst du ja am falschen Ufer, je daran gedacht?" Er lächelte zuckersüß.

Blake prustete heftig vor Lachen und Ed gab ihm einen Rippenstoß. „Du bist ganz still."

Rick musterte interessiert Eds plötzlich gerötete Wangen. *Faszinierend.* Noch faszinierender war, dass Ed sich gleich darauf eilig davonmachte.

Blake klopfte mit einem unterdrückten Grinsen auf seine Armbanduhr. „Zurück an die Arbeit mit dir."

Rick lachte leise in sich hinein, als er die Küche verließ und wieder in sein Büro ging

Oh ja, er liebte solche Tage.

~0~

Rick lehnte an seiner Wohnungstür, die Arme um Angelo gelegt und schmolz unter seinem Kuss dahin. Als sie sich von einander loslösten, seufzte er.

„Das war der perfekte Ausklang für meinen Tag", sagte er lächelnd. „Danke." Dass Angelo im Büro aufgetaucht war, um ihn zum Essen auszuführen, war eine freudige Überraschung gewesen. Sie waren nicht weit gegangen, nur bis zu einem naheliegendem Pub, wo es eine fantastische hausgemachte Steak-and-Kidney-Pie gab, aber genau das hatte Rick gebraucht.

„Oh, gern geschehen", sagte Angelo. „Aber ich meine es ernst. Heute Abend gehe ich nach Hause in meine eigene Wohnung."

Rick zog ein Gesicht. „Och, warum denn?" Er packte Angelos Hintern mit beiden Händen. „Ich könnte dafür sorgen, dass du auf deine Kosten kommst." Er grinste anzüglich.

Angelo prustete vor Lachen. „Jetzt pass mal auf, du geiles kleines Biest, *du* leidest vielleicht nicht mehr unter den Nachwirkungen unseres Wochenendes, aber *ich* schon." Als Rick die Stirn runzelte, beugte Angelo sich vor und flüsterte ihm ins Ohr: „Ich bin *fix und fertig*, Baby. Und *du* musst doch wenigstens ein *klein bisschen* wund sein."

Rick wollte es schon abstreiten, als Angelo ihn an den Hintern fasste und ihm einen Finger an seiner rückwärtigen Hosennaht entlang zwischen die Hinterbacken drückte. Rick zuckte zusammen und Angelo lächelte selbstgefällig.

Rick grummelte vor sich hin. „Okay, du eingebildeter Blödmann." Angelo kicherte. „Dann gehst du aber besser gleich nach Hause und schläfst dich aus, nimmst ein paar Vitamine, was auch immer du brauchst. Denn ich warte *nicht* bis zum nächste Wochenende, um wieder unanständige Sachen mit dir zu machen. Kapiert?" Er grinste.

Angelo nahm ihn in die Arme und küsste ihn zärtlich. Als sie sich voneinander lösten, gab er Rick einen leichten, liebevollen Kuss auf die Nasenspitze. „Schlaf gut, Babe. Ich melde mich bald bei dir." Wenn Angelo ihn so anlächelte wie jetzt, wurde Rick immer ganz warm ums Herz. Angelo ging zum Aufzug. Als die Türen sich öffneten, winkte er Rick ein letztes Mal zu und verschwand dann aus seinem Blickfeld.

Rick schloss die Tür auf, trat ein und blickte sich in seiner Wohnung um. Er dachte zurück an das Wochenende und was sie so alles getrieben hatten. *Das* zauberte ein Lächeln auf sein Gesicht. Dann seufzte er, als ihm eine Zeile aus einem alten Song einfiel.

Ricky's in love. Ricky ist verliebt.

Nein. Er leugnete es nicht. Überhaupt nicht.

~0~

Irgendwas summte. Verdammt ausdauernd. Und das nervte Rick gewaltig.

Er öffnete die Augen und schielte verschlafen nach dem LED-Wecker neben seinem Bett. Es war elf Uhr. *Ich bin erst vor einer Stunde ins Bett gegangen.* Er hatte beschlossen, Angelos Beispiel zu folgen und früh schlafen zu gehen. Er hätte seinem Geliebten gern gute Nacht gesagt, aber Angelo war nicht ans Telefon gegangen. *Wahrscheinlich war er so kaputt, dass er auf der Couch eingeschlafen ist.* Trotz seiner eigenen Müdigkeit musste Rick lächeln, wenn er daran dachte, dass Angelo von zu viel Sex so erschöpft war.

Und irgendwas summte immer noch. Es war sein Handy.

Rick war inzwischen hellwach. Er schnappte sich sein Telefon und machte es sich auf dem Kopfkissen gemütlich. Er grinste, als er Angelos Nummer sah. *Aha, er ist aufgewacht.* Er nahm den Anruf an und begann zu reden. „Lass mich raten – du bist vor dem Fernseher eingeschlafen, oder?"

„Bist du Rick?" Es war eine Frauenstimme.

Mit einem Ruck saß Rick kerzengerade im Bett. „Wer spricht dort?"

„Wenn du Rick bist, musst du mir jetzt zuhören", sagte sie drängend. „Mein Name ist Maria Tarallo. Ich bin Angelos Schwester."

Eisige Finger legten sich um sein Herz und quetschten es zusammen. „Was ist passiert?"

„Ich bin im St. Thomas-Krankenhaus. Angelo ist zusammengeschlagen worden."

Die Welt kam mit einem schwindelerregenden Ruck zum Stillstand. „Oh mein Gott. Wie schlimm ist es?" Er sprang aus dem Bett und griff nach seinen

Kleidern, das Telefon fest ans Ohr gedrückt. „Lass es gut sein, ich bin schon unterwegs." Er trennte die Verbindung und streifte sich dann so schnell er konnte Jeans und Pulli über. Was zum Teufel war passiert?

Innerhalb von zehn Minuten war er aus dem Haus und saß in einem Taxi. Ricks Magen krampfte sich zusammen, als er seine Mutter anrief. Er wusste, dass seine Eltern höchstwahrscheinlich noch nicht schliefen. Als sie abnahm, erzählte er ihr was er wusste – das war leider nicht viel – und versprach sich zu melden, sobald er mehr Informationen hatte.

„Wir werden erst schlafen können, wenn wir von dir gehört haben, das weißt du." Er hörte ihr die Besorgnis an. Er versicherte ihr, dass er anrufen würde. Dann versuchte er, Blake anzurufen, erreichte ihn aber nicht, und dasselbe galt für Will. Rick hinterließ Nachrichten und schaltete dann sein Handy aus, als das Krankenhaus in Sicht kam. Er warf dem Fahrer ein paar Geldscheine zu und rannte zur Aufnahme.

Als er erfuhr, dass Angelo auf der Intensivstation lag, wurde ihm schwindelig und schlecht. Während er mit dem Aufzug nach oben fuhr, sagte er sich ständig, dass alles gut werden würde, wiederholte es immer wieder, als wenn es damit wahr werden würde. Im Eingangsbereich der Intensivstation stand eine junge Frau. Rick wusste auf den ersten Blick, dass das Maria sein musste. Ihre Ähnlichkeit mit Angelo war nicht zu übersehen.

Maria versuchte erleichtert zu lächeln, als er auf sie zukam. „Dich würde ich überall erkennen."

Die Bemerkung stellte ihn vor ein Rätsel, aber er hatte sich um Wichtigeres zu kümmern. „Wo ist er? Und was ist mit ihm?"

Sie winkte ihm ihr zu folgen. „Hier entlang. Das Krankenhaus hat mich von seinem Handy aus angerufen. Anscheinend wurde er nicht weit von seinem Atelier bewusstlos aufgefunden. Er hat Kopfverletzungen und ein gebrochenes Bein, einen Trümmerbruch, glaube ich. Doch das Schlimmste ist, dass er immer noch bewusstlos ist."

Rick blieb mitten im Flur wie angewurzelt stehen. „Wie lange ist er schon bewusstlos?" Ein dicker Felsbrocken lastete auf seiner Brust und machte ihm das Atmen schwer.

Maria nahm seine Hand. „Die Ärzte denken, dass es was mit seinen Kopfverletzungen zu tun hat", sagte sie und schluckte dann. Bei genauerem Hinsehen konnte Rick die Furcht in ihrem Blick erkennen. „Sie haben mir gesagt, dass er selbstständig atmet, er kann nur nicht aufwachen. Sie überwachen ihn ständig." Sie klopfte an die Glastür und eine Schwester tippte auf eine kleine Tastatur, um sie einzulassen.

„Das ist Rick, Angelos Partner", erklärte Maria der Schwester.

Rick warf ihr einen dankbaren Blick zu. Sie drückte ihm die Hand und führte ihn zu einem Bett in der Ecke der geräumigen Überwachungsstation. Es gab mehrere Betten, doch nur zwei waren belegt. Rick schnappte nach Luft, als er Angelo erblickte. Sein Bein war bereits eingegipst und hing in einem Gestell. Das leise Piepsen des Herzmonitors neben seinem Bett war ein beruhigendes Geräusch. Eine Infusion tropfte stetig vor sich hin.

Angelo sah aus, als schliefe er nur. Rick trat zu seinem Bett, beugte sich über ihn und küsste ihn behutsam auf die Stirn. „Hi, Babe." Beim Anblick von Angelos zerschlagenem, übel zugerichtetem Gesicht kamen Rick die Tränen. Er nahm Angelos Hand. Seine Haut fühlte sich kühl an. Er beugte sich vor und küsste Angelos Finger. Als er sich wieder aufrichtete, stand Maria am Fußende des Bettes und starrte ihn an. Ihre dunklen Augen, die denen von Angelo so sehr glichen, waren groß und rund.

„Du liebst meinen Bruder."

Rick lächelte. Die Worte kamen ihm immer leichter über die Lippen, je öfter er sie aussprach. „Ja, ich liebe ihn." Er blickte sich um. „Kommt sonst noch jemand von eurer Familie?"

Sie nickte. „Ich habe meine Brüder und meine Eltern angerufen. Sie sind unterwegs."

Als es an der Glasscheibe klopfte, schauten beide zur Tür. Maria atmete aus. „Das ist Luca."

Die Schwester ließ ihn ein und Luca eilte auf das Bett zu. Er wurde blass, als er Angelo sah. „Ich bin so schnell gekommen, wie ich konnte", erklärte er. „Was ist mit ihm passiert?" Dann sah er Rick und erstarrte. „Ich weiß, wer du bist", sagte er mit einem spöttischen Grinsen.

Maria gab ihm einen kräftigen Schlag auf den Arm. „Du hast doch jetzt wirklich wichtigere Sorgen. Vergiss mal für einen Moment deine dummen Vorurteile und konzentrier' dich auf unseren Bruder."

Lucas Gesicht wurde wieder ernst. „Was ist mit ihm passiert?", wiederholte er leise.

„Ein Rettungswagen hat ihn gebracht. Die Sanitäter haben mit Zeugen gesprochen. Sie sagen, dass er von einer Bande von vier oder fünf Männern zusammengeschlagen wurde", sagte sie. Der Schmerz stand ihr ins Gesicht geschrieben. Als sie Luca von den Kopfverletzungen und dem dadurch verursachten beinahe komatösen Zustand erzählte, bekam er große Augen.

Er starrte Angelo entsetzt an. „Wird er wieder aufwachen?", fragte er leise.

Die Schwester kam, um Angelos Vitalzeichen zu kontrollieren. „Alles deutete darauf hin, dass er wieder zu sich kommen wird", sagte sie zu Luca. „Nur wann, das lässt sich nicht mit Sicherheit sagen."

Luca nickte, den Blick fest auf Angelo fixiert.

Ricks Kehle war plötzlich ganz trocken. „Kann ich mir hier irgendwo was zu trinken besorgen?"

Maria lächelte. „Gleich um die Ecke ist ein Getränkeautomat. Ich wollte mir vorhin schon was zu trinken holen, also komme ich mit." Sie wandte sich an ihren Bruder. „Möchtest du auch was, Luca?"

Luca runzelte die Stirn. „Was? Äh nein, danke." Er wirkte äußerst verstört. Trotz seiner Wut auf Luca wegen der Art, wie er Angelo behandelt hatte, verspürte Rick Mitgefühl mit dem älteren Mann. *Er muss seinen Bruder wirklich gern haben, auch wenn er ein Idiot ist*, dachte er.

„Komm schon", sagte Maria und zupfte an seinem Ärmel. „Gehen wir dir etwas Warmes zu trinken holen." Sie warf einen Blick auf ihren Bruder. „Angelo kommt sicher kurz ohne uns klar."

Er nickte und verließ mit ihr die Intensivstation. Da gab es tatsächlich einen Getränkeautomaten. Er fummelte in seiner Hosentasche nach Kleingeld und kaufte zwei Becher heiße Schokolade. Maria dankte ihm, als er ihr einen davon reichte.

Sie gingen langsam und schweigend den Flur entlang wieder zurück. Im Krankenhaus war es still. Rick schaute auf seine Armbanduhr und staunte. Es war fast Mitternacht. Er hatte jedes Zeitgefühl verloren.

Als sie sich dem Flur vor der Intensivstation näherten, hörten sie eine laute Stimme. Es war Luca.

Oh mein Gott, es ist etwas mit Angelo. Rick wollte schon losrennen, als Maria ihn am Arm packte und zurückhielt. Er öffnete den Mund zum Sprechen, aber sie drückte sich einen Finger an die Lippen. Ihr Gesicht war kreidebleich.

„Was zum Teufel habt ihr euch eigentlich dabei gedacht?", sagte Luca halblaut. Schweigen. „Verdammt, er ist immer noch bewusstlos, so schlimm ist es." Erneutes Schweigen. „Von wegen, ich hätte euch darum gebeten. Einen Scheiß hab' ich!" Rick wurde es übel. *Was zum Teufel...?*

„Ist mir egal, ob du mir einen Gefallen tun wolltest. Ich hätte euch gar nicht erst von Angelo erzählen sollen." Schweigen. Luca gab ein tiefes Knurren von sich. „Okay, dann ist er eben eine Schwuchtel, aber er ist immer noch mein Bruder, du Vollidiot. Und wenn er aufwacht und euch identifiziert und die Bullen angetrabt kommen, wird jeder denken, ich hätte was damit zu tun gehabt."

Ein plötzlicher Schwindelanfall überkam Rick und ließ ihn gegen einen herumstehenden Rollwagen taumeln, der klappernd an die Wand stieß. Rick verschüttete seine heiße Schokolade und hätte sich fast daran verbrüht, doch Maria hielt ihn fest.

„Pass auf, ich muss Schluss machen. Aber wir sind noch nicht fertig miteinander."

Rick hörte das Piepsen der Tastatur am Eingang der Intensivstation, und dann war alles still. Er wartete, bis er sicher sein konnte, dass Luca die Station betreten hatte, und wandte sich dann an Maria. „Worum zum Teufel ging es hier eben?"

Marias Nasenlöcher blähten sich. „Finden wir's doch

raus." Ihr Gesichtsausdruck war unergründlich, als sie die letzten paar Schritte zur Eingangstür der Intensivstation um die Ecke zurücklegten. Die Schwester ließ sie ein.

Rick trat zu Luca, der neben dem Bett stand und mit beklommener Miene auf seinen Bruder hinabschaute. Rick wollte ihn gerade zur Rede stellen, aber Maria hielt ihn zurück.

„Der gehört mir", sagte sie grimmig.

Und dann baute sie sich vor Luca auf und verpasste ihm mit geballter Faust einen Schlag in die Magengrube.

Luca fiel um wie ein Stein.

Kapitel 16

„Du Scheißkerl!", sagte Maria mit gedämpfter Stimme, als Luca sich stöhnend vor Schmerz auf dem Boden krümmte. „Das ist alles deine Schuld! Und versuch' es bloß nicht zu leugnen, denn wir haben dich gehört."

„Was ist denn hier los?"

Mit einem raschen Blick über die Schulter sah Rick die Schwester herbeikommen. Als sie Luca sah, machte sie ein erschrockenes Gesicht. „Geht es Ihnen nicht gut?"

Luca rappelte sich auf, er war kreidebleich im Gesicht und hatte beide Arme um den Bauch geschlungen. „Alles in Ordnung", sagte er leicht außer Atem. „Ich bin gestolpert. Mir geht's gleich wieder besser."

Die Schwester wirkte skeptisch, aber Luca rang sich ein beruhigendes Lächeln ab. Sie musterte ihn noch einmal, dann ging sie wieder um sich um ihren anderen Patienten zu kümmern.

Immer noch mit verschränkten Armen sah Luca seine Schwester finster an. „Ich weiß nicht, wovon du redest", sagte er leise.

„Lüg' mich nicht an!" Maria ging mit geballter Faust auf ihn los. Rick war beeindruckt. Angelos kleine Schwester war ein Hitzkopf, wenn sie wütend war.

Luca hob die Hände. „Okay, okay. Aber ich hatte nichts damit zu tun, ehrlich. Ich hatte keine Ahnung."

Maria machte einen Schritt auf ihn zu. „Sprich weiter."

Luca holte tief Luft. „Sieh mal, ich habe vor ein paar Wochen vor meinen Kumpels über Angelo gelästert. Sie waren mit mir einer Meinung, was Schwu…" Er verstummte und sah Rick zum ersten Mal in die Augen. Rick erwiderte kühl seinen Blick. Lucas

Wangen waren plötzlich feuerrot und er schaute weg. „Jedenfalls, anscheinend dachten sie, dass sie mir einen Gefallen tun würden, wenn sie meinem Bruder eine Lektion erteilen. Sie haben ihm auf dem Weg zu seinem Atelier aufgelauert und haben ihn verprügelt." Sein beunruhigter Blick landete auf Angelo. „Nur, dass sie zu weit gegangen sind."

„Zu weit?", echote Maria. „Luca, er liegt im Koma!" Sie presste die Lippen zusammen. „Du rufst jetzt die Polizei an und sagst denen alles."

Lucas Augen weiteten sich. „Ich kann nicht. Das sind meine Kumpels!"

Maria knurrte: „Und das da ist dein Bruder. Anders ausgedrückt: wenn du nicht anrufst, mach' *ich* es – und dich zeige ich wegen Beihilfe an."

Es war Luca deutlich am Gesicht abzulesen, dass er ihr glaubte. Verdammt, selbst Rick glaubte ihr in diesem Moment. Luca nickte widerwillig und Maria atmete tief aus. Ihre Fäuste öffneten sich.

Die Schwester kam zu ihnen. „Ihre Eltern sind da", sagte sie leise. „Bei uns hier gelten nicht die normalen Regeln, was die Anzahl der Besucher betrifft, aber ich muss Sie alle bitten, den Geräuschpegel so gering wie möglich zu halten, in Ordnung?"

Alle nickten. Rick schaute zur Glastür. Angelos Mutter hatte offensichtlich geweint. Ihr Gesicht war angeschwollen und fleckig. Sein Vater war kreidebleich; er wirkte erschüttert. Sie standen neben dem Bett und starrten fassungslos auf ihren Sohn, während die Schwester sie über Angelos Zustand aufklärte. Angelos Mutter begann zu weinen, doch sein Vater sagte kein Wort. Er nahm Ricks Gegenwart nicht zur Kenntnis.

Maria betrachtete ihn ruhig. „Du hättest deinen Sohn

heute beinahe verloren."

Ihr Vater hob ruckartig den Kopf und starrte sie entsetzt an. Rick sah den Schmerz in seinen Augen.

Marias Gesicht war traurig. „Aber du hast ihn sowieso verloren, weil er Rick gewählt hat, Dad. Den Mann, den er liebt." Ihr Gesichtsausdruck wurde angespannt. „Willst du das wirklich, Dad? Schau ihn dir an. Wenn du ihn zur Heirat mit einer Frau zwingst, verdammst du ihn und seine künftige Ehefrau – und ihre Kinder – zu einem Leben im Unglück." Sie schaute Angelo an. Ihr Kinn zitterte. „Und Angelos Verletzungen sind alle das Werk von jemandem, der genauso ... denkt ...wie du." Maria warf ihrem Bruder einen finsteren Blick zu. „Ist es nicht so, Luca?"

Luca erstarrte. Sein Vater musterte ihn eingehend. „Was weißt du darüber?"

Luca schaute von seinem Vater zu seinem Bruder, der reglos dalag und nichts von dem Drama ahnte, das sich um ihn herum abspielte. Rick stand neben dem Bett und beobachtete das Wechselspiel der Gefühle in Lucas Miene. Lucas Gesicht verzerrte sich und er brach zusammen. Stockend und unter Tränen erzählte er seinem Vater alles. Obwohl Rick normalerweise keiner Fliege etwas zuleide tun konnte, fand er es schwierig, Mitgefühl für Luca zu empfinden. Lucas Tränen flossen heftiger, als ein Ausdruck des Entsetzens auf das Gesicht seines Vaters auftauchte.

Luca richtete den gequälten Blick seiner feuchten Augen auf seine Schwester. „Du hast recht, er ist immer noch mein Bruder." Er sah Rick an. „Es tut mir leid, dass ich vorhin so mit dir geredet habe. Das hattest du nicht verdient." Er schluckte krampfhaft. „Schließlich bist du hier, weil er dir auch etwas bedeutet."

Rick war sprachlos. Maria kam zu ihm und nahm ihn in die Arme. „Mein Bruder hat Glück, dich zu haben." Sie umarmte ihn fest. Rick schloss die Augen, dankbar für den Köperkontakt.

Angelos Mutter ging um das Bett herum und blieb gegenüber von Rick stehen. Sie strich Angelo über die Stirn und dann über seinen Arm, der auf der Bettdecke lag.

Sein Vater stand schweigend am Fußende des Bettes, den Blick auf seinen reglosen Sohn gerichtet. Dann sah er Rick an und nickte ihm kurz und angespannt zu. Rick erwiderte seinen Blick, für einen Moment zu verwirrt, um zu reagieren. Dann warf er Angelos Vater ein flüchtiges Lächeln zu.

„Dad, warum gehst du nicht mit Luca Kaffee für uns alle holen?", schlug Maria vor. „Wir werden wahrscheinlich eine Weile hier sein, und ich jedenfalls könnte im Moment ein bisschen Koffein gebrauchen."

Ihr Vater betrachtete sie mit ruhigem Blick und winkte dann Luca mit einer Handbewegung zu sich. „Komm, mein Sohn, gehen wir Kaffee holen." Die beiden Männer verließen die Intensivstation.

Angelos Mutter saß auf einer Seite des Bettes auf einem Stuhl, Rick und Maria auf der anderen. Marias Arm lag um Ricks Schultern.

Rick starrte seinen Geliebten an, versuchte ihn mit reiner Willenskraft zum Aufwachen zu bewegen.

Deine Schwester ist großartig, Babe. Warte nur, bis du hörst, wie sie mit deinem Vater geredet hat. Du wärst so stolz auf sie gewesen.

Dann kam ihm etwas in den Sinn. Hieß es nicht, dass Komapatienten mitbekamen, was um sie herum vorging? Es war einen Versuch wert.

Er beugte sich vor und flüsterte seinem Geliebten ins Ohr: „Finde zurück zu mir, Baby. Ich brauche dich."
Er betete, dass Angelo ihn gehört hatte.

~0~

Angelo öffnete langsam die Augen und bereute es sofort. Er hatte fürchterliche Kopfschmerzen. Er verzog das Gesicht unter dem strahlend hellen Schein der Lampe über seinem Bett.

Moment mal – ich habe keine Lampe über meinem Bett. Wo in aller Welt bin ich? Und wenn ich es recht bedenke, tut mir alles weh.

Er blickte sich um, wobei er vorsichtig den Kopf bewegte. Das erste, was er sah, waren seine Eltern, die auf zwei Stühlen gegenüber von seinem Bett schliefen. Er runzelte die Stirn. *Ah ich verstehe – ich bin am träumen. Das ist irgendein surrealer Traum.* Dann wurde ihm bewusst, dass eine andere Hand seine umklammerte. Er schaute hin und fand dort Rick schlafend, den Kopf auf dem Bett, ihre Finger ineinander verschlungen. Angelo betrachtete Rick eine Zeitlang, das verstrubbelte braune Haar, die Bartstoppeln auf seinen Wangen, seine gleichmäßigen Atemzüge. Er drückte ihm sanft die Hand.

Rick öffnete langsam die Augen und blinzelte. Dann hob er ruckartig den Kopf von der Matratze und starrte Angelo an. Ein wunderschönes Lächeln breitete sich auf seinem Gesicht aus. „Oh mein Gott, du bist wach!"

Angelo lachte verwirrt auf. „Klar bin ich wach. Bei dem verdammten Licht kann ja kein Mensch schlafen." Rick streckte sich und küsste ihn sanft auf die Lippen, legte ihm zärtlich eine Hand an die

Wange. Angelo seufzte und ließ sich in die liebevolle Umarmung sinken. Als sie sich voneinander lösten, sah er Rick in die Augen. „Ich bin froh, dass du hier bist. Nur ... wo ist hier? Das letzte, woran ich mich erinnere, ist ein Schlag auf den Hinterkopf. Und wie spät ist es?"

Rick wurde ganz still. „Du bist gestern Abend überfallen worden, von vier oder fünf Männern. Und es dämmert bald. Du warst seither bewusstlos."

Angelo konnte ihn nur verständnislos anstarren. Dann sah er sein Bein, das in einem Gipsverband steckte. *Oh, verdammte Scheiße.*

Rick läutete nach der Schwester. Innerhalb einer Minute tauchte sie neben dem Bett auf und strahlte, als sie Angelo sah. Rick ließ seine Hand los und trat zurück, während die Schwester ihn untersuchte und Notizen in seiner Krankenakte machte.

„Schön, dass Sie wieder bei uns sind, Angelo", sagte sie leise. „Aber jetzt ruhen Sie sich bitte aus." Sie warf Rick einen strengem Blick zu. „Er muss schlafen."

Rick nickte. „Botschaft erhalten und verstanden."

Sie nickte ihm anerkennend zu und ging wieder.

„Angelo?" Seine Mutter war wach. Als sie seinen Vater ebenfalls wachrüttelte, versteifte Angelo sich. Dad war der letzte, mit dem er reden wollte.

Seine Eltern standen auf und traten ans Bett. Mama küsste ihn auf die Wange. „Oh, Gott sei Dank." Sie fuhr ihm mit den Fingern durchs Haar. Ihre Hand zitterte. Sie lächelte ihn mit feuchten Augen an. „Hallo, du. Wir haben uns alle solche Sorgen um dich gemacht."

Angelo berührte sanft ihr Gesicht. „Hi, Mama." Er sah seinen Vater an, der neben seiner Mutter stand. „Dad." Er nahm seine Anwesenheit zur Kenntnis, aber weiter würde er freiwillig nicht gehen.

„Mein Sohn, weißt du, was dir zugestoßen ist?"

Angelo runzelte die Stirn. „Anscheinend bin ich zusammengeschlagen worden, aber ich kann mich an nichts erinnern. Nur, dass ich einen Schlag auf den Hinterkopf bekommen habe."

Sein Vater seufzte. „Dann musst ich dir etwas sagen." Als Dad ihm berichtete, was geschehen war, wurde Angelo ganz kalt. Vor allem, als er hörte, dass Lucas Freunde es getan hatten. Sein Bruder war nirgends zu sehen.

„Wo ist Luca?", presste er zwischen zusammengebissenen Zähnen hervor. „Schämt er sich so sehr, dass er mir nicht in die Augen sehen kann? Wie zum Teufel konnte er nur bei sowas mitmachen?" Es war einfach unfassbar. Sein eigener verdammter Bruder. Angelos Kopf drohte zu platzen.

„Hey, warte mal einen Moment." Rick war sofort wieder an seiner Seite und ergriff Agelos Hand. Er sah Angelo mit gerunzelter Stirn an. „Luca hat nichts davon gewusst. Er war wirklich nicht daran beteiligt", sagte Rick ernst. „Deine Eltern haben ihn und Maria nach Hause ins Bett geschickt. Er ist ganz außer sich." Er drückte Angelo die Hand. „Außerdem kannst du ihm nicht die Schuld dafür geben, dass seine Freunde Arschlöcher sind."

Angelo bekam aus dem Augenwinkel mit, wie ein Ausdruck der Überraschung über das Gesicht seines Vaters huschte.

Die Schwester tauchte neben dem Bett auf. „Es sind zwei Herren gekommen, die Angelo und Rick sehen möchten." Sie runzelte die Stirn. „Um diese Uhrzeit sollte ich sie eigentlich nicht hereinlassen, aber sie bestehen darauf."

Angelo fragte sich, wer das wohl sein mochte. „Bitte, lassen Sie sie herein. Ich verspreche auch, dass wir leise sein werden." Er schaute sie flehend an. Sie seufzte und nickte schließlich, dann ging sie wieder, um den geheimnisvollen Besuchern die Tür aufzumachen.

Rick schüttelte den Kopf. Er versuchte sich eindeutig das Lachen zu verbeißen. „Angelo Tarallo, hast du der Krankenschwester gerade Dackelaugen gemacht?"

Angelos Wangen wurden heiß. Dann riss er überrascht die Augen auf, als er Ricks Boss sah, Blake Davis, und einen weiteren Mann, beide im Smoking. Sie gingen als erstes zu Rick und umarmten ihn, ehe sie jemand anderen begrüßten.

„Es tut mir leid, dass wir um diese Uhrzeit hier auftauchen", entschuldigte sich Blake. „Aber wir waren bei einer Party anlässlich der Veröffentlichung von Michael Davenports neuestem Buch, und ich habe erst vor ungefähr zwanzig Minuten mein Handy wieder angemacht und Ricks Nachricht gesehen. Wir sind so schnell wie wir konnten hierhergekommen." Er strahlte, als er Angelo ansah. „Gott sei Dank, du bist wach." Er trat ans Bett und drückte Angelo die Hand. „Schön, dich wiederzusehen." Der andere Mann stellte sich neben ihn. „Das ist Will, mein Verlobter."

Angelo begrüßte Will mit einem kurzen Kopfnicken. Dann neigte er fragend den Kopf. „Michael Davenport?"

Blake nickte. „Er ist einer unserer erfolgreichsten Autoren, und die Party wollte einfach nicht enden."

Blake ging zu Angelos Eltern, streckte die Hand aus und stellte sich und Will vor.

Es entging Angelo nicht, dass sein Vater beeindruckt

wirkte – und außerdem ziemlich überrascht. Blake und Will traten sehr souverän auf und schämten sich eindeutig kein bisschen wegen ihrer Homosexualität. Angelo wunderte sich, ob sein Vater überhaupt schwule Männer kannte. Er bezweifelte es.

Eine Welle von Müdigkeit überkam ihn und er gähnte. Plötzlich spürte er wieder, dass ihm alles wehtat.

„Du musst schlafen, Babe." Ricks Reaktion kam augenblicklich. Angelo lächelte ihn dankbar an. Rick wandte sich an die Besucher. „Danke, dass ihr gekommen seid, aber Angelo braucht jetzt Ruhe."

Will lächelte. „Das heißt dann wohl, dass wir wieder gehen sollen, oder?" Er wandte sich an Rick. „Wir können dich bei dir zuhause absetzen."

Rick schüttelte den Kopf. „Ich geh' hier nicht weg." Angelo ergriff Ricks Hand und drückte sie sanft.

„Ich will dich nicht im Büro sehen, okay? Jedenfalls nicht in den nächsten paar Tagen", sagte Blake mit gespielter Strenge zu Rick. Rick nickte lächelnd. Will und Blake schüttelten Angelos Eltern die Hand, dann umarmten sie Rick zum Abschied und verließen die Intensivstation.

„Wir sagen dann auch gute Nacht. Oder besser, guten Morgen." Sein Vater stand am Fußende des Bettes und umklammerte das Bettgitter mit beiden Händen. Angelo musterte ihn kurz und nickte dann. Seine Mutter jammerte und wollte nicht gehen, aber Dad nahm sie am Arm und steuerte sie auf die Tür zu. Angelo winkte ihnen nach.

Rick setzte sich auf die Bettkante und lachte leise. „Dein Vater musste deine Mutter ja fast hinaus zerren."

Angelo streckte die Hand nach ihm aus und Rick rückte näher, beugte sich zu ihm herab und küsste ihn sanft auf die Lippen. Angelo seufzte in den Kuss hinein. „Ich bin so froh, dass du da bist."

Rick lächelte. „Wie gesagt. Ich geh' hier nicht weg."

Gott sei Dank.

Rick sah ihm tief in die Augen. „Ich liebe dich."

Angelos Herz setzte einen Schlag aus, als er diese Worte zum ersten Mal von Ricks Lippen hörte. Behutsam zog er Rick an sich und küsste ihn, langsam und innig, dann drückte er ihre Stirnen aneinander. Begierig nahm er Ricks warmen, tröstenden Duft in sich auf.

„Ich liebe dich auch."

~0~

Zwei Monate später

Rick lauschte dem lebhafte Geplauder aus dem Wohnzimmer und grinste. Das Fußballspiel im Fernsehen schien gut zu laufen, nach den Ausrufen und lautstarken Kommentaren von Angelo, seinem Vater und seinen Brüdern zu schließen. Er würzte die Soße nach, dann rührte er um und probierte sie.

Perfekt.

„Ist das Essen fertig?", fragte Angelos Mutter Elena und trat neben ihn an den Herd.

Rick tauchte den Löffel in die Soße und hielt ihn ihr hin. „Probier mal."

Sie pustete auf die heiße Flüssigkeit und kostete dann. „Oh, die ist aber gut, Rick. Und die Fleischklößchen, die du mitgebracht hast, riechen wunderbar. Was ist da drin?"

Er zwinkerte. „Das ist mein Geheimnis."

Elena legte sich die Hand auf die Brust und tat so, als

sei sie zutiefst verletzt. „Und das willst du nicht mal *mir* verraten?"

Rick lachte und flüsterte ihr ins Ohr: „Kümmelkörner." Sie lächelte.

Im Wohnzimmer erhob sich Jubelgeschrei, und Rick grinste. „Wie's aussieht, hat Chelsea gewonnen." Er schaltete den Herd aus und legte einen Deckel auf den Topf mit der Soße.

„Der Tisch ist gedeckt." Paolos Frau Tina kam in die Küche.

„Wo ist Elsa?", fragte Elena.

„Draußen im Garten, mit allen Kindern. Oh, und sie hat sich freiwillig bereit erklärt, mit den Kindern in der Küche zu essen."

Rick lachte. „Nun ja, drei davon sind ihre."

Elena kicherte. „Tina, ruf bitte alle zu Tisch." Ihre Schwiegertochter nickte und verschwand. Rick und Elena füllten das Essen in Servierschüsseln und brachten diese ins Esszimmer der Tarallos. Dann deckten sie am Küchentisch für die Kinder. Rick lachte, als er sah, wie vier Jungen und zwei Mädchen, unterschiedlichstem Alters und Größe, sich um die Plätze an Elenas rundem Küchentisch rauften. Dann lächelte er Elsa zu, die offensichtlich den Schwarzen Peter gezogen hatte, und folgte Elena ins Wohnzimmer.

Angelos Vater Vittorio kam mit drei Flaschen Rotwein ins Zimmer, die er bereits geöffnet hatte. Der Rest der Familie, insgesamt zehn Personen, versammelte sich um den großen Eichentisch. Angelo saß am Ende, um Platz für sein Gipsbein zu haben. Rick setzte sich neben ihn.

„Wann kommt der Gips ab, Angelo?"

Angelo stöhnte. „Den ersten hatte ich sechs Wochen

lang dran, aber der Arzt sagt, diesen muss ich vielleicht nicht ganz so lange tragen. Ich kann's kaum erwarten, denn das Ding juckt wie die Hölle." Elena warf ihm einen strafenden Blick zu und er zuckte zusammen. „Entschuldige, Mama." Sie verdarb die ganze Wirkung, indem sie ihn angrinste. Rund um den Tisch erhob sich Stimmengewirr, als die Familienmitglieder sich Pasta, Fleischbällchen, Soße, Salat und frisches Brot nahmen. Vittorio ging um den Tisch herum und schenkte Wein aus.

Angelo beugte sich zu Rick und sagte ihm leise ins Ohr: „Ich kann's kaum erwarten, das Ding loszuwerden, damit ich wieder in meine eigene Wohnung ziehen kann."

Rick lächelte. „Nun ja, ich hatte dir ja angeboten, bei mir zu wohnen. Aber deine Mutter wollte nicht, dass du tagsüber alleine bist, wenn ich bei der Arbeit bin." Er streichelte Angelos jeansbekleideten Schenkel. „Armer Schatz."

„Hier kann man sich nicht einmal einen in Ruhe runterholen", grummelte Angelo.

Rick kicherte. „Kann ich dir nachher dabei aushelfen?"

Angelos Blick war heiß. „Immer. Und da wäre noch was – Gott, ich vermisse dich."

Rick drückte ihm zärtlich den Oberschenkel. „Nicht mehr lange, Baby. Und dann haben wir wieder alle Zeit der Welt füreinander." Angelo sah ihm tief in die Augen, und Rick fühlte, wie ihm ein Schauer über den Rücken lief.

„Ich würde gerne einen Toast ausbringen." Vittorio stand mit erhobenem Glas am Kopfende der Tafel. „Ich trinke darauf, dass meine ganze Familie um mich versammelt ist, alle gemeinsam unter einem Dach.

Und auf dieses wunderbare Essen. Danke an die Köche, Mama und Rick."

Elena und Rick klatschten sich über den Tisch hinweg ab. Alle brachen in Gelächter aus, nur Maria schniefte beleidigt: „Und was ist mit mir, hm?"

Elena lächelte ihre Tochter zuckersüß an. „Oh, Liebling, der Salat ist sehr gut geputzt und du hast das Brot wunderschön geschnitten." Erneut hallte Gelächter durch den Raum, und diesmal stimmte Maria mit ein.

Vittorio blickte sich am Tisch um. „Es ist schön, die *ganze* Familie hier zu haben." Rick sah Vittorio und Elena einen Blick wechseln, dann schaute Vittorio Angelo an. Angelo nickte seinem Vater kurz zu.

Luca lächelte. „Ja, stimmt."

Rick griff nach Angelos Hand und hielt sie ganz fest. *Ich liebe dich*, formte er mit den Lippen.

Angelos Augen leuchteten. *Ich liebe dich auch.*

Ende

Über die Autorin

K.C. Wells lebt auf einer Insel vor der Südküste Englands, umgeben von der Schönheit der Natur. Sie schreibt über Männer, die Männer lieben und kann sich ein Leben ohne Schriftstellerei gar nicht mehr vorstellen.

Das Tattoo einer regebogenfarbenen Rose auf ihrem Rücken mit den Worten "Love is Love" und "Love Wins" ist ihre Art, Flagge zu zeigen. Sie hat vor, noch sehr lange über die Liebe zwischen Männern in all ihrer Vielfalt - romantisch und zärtlich, leidenschaftlich oder im Kontext von BDSM - zu schreiben.

Verfügbare Titel von K.C. Wells

Schuld
Schritt für Schritt

Dreamspun Desires
Der Verlobte des Senators
Als die Einsamkeit wich
My Fair Brady

Zum Ersten Mal Liebe
Gestern, Jetzt und Auf Ewig
Mehr als ein Sommer mit Rylan

Mord in Merrychurch
Lugen haben kurze Beine

Maine Men
Finns Fantasie
Bens Boss
Sebs Sommer

Salvation
Gebändigt

Collars & Cuffs
Herz Ohne Fesseln
Vertrauen in Thomas

Persönlich
Persönliche Entscheidungen
Persönliche Veränderungen
Mehr als Persönliche
Persönliche Geheimnisse

Streng Persönlich
Persönliche Herausforderungen

Persönlich - Die Komplette Serie

Jasons Befreiung
Mein Weihnachtsgeist
Ein Weihnachtsversprechen
Das Gesetz der Wunder
Verliebt in Santa Claus
Santas Geheimnisse

Southern Boys
Truth & Betrayal
Pride & Protection
Desire & Denial

Unverhoffte Liebesgeschichten
Lehre Mich
Vertrau Mir
Sieh Mich
Liebe Mich
Unverhoffte Liebesgeschichten Vol 1

A Material World
Spitze
Satin
Seide
Jeans
A Material World Vol 1 (#1-#3)

Sonne und Schatten
Kels Hüter
Sexting mit dem Boss